W0289240

L'ULTIME GUERRE

© Le mot et le reste, 2024.

ANNA RAYMONDE GAZAILLE

L'ULTIME GUERRE

LE MOT ET LE RESTE
2024

Pour Bertrand, encore et toujours complice

« Quiconque lutte contre des monstres devrait prendre garde, dans le combat, à ne pas devenir monstre lui-même. »

Friedrich Nietzsche, *Par-delà le Bien et le Mal*

« L'enfer n'a qu'un temps,
la vie recommence un jour. »

Albert Camus, *L'Homme révolté*

NOTES DE L'AUTEURE

Dans l'esprit des romans dystopiques, j'ai volontairement omis d'identifier l'époque, les lieux, pays et même continents où se déroulent les événements qui jalonnent « l'odyssée » de l'héroïne Tessa. Seuls les points cardinaux servent de référence.

Voici pour aider à situer et identifier les protagonistes :

Des *Territoires du Sud*, une secte nommée les *Adeptes du Tout-Puissant* monte en puissance et sème la terreur.

Des *Territoires du Nord*, une armée de soldats, appelés *soldats du Nord* et une légion exclusivement composée de femmes, les *Guerrières de la liberté*, tentent de stopper leur invasion et se battent contre l'asservissement des femmes et des filles imposé par les *Adeptes du Tout-Puissant*.

PREMIÈRE PARTIE

LE GESTE SALVATEUR

...J'évite les balles,
ou peut-être que ce sont elles qui ne veulent pas de moi.
Je n'ai pas peur.
Je ressens une telle colère, une telle douleur
que la souffrance me fait une cuirasse...

1

TESSA

Je suis laide. Petite et maigrichonne, mes jambes, des brindilles. Ma poitrine, inexistante et des fesses de garçon. Pas comme ma sœur qui les a bien rondes et dodues, de gros seins, haut dressés. Un sexe charnu et un cul d'acier. Je l'ai entendu dire par le commandant lui-même. Il était saoul, il racontait des choses salaces sur elle. Il l'a choisie pour le servir, dès notre arrivée. Moi, il m'a ignorée, bien sûr. On m'a affectée à la lessive, au récurage des casseroles et de la vaisselle. Pas même à la cuisine, alors que je m'y débrouille plutôt bien, mais je préfère, car je n'aime pas trop la compagnie des femmes. Elles parlent beaucoup, se plaignent tout le temps. C'est inutile, puisqu'elles restent impuissantes à changer quoi que ce soit. Et, il est impossible de fuir. Le garçon qui a essayé, ils l'ont enterré vivant. C'est ainsi qu'on punit les lâches. Je fais ce qu'on m'ordonne, sans rien dire. Les autres croient que je suis lente, retardée. On me donne les rogatons, les mauvais morceaux de viande, lorsqu'il y en a. Les approvisionnements sont difficiles, et la bonne nourriture est réservée aux Combattants, les hommes et les garçons. Même les jeunes qui sont à peine assez forts pour soutenir le poids d'une arme sont mis à l'entraînement.

Au début, ma sœur m'apportait parfois les restes de son repas. Elle disait qu'elle en avait trop, qu'elle n'avait plus faim. Pourtant, je sais qu'elle mentait. Dès toute petite, elle m'a de tout temps protégée. Lorsqu'on s'est échappées du village attaqué par les Adeptes du Tout-Puissant en abandonnant

maman sous les assauts de soudards, je n'avais que sept ans, elle dix. On a fait route avec les fuyards. Une longue colonne qui s'étirait sur des kilomètres. Il pleuvait tous les jours. C'était une bonne chose malgré tout, puisque nous pouvions recueillir l'eau dans nos bouteilles. Ma sœur avait pensé à en mettre dans notre sac à dos, avec le riz et les lentilles que ma mère avait préparés en prévision de notre fuite. On devait se méfier de ceux qui n'avaient rien, ils pouvaient nous voler le peu que nous avions. Alors on s'asseyait avec les femmes qui portaient des bébés. On cuisinait avec elles, on échangeait une portion de fèves contre du riz. Lorsqu'il n'est plus resté que de l'eau, nous avons continué à marcher. Les gens disaient qu'il y avait un camp de l'autre côté de la vallée, qui était en fait dans un autre pays.
Des centaines de personnes y étaient déjà parquées. Il n'y avait pas assez de tentes pour tous les nouveaux venus et la nourriture était rationnée. Il fallait faire la file pour tout – les aliments déshydratés en sachet, une couverture, une toile de plastique pour s'abriter, faire soigner les fièvres, les abcès et la diarrhée. Les semaines, les mois sont passés. J'étais trop jeune pour compter le temps, mais ma sœur m'a dit plus tard que nous avons vécu là pendant cinq ans environ. Elle ne pouvait pas savoir précisément non plus, car les saisons se ressemblaient toutes ou presque. De la pluie et une chaleur étouffante ou de la pluie à nouveau et un froid humide qui traversait tout.
Dans le camp, il y avait bien sûr des hommes, beaucoup moins nombreux que les femmes et les enfants, mais ils commandaient. Ils formaient des bandes, la plupart du temps rivales. Ils se battaient, trafiquaient. Les armes étaient interdites, mais nous savions tous que les plus puissants en possédaient. C'est ce qui faisait d'eux les plus puissants. Des autres Territoires, des hommes et des femmes médecins nous

offraient leur aide. Des enseignants nous apprenaient à lire et à écrire. Certains disaient qu'écouter leur enseignement était mal et d'autres croyaient que même une fille pouvait apprendre les signes. Ma sœur voulait que j'aille m'asseoir dans la tente avec les enfants de mon âge. Elle, elle n'avait pas assez de toute la journée pour se procurer ce qu'au soir nous pourrions manger. J'y allais pour ne pas l'inquiéter, mais surtout parce qu'on nous offrait une collation. C'est là que j'ai appris à comprendre ce qui désigne les chiffres et les lettres. L'enseignante nous promettait que si nous maîtrisions bien les lettres, nous pourrions découvrir d'inestimables secrets. Elle appelait cela la connaissance, elle disait que le savoir rend fort. Je doute qu'elle ait eu raison parce que le jour où les Adeptes du Tout-Puissant ont attaqué le camp, ils l'ont fait s'agenouiller et lui ont tranché la tête.

Le Seigneur-Commandant nous avait alignés après le carnage – des centaines d'hommes avaient été tués, sauf ceux qui avaient décidé de se rallier à eux. Il avait fait mettre tous les étrangers à quatre pattes. Il les insultait avec des noms d'animaux. Il a abattu les hommes d'une balle dans la nuque tandis qu'un de ses lieutenants, muni d'un long sabre, coupait la tête des femmes. Leurs pensées étaient souillées par les signes, disait-il. Elles ne pouvaient être sauvées. Ma sœur m'a interdit de révéler que j'avais suivi les leçons. J'ai fait la muette, ce n'est pas bien difficile pour moi. Lorsque le Seigneur-Commandant l'a choisie pour faire partie des femmes à son service, elle m'a tenue serrée contre elle. J'étais si menue que personne ne m'a remarquée.

Cela fera bientôt deux hivers que je survis en espérant qu'on continue de m'ignorer. Ma petite taille me permet de passer pour plus jeune que je ne suis. Je m'efface, me mure dans le silence. Je tente de me rendre invisible, couvrant mes habits de boue pour me fondre dans le paysage gris

des décombres. On dit que nous sommes l'escadron le plus honorable, étant donné notre place sous les ordres directs du Seigneur-Commandant. Il dirige de multiples factions qui ont pris possession de presque tous les pays des Territoires du Sud. Les terres agricoles, les mines sont sous son contrôle. Nous avons fait des razzias dans les villages pour nous approvisionner et recruter des jeunes garçons et des filles comme esclaves pour les Combattants. Nous sommes devenus de plus en plus nombreux.
Voici plusieurs mois que nous roulons vers le nord. Maintenant que nous approchons des grandes villes, nous avançons plus lentement. Ces dernières semaines, nous avons eu beaucoup de pertes. J'ai désormais une autre tâche. Avec les enfants, nous fouillons les ruines. On recueille tout ce qui pourrait être utile sur les dépouilles des guerriers du Nord – les chargeurs des munitions, les gilets pare-balles, les gourdes, les besaces de rations et bien sûr, les trousses de premiers soins. Les soldats du Nord en possèdent tous. Ils viennent de multiples pays pour nous combattre. Le Seigneur-Commandant est qualifié d'ennemi planétaire numéro un. Certains prétendent qu'il y a des femmes sous l'uniforme de nos ennemis. Les Guerrières de la liberté, c'est ainsi qu'elles se nomment. Je n'en ai pas encore vu. Le Seigneur-Commandant affirme qu'elles sont une insulte aux yeux du Tout-Puissant. Il clame qu'il coupera les mains de la femme qui osera toucher à une arme. Ce sont donc les garçons qui récupèrent les fusils. Les fillettes et moi collectons les munitions.

Depuis l'année dernière, ma sœur n'a plus la faveur du Seigneur-Commandant. Il l'a attribuée à son premier lieutenant, un homme rude qui traite mal ses femmes. Il les frappe pour un rien. Lara est pourtant très soumise. Elle ne se rebelle jamais. Maintenant qu'elle est à nouveau enceinte, elle est de plus en plus taciturne, apathique. Elle dit aussi des choses folles, elle m'a chuchoté que si elle accouchait d'une fille, elle l'étoufferait. Seulement, il se pourrait qu'elle perde son bébé avant que cela n'advienne. Elle a déjà fait deux fausses couches. Je ne la vois presque plus, je suis dans le groupe à l'arrière et elle, au centre dans le fourgon des femmes enceintes. Si elle garde le bébé, après le cinquième mois, elle sera envoyée au sud dans une maison spéciale où les femmes du premier lieutenant vivent avec leurs bébés et les très jeunes enfants. Si elle lui donne un fils, elle sera dotée d'une rente et elle aura droit à sa propre chambre. Il paraît que si elle perd de nouveau l'enfant, le premier lieutenant la cédera à un de ses subalternes. Si elle n'était pas aussi belle, elle serait plutôt offerte aux hommes de la troupe.

C'est ce qui m'attend quand mon sang coulera. Aucun homme de pouvoir ne voudra de moi. Pour le moment, on me voit davantage comme une enfant, néanmoins, que je le veuille ou non, mon corps va changer. Alors je mange le moins possible. Mélie, une ancienne infirmière, prétend que parfois, lorsqu'on a sans cesse faim, le sang n'a pas assez de force pour couler. Cette femme est vieille, ils la gardent parce qu'elle sait soigner. Elle sait comment extraire une balle, comment recoudre une plaie. On va la voir pour toutes les blessures mineures, les maux de ventre et tout ça. Les blessures graves, ce sont les médecins qui s'en occupent. Quand il y a eu cette terrible offensive contre nous, cela a fait tellement de blessés que j'ai dû aider. J'ai beaucoup appris. Elle m'a dit que j'étais douée parce que j'avais du sang froid. Je nettoie les plaies, pose les pansements compressifs, ajuste le garrot. Elle m'a même enseigné comment recoudre la cuisse d'un combattant et m'a félicitée de mon habileté à faire les sutures. J'ai aimé travailler à ses côtés. J'espérais rester avec elle ; ils ne me l'ont pas permis maintenant qu'on s'est remis en route. Demain, nous

affronterons les défenses d'une ville importante. Elle livrerait l'accès à la voie qui mène à une métropole. Si nous prenons cette ville, ce sera une remarquable victoire.
Je voudrais pleurer, mes yeux restent secs, à vif. Le poids sur ma poitrine pèse à m'étouffer. C'est un des garçons qui ramassent les armes qui est venu me prévenir. Ma sœur perdait tout son sang. On l'a transportée à l'infirmerie. J'ai couru aussi vite que je pouvais. En dépit des bombardements, car l'offensive est commencée. Les médecins sont déjà débordés par les blessés qui affluent et Mélie est submergée elle aussi. Tandis que Lara se vide sur un lit de fortune, sans personne pour l'aider, je la regarde mourir en lui tenant la main. Je n'essaie même plus d'étancher le sang entre ses cuisses. Ses yeux voilés ne me voient plus.
Ils l'ont mise avec les morts. Ils font au plus pressé, les cadavres s'accumulent. Les soldats du Nord défendent la ville alliée avec un acharnement que nous n'avons jamais connu. Nous devons combattre pour la moindre rue. J'ai reçu l'ordre avec d'autres enfants de faire la navette entre les Combattants et les dépôts de munitions. Il faut les approvisionner constamment. Je suis devenue très habile à courir sous les tirs. J'évite les balles, ou peut-être que ce sont elles qui ne veulent pas de moi. Je n'ai pas peur. Je ressens une telle colère, une telle douleur que la souffrance me fait une cuirasse.
La nuit va bientôt venir, mais je continue. Je me faufile entre les immeubles effondrés. Les gravats roulent sous mes bottes dont la semelle est si usée que je sens les pierres la transpercer. Je serre contre moi le sac de chargeurs. La rue est déserte. C'est la première fois que je découvre une ville de ce genre. Les édifices sont si hauts que même la tête levée, on n'en distingue pas le sommet. La pétarade des tirs est derrière moi. Je devrais rebrousser chemin, mais mes jambes me conduisent continuellement plus loin. Elles m'éloignent du visage

exsangue de ma sœur. La ruelle débouche sur une petite place, les bâtiments qui l'entourent ont tous leurs volets bien clos. Certaines fenêtres garnies de fleurs en pots accrochés aux rambardes des balcons rappellent un autre temps. Le calme relatif après le fracas des combats me donne l'impression d'être sourde. Seul le ruissellement de la fontaine, dont la vasque de pierre blanche luit dans le couchant, m'assure que je ne rêve pas. Je m'assois sur le banc qui la cerne. Je plonge mes mains dans l'eau, sous le jet qui glace mes doigts.

J'ai dormi, recroquevillée sur le banc. La sirène lointaine des ambulances m'a sortie d'une torpeur noire, sans rêves ni souvenirs. Les lueurs dans le ciel me disent que l'aube fera reprendre les combats. J'admire une dernière fois la paisible placette et me dirige vers le tonnerre des obus qui fracassent les édifices du centre-ville. Une large avenue miraculeusement intacte arbore ses vitrines, certaines barricadées par leurs propriétaires en fuite. Je rase les murs prudemment. Je ne sais plus de quel côté sont les Combattants et où se cachent les soldats du Nord. Le tir nourri des fusils d'assaut crache ses éclats plus loin devant moi. Il provient des arcades d'un magnifique édifice de granite que le soleil allume de reflets roses. Le sac de chargeurs en bandoulière pèse lourd. Je me dis soudainement que je pourrais m'en défaire, dénicher un endroit où me terrer, mais je sais que je n'ai pas cette patience. Je ne pourrais pas attendre de mourir de faim et de soif au fond d'une cave. La faim, je supporte, j'ai l'habitude. Mais la soif ? Ma gourde est presque vide. Je n'ai pas osé boire l'eau de la fontaine, des algues brunes y flottaient.

Maintenant, je vois que des soldats du Nord défendent l'entrée d'un somptueux bâtiment protégé par des sacs de sable érigés en abri. Un avant-poste surmonté d'un fusil-mitrailleur vomit des salves ininterrompues. De grandes paraboles et des antennes hérissent le toit. Dans chaque ville,

l'objectif du Seigneur-Commandant est invariablement de prendre possession du centre des communications. Il s'avère qu'ici c'est aussi le siège de la ville. Sur la façade, il est écrit : Hôtel de Ville. Je me souviens des lettres. L'enseignante nous avait montré la photo d'un bel édifice décoré de drapeaux.
Je suis du mauvais côté de l'avenue, je ne peux plus traverser pour soutenir l'offensive en distribuant mes chargeurs, au risque de me faire tuer par l'un ou l'autre camp. J'hésite à peine et me faufile dans l'ombre d'un étroit passage. J'arrive à toucher les murs de chaque côté en allongeant les deux bras. Il y fait humide et froid, jamais les rayons du soleil ne doivent atteindre ces pavés couverts de mousse. Un foisonnant lierre recouvre presque entièrement le mur de droite jusque très haut. Il semble bien que cette allée mène loin vers l'arrière du bâtiment. J'entends, assourdi, le claquement des tirs.
Je suis dans un cul-de-sac. Seule une fenêtre enfouie dans le fouillis du lierre m'offre une issue bien incertaine. Elle est à un peu plus de trois mètres. Je pourrais casser la vitre. Il me faut choisir, tenter l'escalade ou retourner sur mes pas braver la mitraille. Je me hisse, agrippée au tronc aussi gros que mon bras, et je pose les genoux sur le muret, sous la fenêtre à meneaux. La crasse des vitres masque l'intérieur de la pièce, impossible de discerner ce qu'il y a derrière. En cassant le carreau voisin du loquet avec le montant d'un chargeur, je tremble de voir surgir la gueule d'un fusil.
J'ai réussi à enjamber le châssis et suis restée tapie dans la pénombre pendant ce qui m'a paru une éternité. Le lieu sent la poussière et la moisissure. Je distingue à peine à un mètre devant moi la forme de hautes étagères remplies d'objets que je ne sais pas identifier. Il y a des dizaines et des dizaines de ces rayonnages dans ce qui semble être une vaste salle. Tout est si paisible que j'entends ma respiration ; le sang bat si vite dans mes oreilles que je dois couvrir ma bouche pour ne pas laisser

échapper une plainte. Je me force à me relever et me déplace à tâtons dans la ligne d'une allée. De chaque côté s'étalent des rayons remplis de livres. Cette fois, je les distingue bien. Alors l'enseignante ne mentait pas lorsqu'elle disait qu'il existait des lieux où étaient remisés tous les mots que l'humain a inventés ! Je suis donc entrée au cœur des secrets. Dans le monde du savoir. J'avance un peu plus et me retrouve au carrefour de plusieurs allées. Le souvenir de l'enseignante me revient. Elle nous faisait asseoir autour d'elle et ouvrait un recueil et l'énigme des signes qu'elle décodait nous était dévoilée grâce à sa voix. Elle nous menait dans des pays fabuleux où, dans les temps très anciens, des magiciennes et des sorciers rivalisaient de pouvoirs pour vaincre les maléfices engendrés par les forces du mal.

Un faible rayon de lumière tombe d'une fenêtre, éclaire une rangée. J'effleure délicatement de ma main le dos des ouvrages. Je bute sur des mots inscrits en lettres rouges sur une couverture : *Contes, légendes et mythes des origines.* Je connais le sens des mots conte et légende, mais je ne sais pas ce que signifie mythe. Il s'ouvre en craquant, projetant dans mes narines une odeur acidulée. Je reconnais les lettres, certains mots, mais tenter de les déchiffrer me donne un léger vertige. Je suis du doigt avec un plaisir coupable les lignes noircies de signes. Je n'aurais pas assez d'une vie pour en explorer les mystères. Quelles histoires racontent-ils ? Je devrais le replacer, mais la tentation est trop forte. Je le glisse dans la poche de ma vareuse.

Je perçois dorénavant le lointain sifflement des obus et le grondement qui le suit. Preuve qu'ils ont bien joué leur rôle de destruction. J'ai envie de me cacher ici, pour y apprendre toutes ces paroles. Mais il n'y a pas de refuge. Je ne serais hors de danger que le temps de m'en illusionner, comme en dormant au pied d'une fontaine.

Pour me donner du courage, je dois me répéter ce que je n'ai jamais dit à haute voix. Ma sœur et moi n'avons jamais prononcé les mots : « Maman est morte. » À présent, je profère d'une voix ferme et rauque : « Lara est morte. » À l'intérieur de ma poitrine, un nœud de plus se forme. Il pèse si fort contre mes côtes que j'en suffoque. Je serre les poings. Je me contrains à faire un pas, puis un autre jusqu'au bout de cette salle qui aura bien une fin. Je marche vers le fracas de la mort. Car la mort n'est pas silencieuse, elle ne vient pas te prendre par-derrière, furtivement. Elle gronde, elle hurle, elle gicle, le sang, la merde qui s'échappe des boyaux. Elle niche dans les gorges des hommes qui râlent. Je les ai entendus geindre. J'ai vu leur regard suppliant. Souvent, les corps des soldats du Nord que nous devions détrousser n'avaient pas franchi le seuil. Les garçons qui recueillaient les armes avant notre écumage portaient rarement le coup de grâce comme c'était leur tâche. Alors, j'avais appris à le faire. Je me penchais tout doucement au-dessus d'eux, je murmurais « chuuut » à leur oreille comme ma mère le faisait pour calmer un gros chagrin, puis je tranchais adroitement la carotide. Je suis très habile avec le scalpel que j'ai volé à l'infirmerie.

J'ai poussé lentement les portes de la salle. Elle s'ouvre sur une immense pièce bien éclairée par une prodigieuse verrière qui fait office de plafond. De longues tables, des chaises alignées devant chaque place agrémentée de petites lampes de verre poli. Des piles de volumes attendent sagement d'être ouverts. La déflagration des armes me fait sursauter. Le combat est tout proche, derrière une autre porte. Elle communique avec une spacieuse galerie dotée d'une balustrade de bois ajouré. Silencieusement, je m'approche et m'agenouille, protégée par le parapet. Je suis à l'étage, au-dessus d'un hall dont les murs sont criblés d'éclats de balles. À travers les hautes vitrines éclatées donnant sur la rue, je vois les Combattants

du Tout-Puissant abrités en face sous les arcades. Les soldats dans le hall tiennent une position bien précaire, derrière un amas de caisses et de meubles renversés. Ils sont cinq. Ou plutôt elles. Ce n'était pas une légende. Elles existent réellement, les Guerrières. L'une d'elles s'acharne, balayant les attaquants de son fusil-mitrailleur, dès que l'un d'entre eux tente une percée. Une autre est juchée en haut des marches. Une snipeuse avec un SIG 550. Elle a vu tout comme moi le Combattant qui court à croupetons vers l'entrée. Pffft ! Un cercle rouge illumine le front de l'imprudent.
J'observe la scène pendant une demi-heure. L'adrénaline de la bataille me serre la gorge. Je pourrais m'échapper. Il y a un couloir au bout de la galerie, une sortie vers l'arrière doit exister. Néanmoins, je ne bouge pas. Je suis incapable de me détourner de ces soldates. Comme si en restant, en étant témoin de leur courage, de leur détermination, je détenais l'espoir d'une victoire.
Elles ne sont plus que trois à faire feu. La guerrière derrière la mitrailleuse a été tuée, remplacée par une monumentale femme à la peau noire. Une autre, grande et blonde, a fait retraite vers l'escalier ; couverte par les tirs de la snipeuse, elle grimpe à l'abri de la galerie. Elle soutient la soldate blessée qui tient sa gorge d'où s'échappe le sang à gros bouillon. J'ai vu suffisamment de blessures pour savoir qu'elle ne survivra pas. J'ai reculé jusqu'au fond de la galerie.
Il n'y a plus de munitions pour le fusil-mitrailleur. Bientôt, les Combattants auront la voie libre. Les soldates maintiennent un feu nourri pour permettre à la Noire de faire aussi retraite. Elle transporte le corps de sa camarade. Elle ne veut pas le livrer aux mains de l'ennemi. Ils mutilent les chairs des guerrières. Profaner les dépouilles pour semer la terreur, en exhiber les photos pour plonger leurs familles dans l'affliction est, pour eux, une forme de propagande. Chacune des

guerrières compte ses chargeurs. Je lis la peur sur leur visage. En me déplaçant pour rester cachée, je sens le poids du sac sur mon épaule. Je possède assez de munitions pour les faire tenir un moment. Sans réfléchir, je sors de l'ombre. À genoux, les deux mains levées, j'avance lentement. Les yeux de l'imposante guerrière me fixent, son fusil pointé sur moi. D'un élan, je fais glisser le sac de chargeurs dans leur direction.

Nous nous sommes repliées derrière les portes de la bibliothèque que nous avons bloquées avec les tables, les chaises et les armoires. Cela nous accorde un peu de répit. Les Combattants ont envahi le rez-de-chaussée où loge le musée. Ils le vandalisent, le fracassent, souillent les œuvres d'art. Ces symboles contraires à leurs dogmes. Je soigne comme je peux la blessée, mais elle perd trop de sang. Nous sommes piégées dans cette salle. Nous ne vaincrons pas leur puissance de feu lorsqu'ils défonceront notre médiocre barrage. Ce qui ne peut tarder. Il y a une sortie de secours à l'arrière qui mène dans les ruelles. Je comprends que les guerrières ne partiront pas tant que leur camarade sera en vie. Alors, tandis qu'elles discutent, je fais ce que je sais faire. Tendrement, j'accélère la fin inévitable. Et puis, je suggère de cacher les cadavres dans l'arrière-salle, sous des piles de livres. Un noble tombeau pour ces femmes.
Nous courons. La fuite par le toit se révèle périlleuse, mais c'était la seule issue qu'il nous restait. Nous sortons par l'arrière du bâtiment en empruntant un escalier de secours. Impossible de descendre, en bas, ça grouille déjà de Combattants. La guerrière à la peau sombre semble savoir de quel côté se diriger. Je les suis, sans qu'elles me le proposent, cependant, elles ne m'en ont pas empêchée.

Le soir tombe. Nous patientons sur le toit en terrasse d'un immeuble résidentiel. Dès que nous le pourrons, nous irons vers la périphérie que les soldats du Nord tiennent toujours. Le centre de la ville est aux mains des Combattants du Tout-Puissant. Tout brûle. Je songe aux dépouilles des guerrières qui gisent parmi tous ces livres. Dans le ciel flamboyant du couchant s'élèvent des flammes tout aussi rougeoyantes. J'aimerais que les mots de toutes les histoires incendiées crient leur colère. Mais comme Lara, les écrits meurent en silence.

Je tire le recueil volé de la poche de ma veste. Je le tends à la snipeuse, une Asiatique à la silhouette musclée, et lui demande si elle comprend ce qui est écrit. Elle hoche la tête, elle feuillette le livre et me lit les mots.

– *Contes, légendes et mythes des origines*. C'est un livre qui raconte des histoires à propos de dieux et de déesses qui ont contribué à la création de l'univers. Ce sont des récits merveilleux, imaginaires bien sûr, qui tentent d'expliquer l'origine du monde, de l'espèce humaine. Beaucoup de religions se sont inspirées de ces mythes.

Devant mon regard interrogateur, elle précise :

– Cela se passe dans les temps très anciens avec des personnages aux pouvoirs surnaturels, des créatures mi-homme, mi-bête, tout ça devrait te plaire, te faire rêver. Loin de notre sinistre réalité, ajoute-t-elle, un bref sourire se dessinant sur ses lèvres.

2

AU FIL DE L'EAU

...La nature n'a que faire de la brutalité des hommes...

Je talonne comme une ombre les trois guerrières. Nous devons fuir la ville incendiée avant que les forcenés qui s'attardent pour saccager et razzier ne nous rattrapent. Je crains qu'elles ne me chassent, aussi j'essaie d'être discrète et serviable. Je remplis les gourdes quand nous passons près d'un point d'eau, je ramasse des détritus inflammables pour le feu du repas du soir. J'ai compris qu'elles m'acceptent lorsque n'ayant plus de ration dans mon sac, je me suis bornée à siroter l'infusion que j'avais préparée. La guerrière noire que, par-devers moi, j'appelle la géante a tranché un bout de sa part et me l'a mise dans la main. En silence, son regard me dit : « Tais-toi et mange. » J'ai hoché la tête et mordu la barre protéinée. Notre seule nourriture quotidienne. Nous avançons sur des routes défoncées bordées d'immeubles en ruines. Les bombardements ont rasé les quartiers populeux, telle une tornade, la dévastation s'étend sur des kilomètres derrière nous et probablement aussi devant nous. Malgré le vent qui souffle, chassant les nuages gris, une odeur de putréfaction émane des gravats. Des centaines de cadavres gisent sous les décombres. Nous voulons rallier l'arrière-garde qui selon la communication radio à peine audible que nous avons enfin captée se dirige plus au nord. La difficulté étant que la troupe progresse au même rythme que nous. Lorsque nous avons atteint un chemin de halage à la sortie du dernier bourg,

Manu, c'est ainsi que se nomme la géante, a tiré de sa veste une grande feuille de papier toute froissée. Agenouillée, elle la déplie devant elle. La blonde Pat et Cum, la fine Asiatique se penchent sur ce que je comprends être une carte. Manu désigne du doigt un mot que je ne peux lire, étant trop loin. Elle explique que notre bataillon se situe de l'autre côté du fleuve, à notre droite, qu'il faut le longer et chercher une embarcation. Néanmoins, impossible de savoir si la région nous est encore acquise.

Je me lève pour m'approcher de la rive. Avant notre halte, j'avais remarqué une forme sombre flottant sur l'eau. Je descends le talus et mes bottes s'enfoncent dans la boue. En tendant le bras, je leur montre une masse métallique qui jouxte un parapet de ciment en partie masqué par de robustes bosquets de cornouiller. Cela ressemble à un bateau. Cum vient vers moi et affirme que c'est une péniche.

Nous avons couru, c'était imprudent, mais notre joie nous rendait insouciantes. Cependant, à cent mètres du quai, nous sommes restées blotties sous le couvert des arbres. Aux aguets, le temps d'entendre grincer les cordages qui retiennent la proue au ponton. La péniche possède une cabine dont les fenêtres sont décorées de jolis rideaux. Accrochées aux bordures du toit, des corbeilles de géraniums se balancent au gré de l'onde et des heurts sur la coque. À l'arrière, des écoutilles revêtues de panneaux solaires ferment la cale. Tout semble désert. Pas la moindre présence humaine aux alentours. Pat se lève, se tourne vers ses camarades : « Vous me couvrez. »

Pendant que Manu et Cum se mettent en position, elle se faufile hors de la protection des buissons, s'avance sur le ponton, descend l'échelle et saute sur le pont. Je surveille sa méfiante progression alors que Cum, couchée dans l'herbe de la berge pointe son fusil sur la porte de la cabine.

Accroupie derrière elle, Manu guette le plus léger mouvement qui pourrait surgir du chemin ou des champs en friche. Pat disparaît de notre vue, elle est entrée dans l'habitacle. Tandis que Cum s'est tournée vers la route et reste en vigie, Manu nous quitte pour rejoindre Pat. Je m'apprête à la suivre mais elle me chuchote, sévère : « Tu ne bouges pas ! »
Je me dissimule dans les feuillages, déçue.
Manu et Pat ressortent. Je les observe et je me dis que leurs traits se sont transformés en pierre. Manu s'adresse silencieusement à Cum et désigne de la main la direction de la cale. Pat se positionne pour la protéger au moment où sa camarade fait glisser un panneau de l'écoutille. Manu se penche, et recule. Elle remonte sur son nez le foulard enroulé à son cou. Elle projette le faisceau de sa lampe de poche, un long moment à la recherche d'un signe de vie, secoue la tête et se relève. Debout à côté d'elle, Pat s'est aussi couvert le bas du visage et en dépit de la distance, je perçois l'haleine trop familière de la mort. Muettes, elles viennent nous retrouver dans l'ombre des cornouillers en fleurs. Je ne peux m'empêcher de penser qu'en d'autres temps, ce ciel maintenant céruléen, l'herbe fraîche et grasse des talus, ces pétales blancs qui volettent dans la brise printanière et retombent sur nos têtes, feraient naître un ineffable enchantement. La nature n'a que faire de la brutalité des hommes.
Cum a deviné, mais tient à savoir :
– Alors ?
– Dans la cabine, un bébé, mort dans un couffin. Dans la cale, la mère, je suppose, et deux fillettes, lui répond Manu d'une voix atone.
– À demi nues, sauvagement violentées, gronde Pat, les yeux brillants de larmes et de colère.
Je n'ose rien dire. Je m'éloigne. Je traverse le chemin, longe le champ dont le sol attendra vainement les labours.

Nous avons croisé la route de tant de cadavres, de tant de barbarie. Pourquoi ces dépouilles nous bouleversent-elles plus que les autres ? Je crois que c'est à cause des rideaux à pois rouges, ils étaient le symbole d'un espoir. Puis, je pose les yeux sur ce corps tailladé dans le fossé. Le visage enfoncé dans la boue, le torse est puissant, le poing levé, fermé sur une gaffe de marinier. Mes jambes me lâchent, je m'effondre en pleurs. Je revois mon père tentant en vain de nous défendre, ma mère, ma sœur et moi.

Nous avons creusé la terre meuble près des cornouillers. Une seule tombe pour cette famille. Au couteau, j'ai gravé dans le bois d'un cageot, l'unique mot lisible peint sur la coque de la péniche, « Gato », faute de connaître le nom de ces gens. Dans la tiédeur du coucher du soleil, nous nous sommes baignées à tour de rôle dans le fleuve. Cum, en faction, son fusil pointé sur la route, passe ses doigts dans sa courte chevelure pour les sécher. Lavés de la crasse, ses traits me paraissent plus jeunes. Pour la première fois, je m'interroge, qui sont ces guerrières ? Quelle est leur histoire ? Est-elle semblable à la mienne ? Que vais-je faire lorsque nous aurons rejoint leur escadron qu'elles semblent persuadées de rattraper avec la péniche. Manu n'en doute pas. Elle a trouvé des cartes fluviales des voies navigables, des informations sur les écluses, Pat et elle font des plans, discutent. Le soir tombe dans un chatoiement de mauve et de pourpre. J'ai mis l'eau à bouillir. Dans la cale, il y a des caisses de choux et de pommes de terre. Je les pèle le temps que les lamelles de chou cuisent à feu doux. Nous nous régalerons de ces modestes légumes, car rien ne nous assure que demain nous offrira un autre repas.

Tout est atrocement calme en pleine campagne, ou longeant les abords du canal qui traversent les villages ; les seuls êtres

vivants que nous avons aperçus sont des moutons, quelques chevaux et beaucoup de chiens hargneux. Nous naviguons pourtant depuis trois jours, sans autres incidents que les difficultés à surmonter pour franchir les écluses. À plusieurs reprises, il a fallu accoster pour nous-mêmes manipuler les mécanismes qui enclenchent vannes et portes, ce qui s'est révélé assez complexe. Mais Pat, qui a pris les commandes, sait résoudre ce genre de problème. J'ai compris qu'autrefois sa famille possédait un voilier. Je l'ai vu brièvement sourire tandis qu'elle dirigeait habilement la péniche dans un goulot plus étroit. À présent, il n'y a plus que des légumes avariés et il nous faut garder les rations protéinées pour le moment où nous reprendrons la route vers l'intérieur des terres. Pendant que Manu et Pat s'acharnent sur les mécanismes grippés de l'écluse, j'ai suggéré d'aller explorer les abords d'une ferme que nous pouvons voir en haut d'une butte. Manu m'a regardé sans mot dire. J'ai senti qu'elle allait s'y opposer.
– Je me suis débrouillée toute seule avant de vous rencontrer. Je sais me déplacer sans bruit et me rendre invisible.
– J'y vais avec elle, propose Cum. S'il y a de la nourriture à rapporter, elle ne pourra pas tout transporter et rester en alerte.
Je vois dans les yeux de notre cheffe qu'elle évalue les risques et qu'elle se dit que tôt ou tard la chance que nous avons eue finira par tourner.
– Faites vite, alors. Je vous accorde une heure, pas plus, répond Manu.
– Prends mon talkie-walkie, s'il y a le moindre problème, on vous rejoint, suggère Pat.

Cum a échangé son fusil longue portée avec la mitraillette plus légère de Manu. Elle l'a glissée en bandoulière et nous grimpons les escaliers de fer qui mènent au chemin de halage.

Il fait un temps divin, c'est ainsi que ma mère qualifiait ces jours de douce chaleur avant que la touffeur du plein été ne nous assomme. Je ne devrais pas me sentir si joyeuse, je ne devrais pas avoir envie de fredonner pour accompagner la cadence de nos pas. Les duveteux coussins d'ouate des nuages décorent le ciel, sur les bas-côtés du sentier croissent des fleurs jaunes dont je ne connais pas le nom. Je voudrais en cueillir une, mais je crains que Cum me juge désinvolte. Elle avance prudemment, progressant régulièrement à reculons pour s'assurer que personne ne surgisse dans notre dos. Avant de nous hasarder plus près de la ferme, nous décidons de la contourner par l'arrière à travers un petit boisé quelque peu surélevé qui nous tient à l'abri des regards et nous permet de scruter les environs. Rien ne bouge. Seuls les trilles de mésanges qui se chamaillent nous accompagnent au-dessus de nos têtes. Négligente, je marche dans une ornière remplie d'eau. Mes bottes déjà trop abîmées sont une passoire. Mes pieds trempés font un bruit de succion. Cum se retourne, agacée. Je hausse les épaules et prends un air désolé. Elle jette un œil sur mes chaussures et commente d'une grimace leur dégradation. Je m'apprête à émettre une excuse quand des bêlements de détresse nous figent. Alarmées, nous approchons encore plus vigilantes. Nous longeons le mur de ce qui doit correspondre à une grange. La maison d'habitation de deux étages se situe en contrebas, nichée dans l'ombre de majestueux chênes, la peinture pelée de la construction de bois montre des années de carence. Sur la droite, bien orienté au sud, le rectangle du potager expose des sillons de terre labourée d'où perce la verdure de jeunes pousses. Quelqu'un vit là. Aux bêlements se sont ajoutées les criailleries de panique des poules. C'est une basse-cour en plein chaos que nous découvrons. Une chèvre attaquée par un chien efflanqué, la gueule ouverte sur des crocs d'où coule une écume, sautille et utilise ses cornes en

bouclier. J'ai ramassé une pelle qui traîne sur le sol. Cum arrête mon élan.
– Recule ! Ce chien a la rage. S'il te mord, nous n'avons pas de vaccin.
– Il va tuer la chèvre, elle nous serait bien utile pour le lait et le fromage.
Cum tire de sous sa veste un poignard que je n'avais pas vu. Elle se positionne, les pieds bien ancrés sur le sol poudreux et lance le couteau si vite que je n'ai pas le temps de voir sa trajectoire. Le chien hurle alors que la lame enfoncée dans sa gorge fait jaillir un flot de sang. Au même moment, la chèvre le frappe au flanc. C'en est fait de ce pauvre chien affamé. Cum vérifie les alentours. Les volailles piaillent toujours leur épouvante et la chèvre, réfugiée derrière l'abreuvoir, nous guette d'un œil torve. Cette bataille lui a donné soif. C'est étonnant que tout ce raffut n'ait ameuté personne. Cum, la mitraillette en positon, pénètre dans la pénombre de la grange dont les portes sont ouvertes. Je la suis, tout en surveillant la sortie. Tout au fond, deux autres chèvres et trois chevreaux agglutinés mâchouillent. La réponse à notre interrogation nous est vite livrée. Une femme âgée gît aux côtés d'une fourche fichée dans le foin. Cum se penche sur elle, cherche un pouls sur son cou. J'ai vu trop de cadavres pour évaluer sans me tromper que la peau tavelée du faciès porte les signes d'une mort récente. Une longue tresse grise s'échappe du bonnet, ses deux mains crispées sur sa poitrine. Cum écarte la veste de laine. Son corps ne présente aucune trace de blessure.
– Regarde ses mains, elles sont toutes raides.
– Une crise cardiaque, je crois. Elle doit vivre seule, sinon quelqu'un serait déjà venu à sa recherche. Allons voir à la maison, mais je serais surprise d'y trouver qui que ce soit.

À gauche du potager, dans la fraîcheur offerte par l'abondante ramure du chêne, une table bancale et rouillée tient compagnie à une chaise longue dont l'osier s'effiloche. Je note mentalement qu'il n'y a en effet qu'une chaise. Nous entrons de plain-pied dans une cuisine dont les murs pèlent sous l'effet de l'humidité et, malgré le mobilier élimé, tout est impeccablement propre et rangé. Dans l'évier, une assiette, des couverts et un verre attendent d'être lavés. On aperçoit dans le couloir un escalier. Cum me fait signe qu'elle monte à l'étage. Dans le silence, la charpente de bois de la maison craquette, c'est une musique ancienne que je connais pour l'avoir écoutée la nuit alors que le sommeil me fuyait. Je dormais mal chez ma grand-mère, car je n'aimais pas que mes parents m'y laissent au cours des semaines où ils assistaient aux réunions politiques.

Ma sœur, elle, s'y plaisait. Elle raffolait s'occuper des bêtes, lapins, poules et surtout des agneaux. Moi, je ne jouais qu'avec les chats. Les usages de la ferme, c'est chez mamie que je les ai appris. Du moins pour peu que je m'en souvienne, puisque ces images, ces réminiscences lorsqu'elles surgissent, je les occulte aussitôt. Elles labourent ma chair, oppressent ma gorge et me coupent le souffle.

Je traverse le corridor qui mène au salon. Des murs dont la tapisserie écrue a jauni. Des canapés et des fauteuils de velours bleu paon, de nombreux coussins recouverts de laine crochetée, une commode rustique dont le plateau est garni de photos encadrées. Je viens de faire un bond dans le temps chez ma grand-mère, même les lourdes tentures de brocart lie-de-vin m'y projettent et me tourneboulent le cœur. Les femmes de cette époque avaient des goûts semblables puisés à même les magazines dont mamie accumulait des piles sur les tables basses. Je m'assieds sur le bout du canapé et caresse le textile duveteux et râpé par de trop fréquents

usages. Ici vivaient des enfants, une vraie famille dont les mines souriantes évoquent un passé révolu. J'entends les pas de Cum là-haut, elle m'appelle, me dit de venir. Je ne veux pas qu'elle voie mes larmes. Je renifle, essuie mes yeux et je gagne lentement l'étage marche après marche pour m'accorder le temps de retrouver une figure indifférente. Elle se tient sur le seuil d'une chambre.
– Regarde, des vêtements, des chaussures pour toi. Est-ce qu'elles te vont ? me demande-t-elle en me tendant une paire de solides bottines en très bon état.
Je les prends, hésitante.
– Mais à qui sont-elles ?
– Ce n'est pas du vol. Je suis certaine que la dame te les offrirait volontiers, me réplique Cum en voyant mon embarras. Et aussi, il y a des pulls chauds, une veste molletonnée. Nous devrons faire route vers les montagnes du Nord. Il fera plus froid qu'ici dans la plaine.
– C'est la chambre d'une fille, dis-je. Tandis que je me tiens au milieu d'une pièce équipée d'un lit dont l'édredon rose à festons ne laisse aucun doute.
– Ces habits sont d'un autre temps, mais ils sont de bonne qualité. Il y a aussi des sous-vêtements, des chaussettes. J'ai vu que les tiennes tombent en lambeaux.
Devant mes joues qui rougissent, elle insiste. Elle devine mon désarroi :
– Tessa, la guerre nous dépouille de tout. Tu as réussi à rester digne et forte. Je vais expliquer à Manu ce qui se passe. Je veux lui suggérer de faire un enterrement décent pour cette vieille dame. Il y a un sac à dos sur le fauteuil, mets-y ce qu'il te faut, change-toi et viens m'aider à récupérer des provisions.
Je demeure muette, craignant que ma voix me trahisse. Il y a si longtemps que quelqu'un a pris soin de moi. Comme maman le faisait. J'inspecte les vêtements étalés sur le lit. J'essaie un

pantalon de grosse toile kaki avec de nombreuses poches où je pourrai mettre tout ce que contient ma besace. Il est un peu ample, mais en serrant un foulard enfilé dans les passants de la ceinture et en retournant les ourlets, il me va. Après m'être vêtue d'une toute nouvelle tenue, j'abandonne mes haillons sur le sol en souriant. Pour la première fois depuis je ne sais plus combien d'années, je vois mon reflet dans un miroir. Je suis maigre. Mes cheveux noirs et raides noués en une épaisse tresse tombent jusqu'au bas de mon dos. J'ai le teint cuivré et les yeux verts en amande de mon père. Je trouve ma bouche trop grande et mon nez trop fort. Je hausse les épaules. Il vaut mieux être laide, on se fait moins remarquer. Je bourre le sac de quelques habits de rechange. Je m'assieds sur le lit. Je tente de m'imaginer que cette chambre est la mienne. Sur une étagère en face de moi, un gros volume à la couverture rouge repose entre deux figurines de porcelaine. Je les examine, une bergère tient un agneau dans ses bras, l'autre statuette représente une dame au fastueux chapeau dont la robe bouffe sous les volants. Je pourrais en prendre une, elles sont si mignonnes. Je la replace en me disant qu'elle est trop fragile. Mes doigts frôlent le livre, je l'attrape des deux mains et l'ouvre. Des colonnes de mots, des milliers de mots ! L'enseignante l'avait qualifié de coffre aux trésors. Un dictionnaire. Nous en faisions un jeu. Chacun de nous le posait sur ses cuisses, l'ouvrait au hasard et devait lire le premier mot en haut de la page. Parfois, c'était facile, mais le plus souvent il était si étrange que l'on s'esclaffait en essayant de le déchiffrer et d'en comprendre le sens. Je reprends ma besace sur le tas de vêtements et y dissimule le dictionnaire avec un mélange de culpabilité et d'euphorie.

Bizarrement, le sentiment d'une vie nouvelle émerge, je n'ai pas réfléchi à ce qu'elle pourrait être. Que vais-je faire lorsque nous quitterons la péniche ? Cum a dit que nous ferons route vers les montagnes du Nord, c'est donc qu'elles songent à me garder avec elles. Je n'ai pas osé leur poser la question, effrayée de la réponse.

Le soir tombe lorsque nous amarrons la péniche, nous sommes en retard sur le plan élaboré par Pat et Manu. Elles craignent de ne pas pouvoir rattraper leur régiment avant qu'il ne quitte les rives du fleuve. Ce n'est pas la brève cérémonie, qui nous a réunies autour de la tombe creusée pour Juanita Perez, qui nous a ralenties. Nous l'avons identifiée grâce aux papiers bien classés dans un petit meuble de sa chambre. Il y avait aussi une chaîne avec une croix. Pat m'a expliqué que c'est ce que certains chrétiens portaient autrefois. Nous lui avons mise au cou. Pat a cloué deux bouts de bois en croix et m'a suggéré d'y graver le nom de Juanita, puis elle l'a plantée dans le monticule de terre sous le superbe chêne près de la chaise en osier. J'ai déclaré qu'à présent, comme elle en avait l'habitude, elle pourrait s'y reposer.

Ce qui nous a freinés, c'est le moteur du bateau. Il fait de drôles de bruits dont Pat s'inquiète, alors elle n'ose pas pousser la vitesse. Après plusieurs tentatives, Manu a joint sa capitaine pour la prévenir. Les transmissions sont souvent inaudibles, néanmoins sa colère était bien perceptible. Moi, je songe que nous allons déjà plus vite que si nous devions y aller à pied. Et si je suis sincère, je ne suis pas pressée d'arriver à destination. Nous avons rassemblé les chèvres et aménagé le poulailler sur le pont, ramassé le plus de nourriture que nous pouvions, des légumes en conserve et même de la confiture, aussi des couvertures et des outils, ce qui pourrait être utile. Manu a hésité avant de tout embarquer, Juanita a des enfants quelque part, bien qu'il semble qu'elle vivait seule depuis longtemps. Nous ne voulions pas nous comporter comme des pilleurs, toutefois nous ne pouvions pas livrer les bêtes aux crocs des chiens errants. La radio nous a appris que les

Combattants du Tout-Puissant ne tiennent pas cette vallée, mais que la bataille fait rage plus à l'est. L'affluent du fleuve que nous empruntons nous mène vers le nord-ouest, et bien plus loin vers un estuaire et l'océan, dont le littoral est bordé par les falaises des Hautes Terres. Il y a des signes d'activités dans les bourgs que nous croisons. Nous essayons toutefois de rester discrètes, il ne faut pas attirer l'attention. C'est moi qui suis chargée de nourrir et d'abreuver les animaux. Lorsque je descends dans la cale où sont remisés le foin et le grain, je chantonne pour calmer mes frayeurs. Il y flotte le souffle de la mort. Même avec l'écoutille que nous gardons ouverte, l'air vicié me donne la nausée.

J'ai eu plaisir à préparer le repas. Nous avons non seulement du fromage et du pain, mais aussi des œufs et des oignons pour agrémenter les pommes de terre. Alors j'ai cuisiné une volumineuse tortilla du mieux que j'ai pu. J'adorais aider ma mère à couper de fines lamelles de *patatas* et pour la première fois, je n'ai pas été triste en songeant à elle. Lorsque nous nous sommes assises autour de la table dans la cabine, il y avait une ambiance de fête. Pat nous a abritées aux abords d'une mare, de hauts joncs nous dissimulant de quiconque surgirait de la rive. Encore que la campagne environnante semble vidée de toute présence humaine. Il n'y a que le vent dans les roseaux, une voûte étoilée et la lampe solaire pour éclairer mes compagnes que je vois sourire. Je crois que cela tient à cette bouteille d'alcool ambré que Manu a rapportée du fond d'un placard. Aussi, levons-nous nos verres au repos de Juanita et nous la remercions pour ses splendides présents. Moi, je bois un soda orange et sucré qui pétille sous la langue. Je plie et déplie mes orteils de satisfaction dans des chaussures un peu lâches. Mes pieds maltraités vont enfin guérir.

Je suis allongée sur l'une des banquettes matelassées dans la coquerie. Je pense que c'est là que devaient dormir les deux fillettes. J'essaie de ne pas me rappeler quelle a été leur fin, mais plutôt d'imaginer leurs jeux sur cette maison flottante. Ce devait être amusant de vivre au fil de l'eau. Chacune d'entre elles monte la garde à tour de rôle, la mitraillette à portée de mains. Ce soir, ce doit être Cum qui fait la vigie sur le pont, car j'entends les gémissements de Pat et Manu. Elles utilisent la double couchette dans l'alcôve à la poupe. Elles ne sont pas aussi bruyantes d'habitude, mais le whisky doit y être pour quelque chose. Parfois, je réfléchis au sexe. Je n'en ai connu que ce qu'il a de plus répugnant. Il a tué ma sœur et des centaines de femmes. L'idée même me terrifie. Je suppose que Pat et Manu sont amoureuses. Pour elles, cela semble agréable, elles pouffent souvent de rire. Quant à Cum, elle s'est fait un lit avec des coussins à même le sol, à côté du gouvernail. Lorsqu'elle est témoin des complicités de ses camarades, elle fait comme si elle n'avait rien vu des tendresses échangées. Il y avait de ce genre de liaison au camp des déplacés et aussi parmi les servantes des Combattants. Celles-ci s'en cachaient évidemment, puisque cela aurait entraîné leur lapidation, mais au mépris de cela, elles bravaient l'interdit. J'avais demandé à Mélie pourquoi elles risquaient leur vie ainsi. « Le sexe est une pulsion très puissante », m'avait-elle répondu. Moi qui cherche constamment à tout comprendre, je ne saisissais pas ce que cela pouvait signifier. Je dois être une vraie bécasse. Encore aujourd'hui, c'est un sujet qui me reste étranger. Je m'agite et mes pensées moulinent trop pour que le sommeil me gagne. Je me lève, enfile ma veste et je me hisse sur le pont.

Cum est assise à l'avant, les pieds appuyés sur un rouleau de cordage, son arme posée sur ses cuisses. Je m'approche à pas feutrés. Elle tourne la tête vers moi, ébauche un sourire. L'air frais me fait frissonner. Ici, une partition de nuit différente se joue. Le coassement des grenouilles, les frôlements dans les joncs ponctués par le ululement des chouettes et d'autres oiseaux nocturnes dont j'aimerais connaître le nom. Je me sens si ignorante. Je repense à l'autre livre que j'ai dérobé. J'ai essayé d'en lire les mots. Beaucoup me sont inconnus, alors je les cherche dans le dictionnaire. Cela prend du temps, mais le soir quand toutes mes tâches sont terminées, je découvre qu'autrefois les humains avaient de nombreux dieux pour les protéger. Ce qui, selon moi, est bien plus logique que de croire en un seul comme les Adeptes, Tout-Puissant qu'il soit. J'ai demandé à Cum ce qu'elle en pensait. Elle a plongé ses yeux dans les miens : « Les dieux n'existent pas. Pas plus celui de ces déments qui enferment les femmes en cage et les traitent en esclaves, que de déesses, créatrices de cette humanité insensée qui court à sa perte. » J'ai voulu la questionner, savoir quelle logique pousse les hommes à tuer au nom d'un dieu unique. Elle s'était déjà refermée écartant toute conversation. Cum ne bavarde jamais. En fait, elle ne discute pas comme Pat et Manu qui débattent constamment. J'ai interrogé Manu. Elle m'a répondu que je ne devais pas penser que le silence de Cum était dirigé contre moi. « Elle a vécu quelque chose d'atroce. Elle était institutrice. Tous les enfants de sa classe et toute sa famille ont brûlé vif, elle seule en a réchappé. Elle a été prisonnière des Adeptes du Tout-Puissant pendant plusieurs mois, elle a réussi à s'évader. C'est tout ce que j'ai appris, elle refuse d'aborder le sujet. » Manu est celle qui parle le plus volontiers avec moi. Elle ne me traite pas comme une petite fille, alors que Pat a tendance à vouloir m'épargner. Quand elles ont appris par la radio que toutes les régions au sud du fleuve étaient tombées sous le joug des Adeptes, elle a tenté de minimiser cette défaite. Moi, je sais très bien que c'est une menace considérable pour le camp adverse. Cela signifie que des centaines de milliers

d'hommes seront enrôlés de gré ou de force pour anéantir l'armée de femmes et d'hommes qui se battent pour préserver la liberté de choix et ce que Cum nomme l'État de droit. Je n'en saisis pas bien le sens, mais je me souviens avoir entendu ma mère utiliser cette expression devant ses amies. J'ai compris que ces réunions politiques auxquelles mes parents assistaient devaient porter sur ces sujets. J'étais trop jeune pour en appréhender toute l'importance, cependant maintenant je suis fière de dire que mes parents n'adhéraient pas à cette frénésie haineuse qui s'emparait de nos voisins et de certains membres de notre famille. Ce soir, au cours du repas, j'ai affirmé que si mon père n'avait pas été assassiné, il lutterait avec nous. Manu m'a souri et m'a expliqué que la force et la faiblesse de notre camp résident justement dans sa diversité. Les guerriers et guerrières viennent de tous les horizons pour soutenir la cause des gens du Nord, toutefois les raisons des allégeances sont variées, la cohésion parmi les groupes devient parfois difficile à maintenir.
Pat a déclaré en soupirant : « Là où il y a de l'homme, il y a de l'hommerie. » J'aurais aimé poursuivre la conversation, mais elle s'est levée pour débarrasser et faire la vaisselle. Les autres ont suivi le mouvement. Je reste avec toutes ces questions sans réponses.
Je jette un œil sur Cum qui marche de la poupe à la proue. Enfermée dans ce mutisme rageur. Je sens qu'il y a tant de colère en elle. Une colère semblable à la mienne, celle qui m'a tenu debout depuis l'exode, l'arrachement à tout ce qui m'était familier, aux baisers de ma mère, à la sécurité dans les bras de mon père. À présent, cette fureur s'estompe, je cède à l'idée de souhaiter que la paix revienne. C'est un mirage auquel je m'accroche.
– Va dormir. Demain, nous aurons une rude journée.
Cum a prononcé ces mots en s'asseyant auprès de moi.

– Qui aura-t-il de différent demain ?
– Nous entrons dans une ville qui ne nous est pas affiliée. Ils ne sont pas non plus sous le joug des Adeptes, mais leurs règles sont strictes. Nous devrons leur présenter des documents prouvant que cette péniche nous appartient. Pat a fouillé partout, elle a déniché la déclaration de propriété du bateau. Manu a suggéré que nous inventions une histoire. Il vaut mieux ne pas révéler que nous sommes des guerrières.
– Et les armes ?
– Justement, demain, nous les cacherons, ainsi que nos uniformes.
– Et moi ?
– Tu serais la fille de Manu, Pat est trop blanche et trop blonde.
– Mais je te ressemble plus.
– Hum, ma petite sœur alors. On verra, nous avons la matinée pour en décider.
Je fais mine de poursuivre la discussion, mais Cum me lance, un « bonne nuit » qui met fin à ma tentative.

Je suis seule sur la péniche. Comme chaque soir, quand tout est calme, je sors de sous la banquette ma besace contenant le dictionnaire et le livre du peuple celte. Les noms de leurs dieux sont très bizarres. Mais j'aime leurs histoires, car bien qu'ils possèdent de grands pouvoirs, ils font des erreurs et ils ne sont pas sans défauts. Puis je feuillette le dictionnaire et je mémorise deux nouveaux mots. Je m'entraîne à retrouver ceux dont la sonorité me plaît ou simplement la signification. Je les copie dans un cahier trouvé sur une étagère ou je griffonne des croquis de plantes inconnues. Je m'amuse avec mon coffre aux trésors. Cette fois, néanmoins, ma concentration dérive, je guette anxieusement le retour de Cum alors que la nuit va bientôt tomber. En fin de matinée, peu après avoir accosté, deux douaniers dont les vestes peinent à contenir leur bedaine de bière ont exigé d'inspecter le bateau. Ils prenaient des airs suffisants et l'un d'eux s'est mis à renifler comme un braque pisteur. Nous avions récuré la cale avec un désinfectant, seulement moi, je sentais encore la putrescence, mais les autres disaient que c'était des hallucinations olfactives, parce que j'étais choquée par la mort des fillettes et du bébé. Je n'ai pas voulu argumenter, car elles ne sont pas conscientes de l'effarante quantité de cadavres que j'ai dépouillés. J'ai proposé de déposer les fientes des poules dans un coin pour brouiller l'origine de la puanteur. C'est sous cet amas de déjections que nous avons caché les armes dans une bâche.

Écœurés, les douaniers sont vite remontés dans l'air moite de ce temps brumeux. Ils ont traîné sur le pont, fouinant partout. Au-dessus de nos têtes, des mouettes criardes font une ronde folle. Cum m'a chuchoté que s'ils insistaient tant c'est qu'ils s'attendaient à un bakchich. Le souci, c'est que nous avons très peu d'argent. Manu doit le garder pour la taxe qui devra être payée lorsqu'elle et Pat se présenteront à la capitainerie du port avec les documents du bateau. Elles ont falsifié la déclaration de propriété en pariant qu'avec les communications rendues impossibles depuis l'invasion de toute la région au sud du fleuve, la véracité des papiers ne pourra être vérifiée ou contestée.

Les poules dorment dans leurs cages, même les chèvres se tiennent coites. Cum m'a promis pourtant de revenir vite. Elle est allée à la capitainerie pour essayer de savoir ce qui est advenu à Pat et Manu. Quand elles ne sont pas rentrées en fin de journée, Cum a fait une tentative avec le talkie-walkie. Nous avions convenu de ne l'utiliser qu'en cas d'urgence. L'émetteur de Pat est resté muet. Nous avons patienté un peu plus, jusqu'à ce que Cum descende à la cale pour prendre une

arme de poing légère qu'elle a glissée dans son dos. J'ai fait mine de la suivre.
– Elles vont rentrer, tu leur diras où je suis allée.
Le désespoir a dû se lire sur mes traits. Elle a posé une main sur mon épaule.
– Je ne serai pas longue. Promis.

J'ai dû m'assoupir, car le raclement des sabots des chèvres sur le métal du bordage me réveille. Je m'étais assise sur le siège surélevé face au gouvernail afin d'avoir une meilleure vue de la proue et de l'appontement. Des pas lourds martèlent le pont. Deux silhouettes se dressent devant la cabine. Les douaniers. Épouvantée, je me glisse en bas du siège. Il n'y a pas d'endroit où se cacher, sauf le cabinet des toilettes tout au fond dont la porte est si frêle que même moi j'aurais la capacité de l'enfoncer. Je me faufile vers l'escalier qui mène à la coquerie et m'assieds à la table, dans la faible lueur de la lampe. J'ai attrapé le cahier dans lequel les fillettes coloriaient des dessins d'animaux. J'ai décidé de frimer.

3

PASSAGE INTERDIT

...L'obscurité règne,
pas même la lueur de la lampe dans la cabine.
Des cris, des pleurs...

Une face de belette. Manu a la manie de comparer les traits des gens avec le faciès des animaux. De fait, celui-là tient plus de la fouine, se dit-elle. Il est maigrichon avec un bide flasque et malheureusement pour elle, il lui arrive à l'épaule. Les mâles de petite taille la prennent automatiquement en grippe. 1 m 90, c'est trop grand pour une femme. Au contraire bien sûr, si elle était un homme, on lui manifesterait du respect. On la craindrait, alors qu'on la voit plutôt comme une anomalie de la nature. Avec ses cheveux crépus au ras de la tête et son teint d'un noir profond, son allure androgyne dérange. Le fonctionnaire de la capitainerie scrute le carnet de navigation qu'elle lui a remis comme si ces documents allaient lui livrer un secret. Il faut avouer que le dernier laissez-passer date de plusieurs semaines.

– Pourquoi n'avez-vous rien de plus récent ?

– Dans les Territoires du Sud, les responsables des écluses et des ports ont tous fui. Nous avons navigué au cœur de villages en ruine. Notre entrepôt a été totalement détruit par les bombardements, nos marchandises, incendiées. Grâce à la péniche, nous avons pu traverser le fleuve pour gagner le canal de l'Ouest. Nous avons tout perdu.

– Nous avons suffisamment de réfugiés ici, notre générosité a des limites.
– Nous ne comptons pas rester. Il nous faut seulement l'autorisation de franchir le pont basculant et nous quitterons le port dans l'heure.
– Qu'est-ce qui me le prouve ?
– Nous paierons la taxe de sortie.
– Je dois d'abord évaluer votre cargaison.
– Nous n'en avons pas, je vous l'ai dit, nous ne possédons plus rien.
Derrière elle, Pat s'impatiente. Manu se déplace devant elle pour la cacher aux yeux de ce petit chef pète-sec. Elles ont convenu que ce serait à elle de négocier. Pat s'emporte trop facilement.
– Vos douaniers sont venus tout inspecter. Ils m'ont affirmé qu'ils vous feraient leur rapport, insiste Manu
– Je ne les ai pas vus.
– Mais ils sont passés, il y a plus de cinq heures, en fin de matinée.
– Et alors ? Vous croyez être les seules à tenter de pénétrer dans cette ville !
– Nous n'entrerons pas. Nous ne voulons qu'un droit de passage.
– Je dois d'abord connaître le contenu de votre cale.
Par-derrière, elle attrape le poignet de Pat et le serre pour la faire taire au moment où celle-ci s'apprête à ouvrir la bouche.
– Pouvez-vous nous indiquer où sont vos douaniers ? Nous pourrions nous-mêmes vous apporter leur rapport.
– Vous pouvez essayer de les trouver si ça vous chante. Moi, tant que je n'ai pas le détail de vos marchandises. Je ne peux rien faire.
Manu tend la main pour reprendre leurs papiers. Le scribouillard les retire du comptoir, en fait une pile bien

alignée et les met dans un dossier marron qu'il tamponne vigoureusement.
– Je les garde en attendant. Il vous faudra un deuxième tampon pour sortir.
Manu s'apprête à revenir à la charge, mais la fouine s'est détournée pour appeler le numéro 252. Un pêcheur à l'évidence, vêtu de la salopette imperméable du marin, fleurant bon le hareng. Elle entraîne Pat dans son sillage, il lui faut sortir de ce dédale de couloirs avant que n'éclate son exaspération. Elles marchent vite, se dirigeant vers les quais. Pat la lorgne et comprend qu'il vaut mieux se taire. Leur couple n'est pas fusionnel, loin de là, mais leurs humeurs s'adaptent en fonction des circonstances. Le naturel flegmatique de l'une tempère la fougue de l'autre, mais lorsque dans de rares moments, se déchaîne la fureur de sa placide compagne, c'est elle qui temporise.
– Je n'avais qu'une envie, soulever ce minable de derrière son comptoir et le secouer jusqu'à ce que ses couilles se décrochent !
– Et je lui aurais bien estampillé le front avec son foutu tampon, rétorque Pat en grimaçant.
Elles éclatent de rire. C'est libérateur.
– Il faut avertir Cum que nous partons à la recherche des douaniers, tu me passes le talkie ?
Pat tire l'appareil de son havresac et ses traits se décomposent.
– Oh ! Non, non ! Pitié ! J'ai oublié d'enclencher la charge, lance-t-elle en fixant le clignotant rouge. Vraiment, je suis désolée ! Qu'est-ce qu'on fait ? On rentre ? demande-t-elle d'un air confus.
Manu se retient de lui asséner quelques jurons.
– Il fait presque nuit. On s'accorde encore une heure pour leur mettre la main dessus. Avec la tronche d'alcoolique qu'ils ont tous les deux, je te parie qu'ils sont déjà en

train d'écluser leur bière dans une des tavernes le long des quais.

– Cum va s'inquiéter de ne pas nous voir rentrer et ce quartier est trop louche pour y traîner. Nous n'avons pas nos armes, je me sens toute nue sans mon Beretta.

– C'est ça ou revenir demain matin les mains vides pour poiroter des heures sans savoir si le minus a reçu le rapport des deux béotiens.

– Ils exigeront de l'argent. Si par miracle on les repère, ils ne nous donneront pas leur rapport sans pot-de-vin. On a juste assez pour payer la taxe.

– J'ai pris mon bracelet en or, au cas où la négociation serait difficile.

– Tu ne vas pas donner ton bracelet à ces rustres ! s'insurge Pat.

– Qu'est-ce que tu proposes ? rétorque Manu en poussant la porte du premier bar.

Une odeur de laine mouillée, de corps mal lavés prend à la gorge dès l'entrée. Des marins pour la plupart et quelques hommes en costumes, peut-être des commerçants ; les seules femmes, deux serveuses à l'air harassé. Un rapide coup d'œil indique que les deux lascars ne sont pas là. Inutile de s'attarder. Cette vaine quête après trois autres bars tout aussi sinistres met la patience de Pat à rude épreuve.

– Manu, il nous faut un plan. On ne peut pas se pointer devant eux la bouche en cœur et leur réclamer le rapport. Ça éveillera leur méfiance.

– Tu as raison, c'est une mauvaise idée. Nous devons éviter qu'ils reviennent fouiller la cale. S'ils découvrent les armes, nous sommes fichues. Mais si nous perdons une autre journée, nous raterons le rendez-vous avec le bataillon.

– Je sais, mais je ne peux pas pousser le moteur. Toutes les pièces ont été rafistolées. On peut voir les nombreuses

soudures, c'est prodigieux que ça tienne toujours. C'est le moteur en entier qu'il faudrait remplacer.
– Allez, on rentre. Cet endroit ne me plaît pas.
Leurs pas résonnent sur le macadam de rues à l'éclairage lugubre. Elles longent les embarcadères dépeuplés de leurs dockers. Un fin crachin tombe, trempe leurs blousons de toile moins étanches que le seraient leurs uniformes. Ces habits disparates récupérés dans les placards de la péniche leur donnent l'air de mendiantes. Il n'est pas surprenant que le fonctionnaire de la capitainerie les ait prises de haut. Manu entoure l'épaule de Pat qui frissonne.
– Hé, la jolie poulette, on a mieux à t'offrir que ce moricaud !
Ce n'est pas la première fois que Pat se fait harceler en sa compagnie. Sa blondeur, la finesse de ses traits et sa silhouette pulpeuse la mettent dans la catégorie des filles canon. Les deux ivrognes vacillent sur leurs jambes. Elles accélèrent le pas, feignant de les ignorer. Ces imbéciles ne se doutent pas que les deux guerrières pourraient facilement les terrasser, cependant ce n'est pas le moment d'être mêlées à une bagarre. Les poivrots profèrent d'autres injures, les suivent un certain temps jusqu'aux escaliers qui débouchent sur la jetée où est amarrée la péniche. L'obscurité règne, pas même la lueur de la lampe dans la cabine. Des cris, des pleurs. Les soldates s'élancent, alarmées. D'un geste vif, Manu arrête Pat qui allait se précipiter. Elle cherche des yeux la gaffe qui sert à agripper une ligne de mouillage. Elle la lui montre. Pat acquiesce et ramasse un lourd mousqueton d'amarrage.

4

LA CITÉ

*…Ils sont aveuglés par leur conviction d'être
le bras vengeur de ce dieu unique.
Le doute, le libre arbitre n'existent pas…*

Cum déteste La Cité, dont l'appellation dit déjà toute l'arrogance. Les gens qui la gouvernent ont bâti leurs richesses sur des trafics en tout genre. Ils ont la réputation de manger à tous les râteliers. De même, il est avéré que les dirigeants paient un tribut exorbitant aux seigneurs de guerre des Adeptes du Tout-Puissant pour rester prétendument neutres et éviter l'invasion. Cela revient à soutenir leur folie meurtrière puisque ces sommes considérables permettent la poursuite de leur déferlement infâme. Il y a déjà eu tant de destructions et cela est loin d'être terminé. Elle ne croit pas aux pourparlers, aux négociations, qui dit-on, mèneraient à une trêve. Ils ne s'arrêteront pas alors qu'ils sont en si bonne voie. Elle les a côtoyés de trop près pour savoir qu'il n'y a pas de limites à leur soif de pouvoir. Ils sont aveuglés par leur conviction d'être le bras vengeur de ce dieu unique. Le doute, le libre arbitre n'existent pas. Tout ce sur quoi repose la civilisation innovatrice grâce à sa pluralité doit être annihilé. Tout ce qui souille et détourne le regard du dévot doit être neutralisé, contrôlé. Les femmes en priorité, dont le ventre détient le germe de la vie, tout autant que celui, diabolique, de la perversité. Cum ne sent plus en elle de place pour l'espérance, tout a été dévoré, il ne subsiste que ce noyau

dur, acéré, ce poing dans sa poitrine qui pulse vengeance, vengeance.
Les quais se vident peu à peu de leurs travailleurs tandis que les tavernes se remplissent. Où sont-elles passées ? Cum se cogne le nez à la porte fermée de la capitainerie. En face, un homme aux traits burinés, le teint brûlé par le sel de la mer assis sur une bite d'amarrage semble prêt à se jeter dans l'eau visqueuse du port. Il l'observe d'un œil de merlan frit, ses énormes mains abîmées par le dur labeur triturent des papiers froissés, un pêcheur sans doute. Elle s'approche et l'odeur de sa combinaison le lui confirme.
– Faut pas traîner ici, ma petite dame. Y'a des ruffians dans les parages.
– La capitainerie est fermée depuis longtemps ?
– Vous venez de rater le singe qui se prend pour le roi du tampon. J'ai perdu la journée dans l'espoir qu'il m'autoriserait à quitter ce port de fripouilles. La taxe a doublé depuis le mois dernier, et le prix du poisson a diminué de moitié, faites le calcul ! J'ai plus de quoi payer mes gars.
– Je suis désolée pour vous, monsieur. Vous étiez donc là avant la fermeture… Vous n'auriez pas vu deux femmes ?
– Ah ! la grande Noire et la mignonne blondinette ? Elles sont sorties bredouilles, une histoire de douaniers et de cargaison. J'ai cru que la grande allait lui arracher la tête à ce corniaud. Ça m'aurait bien plu de voir ça !
– Il y a longtemps qu'elles sont parties ?
– Pas trop non. Par là, vers les quais. Vaut mieux pas vous aventurer toute seule de ce côté. Les vauriens, c'est pas ce qui manque par ici.
– Merci.
Cum s'empresse de retourner à la péniche. Elles sont sûrement rentrées à présent.

5

LE SCALPEL

...Une rage folle m'envahit.
Du plus profond de moi, pour Lara,
je me jure d'être courageuse...

Leurs gros godillots claquent sur les marches. Je ne relève la tête que lorsqu'ils pénètrent dans le halo que fait la lampe. J'esquisse sur mes traits l'air surpris d'une fillette un peu niaise. Passée pour une demeurée auprès des hommes m'évitait d'être abordée, par contre cela provoquait chez les garçons des envies de me malmener. Je savais me défendre, plus d'un a eu les doigts cassés. C'est facile, il s'agit d'en attraper au moins deux et de vite les retourner jusqu'à entendre le craquement. Bien sûr, certains ont réussi à me tabasser, mais je peux aussi mordre. Ça tourne dans ma tête pendant qu'ils fouillent la cabine.

– Où sont les autres ? s'enquiert le joufflu, chauve, d'une voix rude.

Je hausse les épaules.

– Je ne sais pas, elles viennent de grimper sur le ponton. Elles voulaient discuter sans que j'entende.

– Elles ne sont pas sur la jetée, réplique le joufflu barbu.

– Il fait nuit, vous ne les avez juste pas vues.

Ils se dandinent, incertains de ce qu'ils doivent faire. Il émane d'eux des effluves de sueurs rances d'alcool et de crasse. Je cherche la meilleure parade qui les fera partir. Si je prétends que mes compagnes vont vite revenir, ils peuvent décider de les attendre. Je ne les intéresse pas. Ils veulent le bakchich qu'ils n'ont pas obtenu en matinée. Je crains aussi qu'ils ne se mettent en tête de fouiller à nouveau la cale.

– Elles sont peut-être allées boire une bière sur les quais. Elles ne me disent rien à moi.

– Elles te laissent toute seule, affirme le joufflu chauve d'un ton hypocrite. Tu as quel âge ?

Je baisse la tête de crainte qu'ils ne me voient mentir. Je peux cependant passer pour une enfant.

– Onze ans… et demi.

– Oh ! Et demi. T'es une grande fille alors, rigole le joufflu barbu.

Le joufflu chauve renifle. Je me dis que ce doit être un tic. Il soulève le couvercle de la casserole où j'ai cuit les pommes de terre et quelques carottes que j'ai réservées pour notre dîner.

– Miam, fait-il en me clignant de l'œil, il y a des poules, donc des œufs frais. Tu vas nous faire une belle omelette.

– Mais les poules dorment, elles pondent le matin.

Le joufflu barbu s'est déjà assis à table.

– Tu veux une taloche ? Et sers-nous à boire.

Je me suis levée, convaincue que m'opposer à eux ne m'apporterait que des ennuis. J'ai la sensation d'être propulsée des mois en arrière. Ça recommence, la trouille au ventre, la suée qui coule sur mes reins, l'étau qui oppresse ma poitrine. Mes mains tremblent tandis que je place la poêle sur la plaque. Je bats les derniers œufs destinés à notre repas du soir. Le chauve fouille les placards, saisit l'assiette de fromage frais que j'ai égoutté le matin même. Il y plonge ses doigts crasseux et les lèche, puis l'offre à son comparse. Il claque les portes.

– Où est-ce que tu caches l'alcool ?

– Il n'y en a pas. Ma sœur et ses amies n'en boivent pas. Il n'y a que de l'eau.

– Tu mens petite salope. Tu as dit qu'elles étaient sorties pour une bière au bar de l'embarcadère.
– Mais justement, parce qu'ici, il n'y en a pas. Par-devers moi, je suis soulagée que la bouteille de whisky terminée ait été jetée.
– Tu as réponse à tout, hein. T'es une petite futée.
C'est fichu pour jouer la crétine. J'essaie de garder mon sang-froid, mais l'angoisse m'empêche de réfléchir. Que va-t-il se produire quand Cum, Manu et Pat vont les voir attablés comme des invités ? Vite, il faut qu'elles reviennent. Je fais rissoler les patates avec l'omelette, puis je dépose les assiettes et les couverts devant eux.
– T'es une gentille fille, ça sent bon, me susurre le joufflu chauve en s'asseyant.
Je n'ai pas le temps de m'écarter qu'il me pince les fesses.
– Oh ! Mais, c'est qu'elle les a bien rebondies et fermes, lance-t-il en riant grassement.
Sans réfléchir, je cours vers l'escalier. Ma tête bascule vers l'arrière, le barbu a attrapé ma longue tresse, il me soulève d'une seule main et me catapulte violemment sur la banquette qui me sert de lit à l'autre bout du carré. Mon crâne frappe durement la cloison.
– Tu bouges un cil et tu recevras la raclée de ta vie. On veut juste ce qui nous est dû. D'une manière ou d'une autre, faudra payer.

Le chauve me lance une œillade lubrique en rigolant. Je reconnais cette lueur dans ses yeux porcins. Mais jusqu'à maintenant, ça ne s'adressait jamais à moi. J'entretenais consciencieusement mon apparence pour passer pour une souillon nauséabonde. Cela éloignait les hommes aux appétits bestiaux et dissuadait les garçons de me molester, car je puais. Je regarde mes mains aux ongles propres, j'ai pris l'habitude d'un bain quotidien dans le fleuve. Je ne suis plus répugnante. Je me recroqueville au fond de la couchette. Je suis tétanisée. Mes pensées affolées cherchent une issue. Je les entends chuchoter, ils se concertent et me surveillent. Que j'aie l'air d'une enfant ne les arrêtera pas. Au contraire, certains Combattants préféraient les fillettes graciles. Une rage folle m'envahit. Du plus profond de moi, pour Lara, je me jure d'être courageuse. Je glisse ma main dans une des nombreuses poches de mon pantalon et je retire lentement de son étui de cuir le scalpel qui ne me quitte pas. Je le tiens fermement dans mon poing.

Ils jouent aux dés que le chauve a sortis de sa veste. Ils me jouent aux dés. Qui aura le privilège de me déchirer en premier. Aurai-je le temps d'atteindre les marches ? Le barbu en dépit de sa lourdeur est rapide. S'il me cogne et que je m'évanouis, il apercevra ma lame. Le chauve couine de contentement et se dirige vers moi. Je pousse si fort mon dos contre le mur que je sens les échardes des lattes de bois percer ma chemise. Je garde les yeux baissés, car je crains que sa face hideuse ne me terrifie au point de me paralyser. Je ne retiens qu'une vision dans ma tête, la vie de Lara qui s'écoule dans une mare de sang. Il empoigne une de mes chevilles et me ramène au bord de la couchette. De son autre main, il tente de défaire les boutons de mon pantalon, la toile est trop solide pour être déchirée facilement. Je me débats, lui donne des coups de pied et je crie. Mon hurlement n'est pas feint, il sort de mes entrailles et clame sa fureur. À demi agenouillé sur le matelas, il se penche vers moi, son gros crâne chauve luit. Ses deux mains sont occupées à baisser ma culotte, il courbe la tête vers ma taille et là dans l'ouverture de son col bat l'artère carotide où je plante sauvagement mon scalpel. Je l'enfonce et le retire. Le sang gicle, éclabousse mon visage. Il se relève. À genoux, il porte une main à son cou. Sur ses traits, je ne lis que de l'étonnement puis la compréhension de la fatalité de sa blessure. Il hoquette, braille. Je songe à l'expression, « un porc qu'on égorge ». Je me jette par terre, empêtrée dans mon pantalon, je réussis à me remettre debout, à demi nue, les bras tendus, je tiens le scalpel de mes deux mains poisseuses. Je fais face au barbu, qui d'effarement a renversé la lampe en se levant. Il hésite entre porter secours à son comparse qui s'est effondré et me sauter dessus. L'escalier à ma gauche n'est qu'à deux enjambées, mais si je lui tourne le dos, il me tuera. Je me rends compte que les hurlements que j'entends sont les miens et les siens. Il me crie des injures. Je vois qu'il va se jeter sur moi et mon œil attrape dans le même temps une présence qui se précipite dans la cabine. Mon regard se dirige vers Cum qui en position de tir vise en plein cœur.

Je ne sais pas ce qui s'est passé ensuite. J'ai vraiment perdu connaissance, puisqu'en ouvrant les yeux, j'aperçois Cum penchée sur moi. Elle me tient dans ses bras et me berce, tout en sanglotant. Sa détresse déclenche aussi mes pleurs, je l'étreins très fort. Cela fait des années que j'ai senti la tendresse d'un corps m'enlacer. C'est à ce moment que surgissent Pat et Manu brandissant leurs armes de fortune.

6

DEUX CADAVRES

...il faut isoler la péniche à l'écart un certain temps...

Stupéfaite devant le carnage, Pat s'empresse d'allumer dans la cabine de pilotage pour consulter la carte et localiser la voie navigable en aval dont elle se souvient qu'elle débouche sur un marais. Elle se dit qu'il faut isoler la péniche à l'écart un certain temps, afin d'évaluer dans quel merdier elles se trouvent. Toutes sortes d'idées folles se bousculent dans sa tête, la plus stupide étant de forcer le passage sous le pont en pleine nuit, persuadée que la petite taille de leur bateau les dispense de la levée. Après s'être assurée que ni l'une ni l'autre n'est blessée, Manu a porté Tessa couverte de sang dans l'alcôve et ordonné à Cum de s'occuper d'elle. Pat sent le souffle de sa compagne dans son cou, celle-ci lui caresse le dos tout en examinant la carte.

– Si quelqu'un d'autre a entendu les cris comme nous, mieux vaut partir, suggère Pat. Par là. Un marais. À environ 3 kilomètres. Je souhaite seulement ne pas nous échouer sur un haut-fond.

– Et ficher le camp ? Maintenant, par le port ?

– J'y ai pensé. C'est trop risqué, il y a sûrement des patrouilleurs pour contrer les resquilleurs de la taxe, cette ville est un nid de fraudeurs. Avec deux cadavres comme cargaison...

– Tu as raison. Il y a trop de facteurs incertains pour décamper sans réfléchir aux conséquences.

– Tessa ? Ils l'ont violée ?

– Je ne sais pas, le sang sur elle, c'est celui de l'homme sur la couchette. Cum était partie à notre recherche. Elle est revenue juste à temps pour abattre l'autre douanier. Tessa est trop choquée pour parler. Quand elle sera calmée, elle nous racontera. On s'éloigne d'abord d'ici. C'est une veine finalement d'avoir dû accoster sur cet emplacement en bout de file, notre départ sera moins remarqué.
– Je m'en veux tellement.
– Mais de quoi ?
– Si j'avais rechargé le talkie, Cum n'aurait pas laissé Tessa seule…
– Je t'interdis de t'accuser de quoi que ce soit. Ces fumiers se seraient pointés quand même, il y aurait eu une bagarre de toute façon.
– Tu t'occupes des amarres. J'ai besoin de toi à la proue. On va manœuvrer à l'aveugle jusqu'à l'embranchement vers cet étroit canal. Le chenal a été conçu pour recevoir de lourdes barges, la péniche est minuscule en comparaison. C'est un gros avantage, ça devrait bien se passer.
Pendant que Pat les menait sans trop de difficulté vers le creux d'une anse, Manu et Cum ont roulé les cadavres dans une bâche et nettoyé le sol maculé. Il reste des éclaboussures sur le mur, cela attendra à demain. Elles prévoient de jeter par-dessus bord les macchabées, plus tard, lorsqu'elles auront atteint un lieu où leur carcasse pourrira sans remonter à la surface. Pour le moment, s'aventurer plus profond dans le marais est trop risqué. Le plus difficile a été d'attacher les cordages aux berges dépourvues d'arbres. Les mains et les bras éraflés par les ronces, Pat et Manu sont trempées de la tête aux pieds. La pluie ne les a pas épargnées, mais heureusement le vent s'est apaisé. Cum a offert de les aider, mais n'ayant rien avalé de la journée, le plus utile serait de leur préparer à manger. Elle est remontée de la coquerie catastrophée.

– Les salauds ont tout bouffé. Tessa avait cuisiné les derniers légumes en prévision de votre retour.
– Pas même des œufs, du fromage frais, les conserves ?
– Il n'y a plus dans le garde-manger que de la purée de tomates et de la confiture. Je vais voir sous les poules, parfois, la vieille grise pond plus tard. Vous deviez acheter de la farine et du riz.
– Nous avons été coincées dans la salle d'attente pendant près de quatre heures, rétorque Pat de mauvaise humeur.
– Comme nous avions inscrit la péniche en copropriété, nous étions obligées d'être là toutes les deux se justifie Manu d'un ton conciliant. S'il n'y a plus rien, puise dans nos rations de survie. Moi, j'ai surtout envie de boire chaud. Je vais mettre des vêtements secs. Tu devrais en faire autant Pat, ce n'est pas le moment d'attraper la crève.
Pat examine à nouveau la carte. Depuis l'étroit canal où elles se sont mises à l'abri à l'entrée de l'étang, un méandre coule, abreuvant une plaine basse. Un patelin portant le nom de Fiavolo se niche dans une courbe, est-il habité ? Cum pose une tasse de tisane fumante sur le plateau de bois.
– Merci. Désolée pour ma saute d'humeur.
– Ne t'en fais pas. Nous sommes toutes à cran.
– Comment va la petite ?
– Elle dort. C'est ce qu'il y a de mieux pour elle.
– Tu as une idée de ce qui s'est passé ?
– Viens manger. J'ai récupéré deux œufs sous la vieille poule et quelques carottes ratatinées au fond d'un cageot.
– Bénie soit Juanita Perez, elle nous sauve la mise une fois encore.

7

QUE DE MAUVAIS CHOIX

...Une molle torpeur m'envahissait.
Je me suis crue capable de joie...

Couchée auprès de Tessa, j'écoute sa respiration apaisée. Par deux fois, j'ai accouru à ses cris pour la rassurer. Profondément endormie, elle se cramponne à mon poignet. Manu et Pat n'ont pas voulu la déplacer. Dans le carré, elles ont tiré de sous la banquette souillée le deuxième lit pour s'y allonger pour la nuit. Du moins, ce qu'il en reste, car nous avons longuement débattu des alternatives, toutes aussi mauvaises les unes que les autres. Il n'est plus question pour nous de tenter le passage par le chenal et le port. Le fameux rapport ne sera jamais rédigé par les douaniers. J'ai moi-même fouillé leurs poches, mais nous l'aurions dégoté que le présenter aurait été suspect. Ce qui devient évident, qui nous inquiète et nous met en colère, c'est que nous louperons le rendez-vous avec notre bataillon. Manu devra s'expliquer auprès de notre capitaine. Impossible de lui dire la vérité, nous avons déjà menti au sujet de la péniche – vide de ses occupants – il faut inventer une version crédible sans mentionner tous ces macchabées qui jalonnent notre route. Cette fois, c'est de mon fait, et je n'ai aucun remords. Ces deux crapules méritaient bien pire. Pat insiste sur l'importance de récupérer les papiers que nous a escamotés le fonctionnaire de la capitainerie. En entendant leur récit et la description de cet aigrefin, je rectifie mon jugement sur leur piètre performance face à la bureaucratie. Selon moi, y retourner présente trop de difficultés. Ensuite, nous avons étudié les cartes dont par chance le marinier faisait collection. Pat soutient que deux canaux secondaires nous conduiraient jusqu'à l'estuaire. S'ils sont peu fréquentés d'après elle, c'est qu'ils sont probablement peu profonds ou trop étroits pour permettre de faire demi-tour. Il se peut aussi qu'ils soient ensablés, bouchés par la végétation parce qu'ils ne sont plus entretenus. L'itinéraire prendrait entre 4 à 6 jours, les canaux nous obligeant à faire un long détour, nous éloignant de notre objectif. Nous pourrions y être piégées. C'est un risque que je ne veux pas courir. L'autre solution serait de renoncer dès à présent à notre maison flottante et de poursuivre à pied. Il nous faudrait traverser la ville pour rallier la route nationale qui aboutit à la capitale que notre armée occupe. Un parcours d'environ quatorze heures si nous réussissons à nous procurer un véhicule, pour lequel Manu offre de vendre son bracelet en or. Je saisis que ce serait un grave sacrifice pour elle. Moi, je ne possède plus que le reste de ma solde. Je compte le lui donner. Nous en aurions pour plusieurs jours si nous faisions le trajet à pied, au milieu des déplacés qui se dirigent vers la métropole. Ce deuxième choix est selon moi le plus dangereux, car soit nous nous déclarons comme réfugiées sans papiers, ce qui pourrait nous valoir l'enfermement sous prétexte de quarantaine ; soit nous présentons nos papiers d'identité de guerrières de la Légion et nous pourrions être dénoncées par un bureaucrate véreux. Je soupçonne les gestionnaires corrompus de La Cité de vendre aux Adeptes les partisans à notre cause. Notre statut nous vaudrait la prison, sinon pire. Épuisées, incapables de trancher, nous avons choisi de reporter notre décision au lendemain.

Tessa remue dans son sommeil. Je devine trop bien de quoi sont faits ses cauchemars. Les miens peuplent mes nuits. L'incendie ravage sans relâche les visages aimés. Je dissimule derrière une apparence stoïque le feu qui me consume. Ce masque fragile fait barrière à la folie qui m'a possédée et je le crains me dévastera, un jour. Je maîtrisais jusqu'à ce soir. L'agression de Tessa vient d'y percer une brèche et je ne sais pas si je dois en redouter les effets. La psychose pourrait m'aveugler à nouveau, me submerger au plus profond du délire. Les gestes de ma furie me hantent. La vengeance, l'émasculation de mon geôlier n'a en rien effacé mes hantises, les visions incandescentes des miens. Elle m'a seulement démontré combien il est facile de franchir le seuil de l'inhumanité. Si Pat et Manu n'avaient pas surgi dans la cabine, qui sait ce que j'aurais fait tant la haine me dévorait les entrailles. Ce voyage au fil du courant m'offrait un asile inespéré. Je m'imprégnais de la banalité du quotidien. Mes yeux dessillés jouissaient des frondaisons exubérantes qui balisent notre parcours. Une molle torpeur m'envahissait. Je me suis crue capable de joie.

8

LE MARAIS

...Abrutir la souffrance par une autre,
la tentation est grande de renoncer...

J'ouvre les yeux sur le demi-jour qui filtre par le hublot. Je reconnais l'alcôve et ma mémoire me bombarde de sensations et d'images abjectes. Une nausée reflue dans ma gorge et je me précipite dans les toilettes. Je n'ai rien à vomir, je ne rejette que de la bile. Je rince ma bouche, mais le dégoût crispe mon estomac. J'ai mal. Chaque muscle, chaque nerf flambe. Appuyée au mur, je chancelle. Je voudrais pleurer. J'en suis incapable. Comme pendant l'agonie de Lara, je mourrais aussi avec elle. Cette lumière qui brillait en moi au contact de mes nouvelles amies vient de s'éteindre. Je regarde Cum profondément endormie et je souhaiterais qu'elle me tienne serrée dans ses bras, cependant je dois garder pour moi ma douleur. Elle a tué pour me sauver et je pressens que ce geste n'est pas le même que celui qu'elle accomplit lors des combats. Je suis une meurtrière. Le sang qui a jailli est incrusté sous mes ongles. Je suis sale. Je me dirige vers l'avant et j'entends le léger ronflement de Manu. Je contourne leur couche pour m'engager dans l'escalier. Je baisse la tête pour ne pas voir au fond du carré les projections sur le mur. Elles ont débarrassé la banquette du matelas ensanglanté. Je m'interroge sur ce qu'elles ont fait des cadavres.

J'émerge sur le pont sous un ciel grandiose. Les nuées violettes éclairées de rose roulent vers l'horizon aux zébrures dorées. L'eau brumeuse d'un étang entoure notre péniche, esquif solitaire dans le silence de l'aube. Pourquoi la nature est-elle si majestueuse, indifférente aux drames que nous vivons ? Je me rappelle cette autre aurore alors que je marchais parmi les morts pour les détrousser. Insensible à la putréfaction, j'avais levé la tête vers ce tableau féerique et je m'étais mise à rêver de m'envoler sur le dos de ces dragons dont l'enseignante nous contait les aventures. Si j'ai survécu jour après jour durant des mois dans la boue putride jusqu'aux chevilles, c'est grâce aux métamorphoses prodigieuses des cieux et aux fables que je m'inventais. Je me racontais des histoires si vivides qu'elles annihilaient le sordide des gestes que je commettais. Je vivais des aventures fabuleuses aux côtés d'elfes et de fées, nous y combattions les démons et les maléfices des nécromanciens.

Nue, j'appuie les pieds sur les barreaux de l'échelle et d'un coup de reins je plonge dans l'eau. Si froide qu'elle me coupe le souffle. Je me laisse couler, mes membres s'engourdissent et je capitule, prisonnière de cette sensation. Abrutir la souffrance par une autre, la tentation est grande de renoncer. Je suis si fatiguée. Je ferme les yeux et je m'imagine au sein du peuple des ondines. Elles m'apprendraient à pleurer, car c'est bien ce que raconte la légende, leurs larmes éternelles alimentent les sources et les cascades.

Des bras puissants enserrent ma taille. Je suis propulsée vers le haut, des mains m'attrapent sous les épaules et des sons m'écorchent les oreilles. J'expulse par le nez et la bouche, la vie s'agrippe, ne me lâche pas.

Manu dont la voix rauque tremble me traite de petite idiote, elle m'injurie et frotte trop fort mes jambes et mon dos. Pat lui tend une couverture. Elles me saucissonnent si bien que je ne peux plus bouger. L'air vif griffe mes poumons. J'ai ouvert les paupières le temps qu'elles comprennent que j'ai refait surface et je les referme trop épuisée pour manifester ma gratitude ou ma déception.

9

PIÉGÉES

...selon elle, même la guerre a ses règles.
C'est une question d'honneur entre soi et soi...

Manu longe la rive du marais. Elle a voulu s'éloigner pour réfléchir. Les abords sont spongieux, imprégnés de la pluie récente. Ses camarades comptent sur elle pour prendre la meilleure décision. Elles ont discuté pendant des heures, évalué toutes les options et leurs conséquences. Aucune n'est bonne. Sans Tessa, Manu choisirait de quitter la péniche, car son devoir est de rallier leur bataillon au plus vite. Elle craint que leur retard ne soit perçu comme une désertion. Il faut vite dénicher un moyen de transport et filer vers la capitale. Mais que faire de la petite ? La placer dans un centre pour mineurs ? Elle n'a aucun papier d'identité, elle a appartenu aux troupes des Combattants du Tout-Puissant et comment savoir ce qu'elle y a fait. Elle leur cache beaucoup de choses. Reste que c'est une enfant à bien des égards, quoiqu'elle fasse preuve d'une maturité étonnante. Elle se mure dans le silence sur ce qui s'est passé, la veille, pourtant il est évident qu'elle a égorgé ce pourceau. C'est assez extraordinaire qu'à quatorze ans elle ait eu cette audace, cette maîtrise dont peu de femmes adultes auraient été capables. Étrangement, Pat qui se range habituellement à ses arguments n'est pas de son avis. Elle soutient qu'elles ne peuvent pas abandonner Tessa qui vivrait cela comme une trahison. Elle dit que leur lutte implique également la libération des enfants-soldats. Cum, elle, ne croit pas à la neutralité des dirigeants de La Cité. Révéler leur identité les mènerait droit à la prison. Manu admet que c'est une forte possibilité. Et, de son point de vue, se faire passer pour des réfugiées serait tout aussi périlleux. Elle soupçonne que ceux qui sont autorisés à traverser la ville pour gagner la capitale doivent payer des sommes exorbitantes en pot-de-vin. Des fonds qu'elles n'ont pas, même avec la vente de son bracelet qui d'ailleurs ne peut se faire qu'en accédant aux commerçants du marché. C'est sans fin, sans queue ni tête.

Manu appuie ses reins sur un gros rocher à demi couvert de mousse. Elle se laisse distraire par la nature qui s'éveille. C'est le printemps ici, les premiers bourgeons sortent tout juste. Comme elles se dirigent vers le nord, elles avanceront dans un printemps constamment renouvelé. Enfant, c'était sa saison préférée. Elle aimait se réveiller dans la tiédeur matinale. Un répit de courte durée, quelques semaines seulement de douceur entre l'humidité lourde de l'hiver et la touffeur infernale de l'été. Il n'y avait qu'un arbre sur sa rue, le seul de tout le quartier en fait. Tous les jours, elle faisait un petit détour pour admirer la percée des pousses vertes avant de se résoudre à prendre le chemin de l'école. Elle s'y ennuyait et sa haute taille faisait déjà l'objet de moqueries. Alors elle se défoulait à la course dont elle gagnait évidemment toutes les compétitions. Encore maintenant, elle a constamment besoin de se dépenser physiquement. De fait, elle déteste être enfermée sur cette coquille de noix. Cela n'a que trop duré. Je suis une terrienne, j'aime sentir le sol sous mes pas, épuiser mes muscles et me battre. Je ne me suis pas entraînée depuis des semaines. Je me ramollis, se dit-elle. Cette expédition sur les canaux devait uniquement servir à regagner leur escadron, pas se transformer en navigation au long cours. Comment va-t-elle justifier leur retard auprès de la capitaine Faber ?

Croira-t-elle que l'administration du port leur interdit le passage ? Qu'elles sont coincées aux portes de cette Sodome de pacotille ? Peut-être, songe-t-elle, devrais-je simplement lui soumettre notre désarroi et lui demander conseil. De même que son silence à propos de Tessa. Elle ne lui a pas dit qu'elles l'avaient recueillie. Comment lui dévoiler que grâce à cette adolescente elles ont échappé à la mort ? Manu lui a tu trop de choses. À présent, elle se sent engluée dans des demi-vérités. Elle contemple les miroitements du soleil sur les eaux couvertes de larges feuilles de nénuphar. Depuis leur arrivée, elles n'ont croisé personne, pas d'habitation aux alentours. Sur la carte n'est indiqué que le village de Fiavolo, il se situe à 4 ou 5 kilomètres. Manu se dit qu'il faut profiter de leur isolement pour se débarrasser des cadavres. Lestés de lourdes chaînes, ils pourraient disparaître à jamais au fond de l'étang.

Sa conscience, malgré leur crapulerie, rechigne à cette idée. Ces hommes étaient des brutes immondes, néanmoins ils ont probablement une famille, peut-être des enfants, ces gens-là ne sauront jamais ce qu'il est advenu d'eux. Manu n'a jamais fait le compte des Combattants qu'elle a tués, toutefois selon elle, même la guerre a ses règles. C'est une question d'honneur entre soi et soi. Qu'aurait-elle fait à la place de Cum ? Sûrement la même chose. Tessa reste muette, repliée sur son traumatisme. Cum assure qu'elle a été frappée, mais peut-être pas violée. Cependant, ses vêtements déchirés confirment que telle était leur intention. À ses yeux, cela justifie leur châtiment. La fange de ce marais absorbera leur chair comme ce gros caillou qu'elle soupèse dans sa main et qu'elle lance de toutes ses forces détruisant l'harmonie des jacinthes d'eau.

Pat refuse de les conduire plus avant dans le marais, il serait trop risqué de s'y embourber. Cum est d'avis que le rivage où elles sont amarrées doit parfois être fréquenté par des pêcheurs. Donc les enterrer est une tout aussi mauvaise solution. Manu s'impatiente et élève le ton quand Tessa engoncée dans une couverture annonce avec un filet de voix qu'il faut utiliser le canot.

– Quel canot ? lui demandent-elles en chœur.

– Dans la cale. Il est sous les sacs de grain pour les poules. Ça s'appelle un canot gonflable. Mon père en avait un pour aller à la pêche.

Pat se lève et prend Tessa dans ses bras.

– Comment te sens-tu ?

Tessa hausse les épaules.

– Vous avez nourri les poules ? Et il faut mener les chèvres en pacage.

– Je me suis occupée des poules, mais tu as raison, les broussailles du talus seraient meilleures pour les chèvres que ce foin tout moisi, répond Cum.

– Je m'habille. Je vais le faire, dit-elle en se retournant pour fouiller dans le placard où sont rangés les habits de la famille et les quelques vêtements de rechange qu'elle a rapporté de la ferme.

Les guerrières se consultent du regard et tacitement elles acceptent de faire comme si de rien n'était, puisque c'est ainsi qu'elle souhaite reprendre le cours de sa vie.

Elles ont examiné et regonflé le canot. Puis elles le mettent à l'eau pour le tester avant d'oser y charger les bâches alourdies par des chaînes rouillées. En pensée, Manu remercie le marinier d'avoir été le type de gars « on le garde, ça pourrait servir ». Alors que Pat demeure sur la péniche, Cum et Manu suent comme des dockers, malgré le temps frais et un vent qui se lève. Tessa fait la brave, mais toutes perçoivent qu'il vaut mieux ne pas la laisser seule. Tandis que Manu rame vers le centre de l'étang, elle l'aperçoit guidant les chèvres à l'aide d'une branche. Elle siffle et claque la langue, les bêtes lui obéissent. Elle a enfoui son épaisse tignasse noire dans un bonnet rouge qui a dû appartenir à l'une des fillettes. La petite égorgeuse s'est convertie en bergère. Manu échange avec Cum un coup d'œil complice. Sa décision est prise. Elles ne livreront pas Tessa aux périls des geôles des migrants.

10

LA MISSION

…Ma haine est si colossale,
elle me ravage et je ne sais plus comment la faire taire…

Le marais est lugubre en ce moment, mais il doit être enchanteur sous le soleil. De gras nuages noirs bouchent l'horizon, avancent très vite, je crains que nous ayons droit à un orage. Il vaut mieux que je ne m'éloigne pas trop. Allez les chèvres, on reste groupées. Je les aime bien, je les préfère aux brebis de ma grand-mère. Bien sûr, ce sont de vraies cabochardes, mais intelligentes à leur façon. Un peu comme moi. Mon père disait, pas plus haute que trois pommes et déjà une forte tête. Il ne faut pas que je pense à lui. Il aurait honte de moi. J'ai fait tant de choses hideuses. Je me fais horreur. Je les ai entendues discuter, elles parlent de m'emmener dans ce centre pour mineurs. J'exclus d'y aller, je sais trop comment ça se passe. Mais je me rends bien compte que je suis un embarras pour elles. À cause de moi, elles pourraient être accusées de désertion. Manu et Pat se disputent, et Cum se tait, néanmoins je crois qu'elle souhaite retourner au combat. Elle affirme que c'est leur devoir. J'ai peut-être la solution. Je vais vivre ici, avec les poules, et les chèvres, j'aurais de quoi manger et je pourrais pêcher. Je me bâtirais une cabane avec les roseaux. Il n'y aura personne pour m'embêter. Ça va être difficile au début d'être seule à nouveau, mais je saurai me débrouiller. Je dois les convaincre que c'est ce qu'il y a de mieux à faire.

Pat est concentrée sur ses cartes de navigation. Elle fait des calculs. Je prépare le fromage frais du lait que j'ai tiré. Les poules n'ont pas beaucoup pondu, l'omelette sera bien maigre. Toutes les conserves de Juanita ont été mangées, sauf un pot de confiture. Je sais qu'il existe des plantes sauvages et comestibles dans la nature. Des champignons entre autres, mais je ne les connais pas. Mes lacunes en tellement de domaines sont considérables, et ce n'est pas en me faisant ermite que je pourrai les combler. Sur l'étang, Manu rame aussi vite qu'elle le peut pour accoster avant que la pluie ne s'abatte sur elles. Tout est si sombre, on se croirait la nuit. Je repousse la vision du poids des chaînes entraînant les cadavres au fond. Je dois mieux maîtriser mon imagination, peut-être qu'habiter si près d'eux n'est pas une bonne idée. Nous mangeons dans le vacarme des trombes qui claquent sur le toit de la cabine. Il a fallu abriter les bêtes dans la cale, la bâche tendue au-dessus d'elles ne les protégeait pas assez. Pat est inquiète, elle craint que les cordages qui retiennent la péniche au rivage ne cèdent. Je suis de plus en plus persuadée que ma cabane en roseaux ne tiendrait pas par un temps pareil. Manu a essayé d'entrer en contact avec sa capitaine, mais la communication ne passe pas. Toutes les trois, elles font de sales têtes et je me sens fautive. Je ramasse les assiettes et j'insiste pour faire la vaisselle. Elles se réunissent autour de la table des cartes près du gouvernail et Manu fait une énième tentative. Je déplace le matelas étalé par terre et je le pose sur la banquette. Je décide d'ignorer les éclaboussures de sang sur le mur. Je me répète que j'ai vu pire. La lampe cabossée n'éclaire pas beaucoup. Cette famille ne possédait pas de livres. Il y a bien de vieux magazines tout cornés. On y voit des mannequins filiformes habillés de robes moulantes et juchées sur d'étranges chaussures dont les talons sont si fins et si hauts que je me dis qu'elles devaient être

équilibristes. J'ai soif. Je vérifie le ballon d'eau potable, il est presque vide. Je devais faire le plein à l'embarcadère. Certains événements m'en ont empêchée, c'est peu dire. Qu'aurais-je pu faire d'autre ? Ces minables croyaient détenir le pouvoir de s'emparer de moi comme d'un objet que l'on dérobe sur un étal. Combien de gens ont-ils escroqués, dévalisés de leurs maigres possessions ? Alors pourquoi ai-je si mal, pourquoi autant de répulsion ? Je me suis vengée, je l'ai fait pour Lara et maman et toutes ces filles qui se tordaient de douleurs et que Mélie ne parvenait pas à soulager parce que leur sexe n'était plus qu'une plaie. Ma haine est si colossale, elle me ravage et je ne sais plus comment la faire taire. Si j'ai voulu mourir, c'est pour que ça s'arrête.
J'entends le grésillement caractéristique de l'émetteur de la radio. Manu crie dans le micro pour couvrir le grondement du tonnerre. Elle déclare que nous sommes bloquées par un orage très violent. Je capte le discours haché de la capitaine. Je comprends qu'elle nous interdit d'entrer dans le port, car ce serait un piège. Cum me voit derrière la vitre, elle referme la porte. Je ne devine rien sur ses traits impassibles. Je me sens exclue et rejetée. Je me réfugie sur la couchette et je m'ensevelis sous les couvertures.
J'ai dû m'endormir, tout est silencieux et la lumière de la salle de pilotage est éteinte. L'orage a cessé, mais le vent souffle encore, la péniche s'agite et fait crisser les amarres. Une lueur pâlotte annonce le lever du jour. J'entends des chuchotements du côté de l'alcôve et la chasse de la toilette. Je me redresse et je vois Cum vêtue de son uniforme kaki de guerrière. Armée, elle a même endossé sa veste pare-balles. Elle s'approche de moi et s'accroupit. Elle prend mes mains.
– Nous avons reçu un ordre de mission. Tu dois être courageuse et nous attendre ici.
– Mais…

– Ne proteste pas. Tu ne peux pas nous accompagner. Nous ferons tout pour revenir, je te le promets.
– Dis-moi au moins pourquoi et où vous allez.
– C'est compliqué… des jeux politiques.
– S'il te plaît, je ne suis plus une enfant, explique-moi.
– Plusieurs notables parmi les plus influents de cette ville veulent cesser de soudoyer les Adeptes du Tout-Puissant pour maintenir cette neutralité de façade. Ils soutiennent que tôt ou tard les Combattants envahiront la région et que la population n'aura plus le choix que de se conformer aux diktats des croyants. En secret, ils ont entrepris des négociations avec les représentants du Nord dans le but de débattre d'un accord afin d'être protégés par notre armée, comme c'est le cas pour tout le district de la capitale. Si une alliance était conclue, nous étendrions notre influence sur toute la zone en avant-poste de la nation nordique…
– Cum, nous devons partir, lance Manu.
Pat et elle sont harnachées comme pour le combat.
– Mais où allez-vous ?
– Nous ne pouvons pas te le dire Tessa. Ce que tu ne sais pas, tu ne pourras pas le révéler, poursuit Cum.
– Mais jamais je ne vous trahirais !
Manu écarte une mèche de mes cheveux qui me tombe sur les yeux.
– Nous te croyons, mais c'est plus sage. Ne t'inquiète pas, personne ne viendra te menacer jusqu'ici.
– Le village le plus proche est à environ 4 kilomètres, même si rien n'indique qu'il est habité. Je l'ai souligné sur la carte, il s'appelle Fiavolo. Si tu décidais de t'y rendre, écris-nous un mot, que l'on sache où tu es, poursuit Pat.
– Quand revenez-vous ?
– Deux ou trois jours, si tout se passe comme prévu. Ça pourrait être plus long.

– Je pourrais vous joindre par la radio ?
– Surtout pas ! gronde Manu. Tu te ferais repérer, et tu nous mettrais en danger.
Cum se penche et plonge ses yeux dans les miens.
– C'est nous qui communiquerons avec toi. Jure que de ton côté tu ne tenteras rien.
– Par contre, propose Pat, tu peux écouter les informations comme je le faisais tous les soirs.

J'ai accompli toutes mes tâches, nourrir les poules, ranger la cuisine, mener les chèvres vers la butte tapissée de jeunes pousses qu'elles ratiboisent voracement. Le talus longe le canal et se perd dans le marais. Je me perche sur le sommet, de l'autre côté, tout en bas, j'entrevois un chemin envahi de plantes, il s'enfonce dans un petit bois dont je ne connais pas l'étendue. Si les mauvaises herbes, comme les appelait ma mère, infestent les ornières, cela signifie que rien n'est venu les piétiner. Cela me rassure tout autant que cela m'effraie. Ce lieu est vraiment isolé. Avant, être seule ne me gênait pas. Au contraire, j'évitais la compagnie des autres détrousseurs. Je méprisais le besoin des enfants de s'agglutiner pour dormir, pour comploter. Ils troquaient leurs minables larcins, une part de nourriture contre une ceinture, un bonnet, des gants. Les soldats du Nord possèdent énormément de matériel que nos Combattants envient. Les chefs fermaient les yeux sur ces petits marchandages du moment que cela ne concernait pas les armes, les munitions et les trousses de premiers soins. Les écumeurs qui avaient osé se les approprier étaient fouettés, plusieurs en étaient morts. Je vivais parmi eux, bien sûr, mais à l'écart. Je m'entêtais, convaincue que me dissocier de cette bande me procurait un semblant de liberté. En y réfléchissant, je crois que cela m'a accordé l'occasion de dévier du circuit qui m'avait été assigné pour m'égarer dans les rues et croiser la route des Guerrières. Que vais-je faire si elles ne reviennent pas ? Elles pourraient être tuées, et je n'en saurais rien. L'idée même me serre la poitrine. Je ne dois plus céder à ces funestes pensées. Ma décision est prise, il me faut organiser ma survie. Je vais m'installer ici, la péniche, c'est tout de même mieux qu'une hutte de roseaux.

11

L'EMBUSCADE

...cette foi aveugle, ce prosélytisme convaincu qu'il faut annihiler toute opposition...

Leur ordre de mission était simple, sécuriser les lieux où devait se faire la rencontre entre les représentants de la ville et leurs négociateurs. Elles sont arrivées avant l'heure du rendez-vous pour repérer le terrain. Une vaste demeure décatie et vide, en pleine campagne, entourée d'un parc trop étendu pour être convenablement protégé. Elles ont vite jugé que l'emplacement exigeait au moins une dizaine de postes de guetteurs, alors qu'elles ne sont que trois. Cum s'est donc mise en vigie sur le toit avec son SIG 550, Pat en retrait ciblant la grille à l'avant et Manu a pris l'arrière perchée sur un cabanon. Une vue dégagée lui permet de voir quiconque surgir de la forêt au fond du domaine. Fatiguées après deux trop courtes nuits, une marche forcée d'une trentaine de kilomètres par des chemins dérobés et boueux, elles ont patienté longtemps dans le silence. La capitaine Faber avait invoqué, auprès de sa hiérarchie, leurs compétences en tant que commando. Les Guerrières pouvant accéder à la villa plus rapidement que toute autre équipe envoyée depuis la capitale. Cette affectation couvrait en quelque sorte leurs manquements et leur offrait une chance de se rattraper.
Les négociations ont duré jusque tard dans la nuit et devaient se poursuivre la journée suivante. Les attaquants ont surgi bien avant le lever du jour, à l'heure où l'épuisement brise

les résistances et engourdit la vigilance. Les six mercenaires ont probablement sauté le mur entourant le parc. Manu suppose que Pat, planquée près du portail, a tiré sur l'un d'eux avant d'être touchée. Les autres ont jailli comme des diables, fracassant les portes-fenêtres et mitraillant les deux gardes au rez-de-chaussée. Le temps que Manu descende de son perchoir et qu'elle coure à travers la cuisine, puis l'office, les assaillants grimpent déjà l'escalier menant au salon où sont réunis les émissaires. À l'abri d'une colonne dans le vaste hall, elle abat celui qui, resté en bas, la canarde. Puis elle file vers le haut. C'est là que Cum lui sauve la vie. Couchée sur le sol, au quatrième et dernier étage du monumental escalier en spirale, la snipeuse a une vue imprenable sur le mercenaire qui l'a mise en joue et la rate de justesse. Les autres ont ouvert le feu sur les deux gardes du corps des notables et les trois soldats du Nord qui ripostent à couvert derrière les canapés dans le séjour. Parvenue dans le couloir, Manu cible un attaquant, lui tirant dans le dos. Elle tente de repousser l'image de Pat baignant dans son sang, certaine qu'elle a été blessée puisqu'elle ne vient pas les rejoindre. Tandis qu'elle s'apprête à passer le seuil du salon, un homme cagoulé en sort. Cum le descend. Calmement, méthodiquement, elle élimine le dernier mercenaire.

Les guerrières n'ont rien pu faire pour l'un de leurs négociateurs, atteint à la tête. Le deuxième, un diplomate malingre, ses habits couverts du sang de son collègue et probablement de quelques morceaux de cervelle, est en état de sidération. Les deux soldats chargés de les protéger sont morts. Cependant, la guerrière qui les accompagnait n'a qu'une blessure à l'épaule que Cum s'empresse de soigner pendant que Manu, affolée, dégringole les marches à la recherche de Pat. Quant aux trois représentants de La Cité, très certainement trahis, ils ont été les premiers à être éliminés, tout comme leurs gardes.

Il ne leur reste plus qu'à fuir les lieux grâce aux deux véhicules garés à l'entrée. Cum guide le diplomate en état de choc vers le siège arrière du tout terrain qu'ont utilisé les notables. Manu, avec l'aide de Deb, la guerrière, traite du mieux possible la blessure à la tête de Pat avant de l'allonger sur la banquette de la grosse berline. Elles filent vers l'ouest sur des routes délabrées, persuadées que ceux qui ont monté cette attaque, ne recevant pas de nouvelles, enverraient d'autres mercenaires à la villa.
À présent, Manu se reproche de ne pas avoir tenu compte de ses doutes, elle s'en veut d'avoir entraîné ses camarades dans un guet-apens. Cum ne cesse de lui répéter qu'elle et Pat en avaient accepté les risques. Pat ne souffre pas trop, car elle lui a injecté de la morphine. Sa compagne flotte, ouvre les yeux et retombe dans les vapes.
Deb tente déjà de prendre contact avec ses chefs pour leur faire rapport de leur sinistre échec. Elles ont été contraintes d'abandonner les dépouilles des soldats du Nord et cela la perturbe énormément. Elle ne le manifeste pas, mais Manu sait par expérience que laisser à l'ennemi des camarades est un déchirement. La blessure de Pat est très grave, elle exige des soins d'urgence. Deb a convaincu sa commandante de la faire héliporter ainsi que le négociateur dont elle a sciemment exagéré l'état. Manu croit que sans le réputé diplomate, Pat n'aurait pas ce privilège.

Les rescapés de l'assaut attendent dans les fourrés d'un terrain vague en bordure d'un complexe industriel en ruine. Le point de rendez-vous leur a été donné sans plus de précision sur l'heure du sauvetage. La nuit dessine des silhouettes menaçantes sous les arches de bâtiments des siècles passés. De là ou de la route pourraient débouler une cohorte de mercenaires. On les cherche certainement dans toutes les directions depuis la villa. Un petit crachin recouvre les vitres, une humide et glaciale buée se répand dans l'habitacle, Manu frissonne et murmure des paroles de réconfort à son amante. Au moins tout à l'heure, Pat a eu la force de lui serrer la main. Elle tient sa tête sur ses cuisses, la rage au cœur. Au mépris de sa propre douleur, Deb lui a offert sa dernière dose de morphine. Manu connaît ce genre de blessure pour l'avoir subie. C'est un feu crépitant, des milliers d'aiguilles qui lacèrent les chairs. Le diplomate se terre seul dans l'autre voiture. Cum patrouille autour de leur cache, aux aguets, bardée de leurs armes, la mitraillette au poing et son précieux SIG en bandoulière. Cette femme est une énigme. Comment une institutrice mariée avec le directeur d'une école maternelle ayant demeuré toute sa vie dans un paisible bourg s'est-elle métamorphosée en une machine de guerre ? Le peu que Manu sait d'elle par la lecture de son dossier n'explique pas cette mutation. Son mari, les enfants et les enseignants réunis dans le gymnase ont péri dans les flammes. Elle a échappé à l'incendie, car elle s'était absentée pour voir le médecin qui suivait sa grossesse. Tandis que tout flambait, des Combattants ont rassemblé les femmes nubiles du village et les ont poussées de force dans des camions. Quelques vieilles, survivantes et témoins de la rafle, les ont vues disparaître à jamais.

Manu se souvient que l'année passée, avant que leur commando ne soit envoyé dans les Territoires du Sud, elles ont eu droit à une permission de quelques jours. Elle s'apprêtait à partir visiter les parents de Pat. Alors qu'elle faisait son paquetage, elle a aperçu Cum allongée sur son lit qui lisait. Manu lui a demandé où elle comptait passer ces quelques jours de repos, sûrement les derniers avant longtemps. Cum a haussé les épaules et l'a regardée un moment, comme si elle ne savait pas quoi lui répondre. Manu s'est approchée d'elle et s'est assise au pied de la couchette. Avec réticence, Cum lui a dit : « Nulle part. » Et comme elle comprenait que sa réponse n'était pas satisfaisante, elle a ajouté : « Je vais en profiter pour lire, m'entraîner et dormir. » Manu a failli poursuivre la conversation, insister, mais elle a discerné dans les yeux de cette femme accablée, une lueur qui la suppliait de se taire et de l'abandonner à ses tourments.

Plus tard, en parlant avec Pat, celle-ci lui a reproché de ne pas avoir invité Cum à se joindre à elles. Sa famille l'aurait accueillie avec plaisir. Et de cela, Manu ne doute pas, ces gens ont été si généreux avec elle. Dans les Hautes Terres du Nord, ils vivent sur un prodigieux domaine, composé de plusieurs fermes autosuffisantes en bordure de la mer ; ils sont à la fois pêcheurs et paysans. Ils forment un clan soudé de plus d'une cinquantaine d'individus, sans inclure la marmaille dont elle n'a jamais réussi à faire le décompte et à en identifier les parents. Cela n'a pas d'importance puisque pour eux les enfants sont ceux de tous. Ce sont des gens simples et frugaux. Des travailleurs acharnés qui arrachent à ces terres battues par les vents marins de quoi tous les nourrir. Les valeurs de partage et les règles de l'hospitalité sont sacrées, mais Manu a constaté qu'ils pouvaient être sévères envers ceux qui enfreignent leurs lois. Pat avait déclaré que pour eux, la notion de propriété individuelle devait être combattue, car elle menait à toutes les dérives. Manu, qui vient du Sud où les grands conglomérats font la loi, s'était dit qu'un tel concept pouvait gagner l'adhésion des plus démunis, mais elle imaginait mal qu'il puisse l'emporter face à l'avidité des puissants. Et cette guerre dans laquelle elles sont embourbées en est bien la preuve. Derrière cette religion, cette foi aveugle, ce prosélytisme convaincu qu'il faut annihiler toute opposition, il y a la possession de territoires riches aux matières premières convoitées depuis des lustres. Ces réflexions tournent en rond dans son cerveau épuisé, elles la préservent de la terreur innommable de perdre le seul être avec qui elle ait éprouvé une si intense et totale complicité. Elle regarde Deb somnoler. Sa main entoure le poignet de Pat. Son pouls bat faiblement, mais il pulse sous ses doigts. Cum ouvre la portière et lui chuchote : « Écoute le vrombissement, c'est l'hélicoptère ! »

12

L'ATTENTE

...Je m'interdisais de réfléchir à autre chose
que ce que je devais faire pour préserver
cet acharnement à résister.
Leur bienveillance a pelé petit à petit mes défenses...

Je suis sans nouvelles d'elles depuis bientôt deux semaines. Les premiers jours, sous le choc de leur départ, une boule de chagrin pesait sur ma poitrine. De crainte de flancher, je me suis obligée à agir. J'ai récuré la péniche de fond en comble, guidé les chèvres en pacage, j'ai même tenté de pêcher à l'aide de tiges de joncs et de ficelles. Sans succès évidemment. Il s'est mis à souffler un froid humide et pénétrant qui me laisse transie du matin à la nuit. J'ai emménagé dans l'alcôve où j'ai accumulé toutes les couvertures. Le soir, j'écoute la radio alimentée faiblement par les panneaux solaires et dont les crépitements altèrent la moitié des paroles.
Il pleut depuis trois jours. Des averses intermittentes peignent en gris l'eau du marais et le plafond bas du ciel, les scellant en un seul tableau. Des bancs de brouillard ondoyant estompent la ligne des roseaux jusqu'à effacer la courbe du talus. Je n'ose plus y mener les chèvres de crainte de me perdre, de disparaître moi-même, avalée par la gigantesque bouche de ce paysage spectral. Je dors très peu, quelques heures à la fois seulement. Je cauchemarde, me réveille trempée de sueurs glacées. Le joufflu me hante, il titube au-dessus de l'étang, ivre de vengeance. Ses lippes avides s'ouvrent sur des dents

jaunes d'où s'écoule du pus et se confondent à la plaie de sa gorge qui ricane. Le barbu se joint à lui et me lapide avec de gigantesques dés. J'escalade la butte et m'accroche aux herbes coupantes. Arrivée au sommet, je n'ai d'autre choix pour les fuir que de sauter dans un puits obscur. Je cours sur une route jonchée de caillasse et je me répète qu'ils ne pourront pas me pourchasser, puisqu'ils n'ont plus de pieds. Les poissons les ont mangés.

Si je ne sors que pour couper des branches, des feuillages et de quoi nourrir les poules au plus près de la péniche, c'est qu'aussi je ne veux pas rater l'appel que Cum m'a promis. Je m'entête à croire qu'elle le fera. Et j'imagine des dizaines de raisons à leur silence, sauf celle qui me broie le plus le cœur : qu'elles m'aient oubliée. J'ai honte à la pensée que leur mort seule justifierait leur défection.

J'ai juré de ne pas tenter de les contacter, mais de toute façon, je ne saurais pas comment et à qui m'adresser. Ce matin, j'ai léché avec les doigts les restes de la confiture collée au pot. Mes pleurs se mêlaient au goût de myrtille. Depuis mon échec d'en finir avec mon insignifiante existence, je pleure beaucoup. Les larmes me sont revenues comme si les ondines avaient entendu ma supplique. Je songe à Lara, à mes parents, à tous ceux que j'ai connus qui ont disparu et je n'ai plus de raison de leur survivre. Il y a les chèvres et les poules qui ont besoin de moi, du moins, c'est ce que je me répète. Les poules peut-être, si je les lâche sur le talus, elles vivront jusqu'à ce qu'un renard ou une belette les dépècent. Pour les chèvres, elles sauront très bien se débrouiller. Je m'allonge sur le lit avec l'idée que c'est la dernière fois. Demain matin, je quitte la péniche après avoir libéré les animaux. Je veux marcher jusqu'à ce village que Pat a mentionné. Il me sera toujours possible de revenir, si je juge que les gens sont fâcheux.

C'est un rayon de soleil qui me réveille. J'ai dormi longtemps, épuisée, anesthésiée, comme si, hier, d'avoir pris la décision de partir m'avait permis de m'écrouler. Un vent frais a chassé les miasmes du marais dont les remugles fétides stagnaient, telle une glu. Je lis comme un signe favorable cette atmosphère nouvelle. Mon accablement des derniers jours se transforme peu à peu en détermination. Je veux me prouver que je saurai résister à cet état comateux auquel je m'étais résignée. Je m'affaire avec les bêtes, prépare des œufs durs et du fromage, un bidon de lait. La journée est bien trop avancée pour partir lorsque je termine de rassembler sur la table ce que je dois emporter. Quelques habits de rechange, une gamelle, des couverts, un solide couteau. Je me rends compte qu'il me faudrait de quoi allumer un feu. C'est Pat qui s'en chargeait avec sa tige de silex et le grattoir qui lançait des étincelles. Toutes les guerrières sont équipées d'un briquet de survie. Je fouille partout, je n'en retrouve aucun. Je crois aussi qu'elles ont récupéré toutes leurs armes, sans penser que j'en aurais besoin pour me défendre. C'est donc qu'elles planifiaient de revenir. Ou mon sort les indifférait. C'est douloureux de l'admettre. J'enlace mes jambes repliées contre mon torse, pose ma tête sur mes genoux. Une telle lassitude s'abat sur mes épaules. J'étais un fardeau, je les ai entendues le dire. L'élan qui m'incitait à partir depuis la matinée a disparu comme la tiédeur du soleil qui s'efface, englouti derrière l'horizon pourpré. Je grelotte. Avant de les rencontrer, je ne mesurais pas ma détresse. J'avançais comme un automate, mes émotions, mes sensations bridées. Je m'interdisais de réfléchir à autre chose que ce que je devais faire pour préserver cet acharnement à résister. Leur bienveillance a pelé petit à petit mes défenses. J'ai cru en elles, je les ai admirées. À présent, je voudrais les haïr. Je voudrais ne jamais les avoir connues.

DEUXIÈME PARTIE

FIAVOLO

…Une atmosphère de désastre imprégnait les lieux désertés.
Deux chats rachitiques dérangés par le claquement des sabots
ont filé se cacher.
Tout semblait à l'abandon. Alors, j'ai attendu. Seule…

13

LE VILLAGE

…« La guerre nous dépouille de tout »…

Avant de quitter la péniche, j'ai sacrifié mes cheveux. Je n'avais que de mauvais ciseaux pour les couper au plus près de la tête. J'ai l'air crétin et c'est très bien. Je n'ai pas de poitrine, vêtue de mes habits trop amples, de mes robustes chaussures et du bonnet rouge, je me suis fait croire que je passerais pour un garçon malingre. C'est ainsi que je me suis présenté au village, guidant mes chèvres. Je ne pouvais pas transporter les poules, alors il a fallu les abandonner à leur triste sort de futures proies.

Je suis partie à l'aube. En suivant la route à travers bois, je me disais qu'elle devait mener quelque part. Le hameau d'une quinzaine de maisons m'est apparu au fond d'un vallon, accroché au versant nord, il luisait dans la lumière du matin. Une mince rivière bouillonnante l'abreuvait. Un pont étroit et mal entretenu enjambe l'eau claire où j'ai conduit mes biquettes assoiffées. J'ai pris le chemin face au pont, je n'entendais que les clochettes au cou des chèvres. Je les ai rassemblées sur une petite place dont les pierres déchaussées étaient envahies de chiendent et de renoncules. Les bêtes n'ont pas tardé à s'en régaler. Il y avait une fontaine tarie et couverte de mousse. Autour de moi, de nombreuses bâtisses menaçaient de s'écrouler. Une atmosphère de désastre imprégnait les lieux désertés. Deux chats rachitiques dérangés par le claquement des sabots ont filé se cacher. Tout semblait à l'abandon. Alors, j'ai attendu. Seule. Un étau de tristesse me serrait le cœur. Je me suis assise, le dos contre la margelle. Le front sur les avant-bras entourant mes genoux, j'ai fermé les yeux sur mes illusions perdues. Plusieurs heures sont passées, j'ai dû somnoler. J'ai senti une présence au-dessus de moi. En ouvrant les paupières, j'ai aperçu deux gros godillots, puis la tête chevelue et la barbe un peu broussailleuse toute blanche d'un vieil homme, très grand. Son regard d'un bleu acier me scrutait, mais sans malveillance.

– Que fais-tu là, fiston ?

– J'échange le lait de mes chèvres contre de la nourriture et un endroit où dormir.

C'est ainsi qu'avec Leo, j'ai conclu une affaire. Contre du lait et du fromage frais que je prépare, je suis nourrie et logée. Il possède une ferme dans ce qui fut un vaste domaine. Je loge dans une dépendance où séjournaient les ouvriers agricoles au temps heureux des grandes récoltes. Il y avait dans cette chambrée une dizaine de lits de camp dont les matelas tachés et déchirés puaient la moisissure. J'ai étalé les moins mauvais dans la cour pour les sécher au soleil. Leo m'a apporté des couvertures et des draps propres, en me disant : « Tu seras plus à l'aise ici. »

Néanmoins, le repas du soir se prend chez Sara. Cette vieille dame habite seule dans une spacieuse villa, perchée au sommet du hameau. Percluse d'arthrite, elle ne se déplace plus que de sa chambre à la cuisine. Leo s'y rend tous les jours pour l'approvisionner. J'ai vite compris qu'il n'y a plus qu'eux à vivoter là, tant bien que mal. Nous mangeons les légumes qui ont résisté à l'hiver dans les celliers, il y a aussi des œufs, grâce à quelques poules. Assise à la table, embarrassée par Sara qui me dévisage, je garde le nez baissé sur mon assiette de soupe. Elle me demande pourquoi j'ai massacré mes cheveux de cette façon. Je rougis et ne sais quoi répondre. « Laisse tomber, c'est bien avisé de sa part. N'est-ce pas fils ? » réplique Leo de sa voix caverneuse, en clignant de l'œil. Je me sens démasquée, stupide. Je ne leurrais que moi-même en niant ma condition de fille, je pensais me soustraire à la bestialité des hommes. J'avais pourtant vu ces brutes s'attaquer aussi aux jeunes garçons. Alors Sara tente de me rassurer : « Ici, tu ne crains rien. »

Ce soir-là en marchant aux côtés de Leo dont la ferme niche dans un repli de la colline, en retrait du village, j'apprends comment il s'est vidé de ses derniers habitants. Quatre ans auparavant, après des années de sécheresse, ce sont les inondations qui ont eu raison des plus résolus. Les logis autour de la place, toutes les maisons dans le creux du val ont été dévastés, sauf les propriétés de Sara et de Leo, moins exposées en hauteur.

– Et vous, pourquoi être resté dans un lieu si désolé ?

– Pour aller où ? Mon compagnon était malade, pas question qu'il finisse sa vie dans un placard à balais à La Cité. C'est tout ce que nous aurions pu nous offrir. Mon domaine ne vaut plus rien.

– Un jour, une amie m'a dit : « La guerre nous dépouille de tout. »

– Il n'y a pas que la guerre pour nous déposséder. Mais tu as raison, elle viendra jusqu'ici et elle nous enlèvera le peu qu'il nous reste.

La soirée était douce et j'avais envie de poursuivre la conversation, mais Leo a fait une drôle de grimace comme un homme qui a honte de s'avouer vaincu. Il s'est détourné pour entrer chez lui.

– Dors bien.

J'ai hésité et je lui ai souhaité bonne nuit.

Depuis, chaque nuit, je guette le sommeil comme un ennemi. Entre lui et moi, c'est une joute où je gagne rarement.

Le jour, mes activités tiennent à distance les spectres de mes cauchemars. Les soldats que j'ai dépouillés se lèvent et marchent vers moi. Leurs yeux vides, leur chair mutilée réclament vengeance. Ceux-là me terrifient, cependant, ils ne provoquent pas autant d'épouvante en moi que les autres, les suppliants. Ceux-là rampent jusqu'à mes pieds, s'agrippent à mes chevilles, implorent ma miséricorde. Ils offrent leur cou dénudé où battent de grosses veines bleutées contre mes doigts étreignant le scalpel.

Au petit matin, harassée, je m'endors enfin pour quelques heures. Je devrais pourtant être apaisée. Il règne ici une relative sécurité. Au cours des premiers jours, j'ai perçu une certaine réticence de la part de Sara. Je crois que Leo a eu fort à faire pour la convaincre de m'accepter. Bien que d'un tempérament à l'emporte-pièce, elle s'habitue à moi, car je lui suis utile. Je l'aide à déplacer les objets que ses mains déformées ne retiennent plus. Depuis que je lui rends visite, elle s'assoit en fin de journée sur le banc près de la porte de l'office. Exposé à l'ouest son regard se pose sur un jardin luxuriant. Son dos appuyé aux pierres du mur chauffées par le soleil, elle surveille mes gestes et les commente de sa voix de crécelle. C'est moi qui sarcle son potager. Au début, elle voyait bien que je ne savais pas y faire, mais avec le temps, j'ai appris et ses critiques sont devenues moins moqueuses. Elle râle invariablement, toutefois, ce n'est que pour avoir quelque chose à dire.

Cette nuit, je suis restée longtemps à écouter la pluie frapper les vitres, je flottais enfin dans une somnolence sans rêve quand Leo m'a réveillée de sa voix de stentor.

– Lève-toi ! Je t'emmène à la pêche.

Je n'avais qu'une envie, me cacher sous la couverture dans laquelle j'étais enroulée. J'ai failli faire la sourde oreille, mais il a renchéri avec un argument de taille.

– Allez ! On rapportera de belles truites ! Et j'ai du café frais dans le thermos !
– La poudre de gland ne mérite pas le nom de café, ai-je grogné en passant la tête à la fenêtre.
– Allez, je t'attends au pied du pont.
Un soleil timide tente de se frayer un chemin entre les nuées. Selon Leo, il ne pleuvra plus. Il sait toujours dire le temps qu'il va faire. Il affirme que prédire la météo est une affaire de sens. Tout est une question d'odeur que transporte le vent et d'écoute. Bien entendre ce que chantent les oiseaux, observer leur vol et la forme des nuages. Tout en marchant, il me raconte de fascinantes histoires qui ont trait à ce qu'il nomme la mythologie. Il est surpris que je connaisse la signification de ce mot. Alors je lui parle de mon livre et de mon dictionnaire. Tout content, il se lance dans un discours sur l'origine et la naissance du monde, des mythes différents selon les peuples qui les ont créés. L'être humain se découvre si vulnérable, si fragile lorsqu'il ose lever la tête vers les étoiles qu'il lui faut imaginer des fables pour se rassurer. Il s'est inventé des dieux auxquels adresser ses suppliques. Leo m'explique qu'au cours des âges, les religions ont engendré de nombreuses guerres et que les hommes ont tué et torturé au nom de leur foi, persuadés que seule leur doctrine devait triompher. Moi, je crois tout simplement que les hommes sont fascinés par la mort et que beaucoup d'entre eux prennent plaisir à la donner. De cela bien sûr, je ne peux lui parler, car il faudrait lui livrer ce que j'ai vu et fait.
Nous discutons ainsi tous les soirs, tandis que nous parcourons lentement les rues de ce qui fut un hameau grouillant de gens aux existences, peut-être banales, mais fécondes. Parfois lui revient en mémoire une anecdote. Comme celle du boulanger, qui trichait sur la qualité de la farine, mais dont on achetait quand même le pain parce qu'il menaçait tous les ans de partir

s'établir ailleurs. Que devient un village s'il faut rouler deux heures pour se procurer un simple pain ? Nous bavardons comme si nous nous connaissions depuis très longtemps. Surtout de la vie d'autrefois, puisqu'évidemment la vie de maintenant est si réduite qu'il n'y a pas grand-chose à en dire. Il s'étonne que j'en sache si peu sur le quotidien des gens, leurs usages. Je me souviens de certaines manières d'être, mais à sept ans comment perçoit-on l'ordinaire des adultes ? Je n'ai connu jusqu'à mes douze ans que les règles du camp de réfugiés, puis, durant deux interminables années, celles mortifères des Adeptes du Tout-Puissant. Et c'est justement mon séjour dans cet immonde bagne que je veux taire. Il me mépriserait et je suis terrifiée à l'idée qu'il me chasse. Je redoute qu'il veuille savoir d'où je viens. Plus nous passons du temps à bavarder, plus j'appréhende le moment où je livrerai mes secrets, car je répugne à lui mentir. Souvent, je me sens égarée, une intruse dans ce havre de paix, aussi je ne ménage pas ma peine pour rendre service. Mes journées sont bien remplies avec la traite des chèvres que je mène en pacage dans les prés environnants et les menus travaux que je fais chez Sara. Elle me montre comment faire une bonne soupe en y ajoutant de fines herbes et comment apprêter les poissons que rapporte Leo. Je l'accompagne de plus en plus souvent dans ses expéditions de pêche, mais aussi de chasse. Il n'a plus de munitions pour sa carabine, alors nous piégeons les lièvres au collet. J'aime qu'il m'enseigne toutes ces choses. J'ai une telle soif d'apprendre. Il prend plaisir à me communiquer ses connaissances et moi je veux combler mon inexpérience. Il me faut rattraper toutes ces années où j'ai vécu dans l'ignorance.

Je songe à tout cela tandis que je fixe le bout de la canne à pêche que je manie mieux à présent. Je revois mon père qui en possédait une semblable. Je m'asseyais sur ses genoux et il m'aidait à tourner la manivelle pour tirer la ligne vers nous. À chaque fois, j'étais tout autant déçue que soulagée qu'un poisson ne pende pas au bout de l'hameçon. J'en avais éprouvé la dangerosité quand par mégarde le crochet m'avait percé le pouce. Vêtu de cuissardes, Leo se tient les pieds solidement ancrés dans les fonds caillouteux du lit de la rivière. Il lance la ligne tel un long fouet d'un geste sûr et gracieux. Le courant impétueux sous le pont s'est alangui dans ce méandre. Du côté de la rive que nous avons longée croît une végétation touffue d'aulnes, c'est ainsi que Leo les appelle. En face s'ouvre une plaine semée de caillasse. Autrefois, m'a-t-il dit, la rivière trois fois plus étendue baignait et nourrissait cette terre. Parfois, je lis tellement de désenchantement dans son regard que je détourne la tête, embarrassée qu'il lise à son tour ma propre désespérance.

14

UNE ÉDUCATION

…« Ta condition de femme sera ce que tu en feras »…

Tous les jours, en fin d'après-midi, je me hisse jusqu'à la maison de Sara. Assises côte à côte, moi sur le banc au soleil, elle dans un fauteuil que j'ai tiré à l'ombre de la tonnelle où pousse du lierre, je lui fais la lecture. Je bute encore sur de nombreux mots que je ne connais pas. Elle m'encourage à poursuivre et m'explique ce que je ne comprends pas. Ma voix a pris de jour en jour de l'assurance, je m'éduque à ce qu'elle nomme la littérature romanesque. Dans une chambre à l'étage, un mur entier est couvert de ce qu'elle appelle des romans, des recueils de poésie et des essais de philosophes célèbres. Quand elle m'a vu effleurer des doigts le dos des livres, elle m'a proposé d'en choisir un pour le lui lire. J'ai fermé les yeux et j'en ai sorti un. C'est fabuleux de pénétrer dans un autre monde, d'être le témoin de ces destinées si différentes de la mienne. Leurs manières de vivre me sont si étrangères que lorsque l'heure du repas à préparer nous oblige à quitter ces gens, j'ai envie de rester avec eux. Alors j'en discute avec Sara qui essaye de démêler pour moi leurs intrigantes mœurs. Toutefois, bien souvent, je les juge bêtes, inconscients de leurs privilèges. Ils ont pour la plupart des âmes tourmentées, ils se lamentent, se querellent, dans le luxe de leurs villes, leurs fastueuses résidences. La paix y règne. Pas de tueries ni de violence, autre que celle qu'ils s'infligent à eux-mêmes parce que l'insatisfaction ronge leur être avide de sensations enivrantes. J'ai dit à Sara que j'échangerais bien mon lot de sensations délétères contre leur ennui. J'aime l'idée que les personnages de ces récits qui se déroulent aux siècles passés aient été créés par des humains semblables à nous. Cela éveille en moi un élan d'espoir. Quel avenir me sera réservé ? Je n'ose questionner Sara. Une poignante nostalgie de sa vie d'autrefois émerge au fil de nos conversations. Elle ne cesse de répéter,

– J'ai eu une belle vie, tu sais, un mari aimant et trois merveilleux enfants. Plus rien ne me retient ici-bas.

– Mais vos fils ?

– Ils ont choisi quand c'était encore possible de quitter ce pays où ne dominent plus que désolation et tyrannie. Ma consolation est de savoir qu'ils construiront ailleurs leur propre destin.

J'ai lutté toute la nuit dans les affres de douleurs au ventre. Cela fait plusieurs jours que les crampes me cisaillent les entrailles. J'ai pensé avoir la colique, mais non. J'accomplis mes tâches en serrant les dents et mon humeur est si cafardeuse que Sara m'a demandé ce qui n'allait pas. J'ai haussé les épaules et me suis dirigée vers le potager pour y cueillir les premières salades. Je me concentre sur le plaisir que ce sera de les déguster afin d'oublier mon bas-ventre. Au moment où je me relève, une chaleur mouille mon intimité et je crains de m'être uriné dessus. Je m'empresse de poser le panier sur la table de la cuisine devant Sara assise à peler gauchement des pommes de terre. Je file, embarrassée, vers le cabinet de toilette.

Ma découverte ne devrait pas me surprendre, seulement je suis consternée. Je me traite d'imbécile et de pire encore. Pourquoi idiote, avoir cru être épargnée par ce châtiment ? Car c'est ainsi que je perçois ce sang qui fait de moi une femme. Une bonne à engrosser, une bonne à perpétuer la race.

Une facile à remplacer si la mort vient la sauver de la fatalité de l'esclavage. Je m'écroule par terre, incapable de retenir les sanglots qui se bousculent dans ma gorge. Je ne sais plus quoi faire. Je ne veux pas être une misérable vaincue.

Dans les bras de Sara qui caresse ma tête de ses doigts arthritiques, entre mes pleurs qui se calment et qui reprennent de plus belle, je raconte tout, pêle-mêle. L'agonie de Lara, son corps saccagé et jeté comme un déchet dans une fosse commune. Les viols et les flagellations, les tabassages, la faim, la crasse, les assassinats de mes parents, notre fuite. Ma si longue errance.

Nous avons découpé des serviettes-éponges en plusieurs bandes. Sara m'a fourni des épingles de nourrice et montré comment faire tenir les protections dans ma culotte. Elle a admis que ce rituel menstruel peut être ressenti comme un embarras, mais qu'il faut s'en accommoder :

« Petite, tu peux subir ta féminité ou tu décides d'en tirer parti et d'y puiser énergie et courage. Tu es de la race des opiniâtres, des acharnées. Et, crois-moi, je sais reconnaître les indomptables, celles qui de toutes les époques ont affronté les ignominies fomentées par les hommes. Ce sang, ton ventre n'est pas maudit comme tu le penses. Ta condition de femme sera ce que tu en feras. » J'ai voulu la croire. J'ai songé à la puissance de Manu, à la vitalité de Pat et surtout à l'inébranlable Cum. Elles me manquent et avec le temps, je tente de leur pardonner. Je me répète que leur combat, leur devoir pesaient plus lourd que ma petite personne.

Le lendemain soir, nous avons mangé tard. Une complicité s'était forgée entre elle et moi. J'ai deviné qu'elle n'avait rien révélé à Leo. Il est revenu de La Cité à la nuit tombée. Tous les mois, il y fait une expédition dans une vieille voiture souvent en panne qu'il retape constamment. Il entretient aussi, tant bien que mal, les bornes branchées aux panneaux solaires qui produisent l'essentiel de l'électricité que nous consommons pour cuisiner, s'éclairer et pour chauffer l'eau dans les ballons. La dévaluation de leurs biens a réduit Leo et Sara à compter les moindres sous. Tout passe sur les médicaments qu'exigent les maux des corps malmenés par la vieillesse. De même, il retire pour son amie l'argent d'une rente et celui que lui envoient par intermittence ses deux fils vivant dans les Territoires de l'Ouest. Le cadet, le seul qui soit resté sur place, s'est enrôlé dès les premiers jours de la guerre. « Il a été tué au tout début de l'offensive », m'a-t-elle chuchoté, comme si cela tenait du secret. Je faisais un peu de ménage, passant un plumeau sur les photos posées sur un guéridon. Le visage rieur d'un jeune homme aux yeux francs avait retenu mon attention. Elle a replacé le cadre tout doucement. J'ai lu sur ses traits un tel chagrin. Je n'ai pu répondre que par ma main caressant la sienne, car j'ai appris combien l'indicible impose son poids de silence.

Nous avons partagé le repas dans une atmosphère morose, lourde de non-dits. Au cours de sa virée à La Cité, Leo a marchandé de haute lutte de bien petites quantités de farine, de riz et d'huile contre un service de couverts en argent que Sara lui avait donné à vendre. Leo s'est plaint que le prix des denrées de base soit devenu si exorbitant qu'il leur sera de plus en plus difficile de s'en procurer. Il était inhabituellement mutique et de mauvaise humeur, Sara a réussi à lui faire expliquer sa déconvenue.

« Les halles se sont transformées en un véritable coupe-gorge ! Deux adolescents ont essayé de me voler mes sacs de provisions. J'ai pointé mon pistolet vers eux, par chance, ils ont pris la fuite. Ils auraient été armés, je n'aurais rien pu faire. Il y a longtemps que je n'ai plus de munitions. »

Sara a tenté de le réconforter, mais j'ai vu le visage de Leo se refermer. Il s'est levé, a maugréé quelque chose d'incompréhensible et il est sorti. J'ai suivi des yeux le grand vieillard, le dos courbé par le fardeau de l'amertume bien plus que par celui des ans, se diriger vers les escaliers qui débouchent sur le chemin que nous empruntons habituellement. Sans m'attendre comme il le fait invariablement pour la traversée du village, car la nuit, les chiens errants fouillent les ruines à la recherche des charognes qui gisent sous les décombres. Leo ne se sépare jamais de son alpenstock et il m'a recommandé de toujours me munir de la robuste batte qu'il m'a offerte. Avant de monter à l'étage, Sara m'a dit : « Il ne faut pas en vouloir à Leo, il a ses sautes d'humeur, mais ça ne dure pas. »

J'ai rangé la cuisine et j'ai préparé la tisane de valériane que prend Sara tous les soirs. Ses maux la réveillent et j'ai appris à lire sur ses traits les vestiges de mauvais sommeils. Alors que j'entre dans sa chambre, Sara s'affaire dans la salle de bains dont la porte est entrouverte. Je l'appelle, car elle ne m'a pas entendu frapper. Vêtue d'une longue robe de nuit de coton immaculée, enjolivée de dentelles, elle marche péniblement sans sa canne vers le lit. Elle me sourit en me tendant la main pour que je l'aide à s'installer entre les draps. Je détourne le regard de ses pieds difformes.

– Que c'est gentil, tu as pensé à ma tisane.

– Il ne reste plus beaucoup de sirop de betterave, elle sera un peu amère.

– Ne t'en fais pas, j'ai l'habitude. Tu sais, avec les années, mon mari et moi avons tissé des liens d'amitié avec Leo et son compagnon. Cette villa était notre maison de campagne, nous y venions à la belle saison et nous achetions chez eux la plupart de nos légumes. Bien que la culture principale de leur ferme ait été la betterave, comme la majorité des agriculteurs de toute la région.

– Pour le sirop ?

– Pas seulement. Le sucre, et bien plus pour l'éthanol-carburant qui à présent se vend à prix d'or. La sécheresse, puis les inondations ont tout détruit.
– Leo m'a avoué que sa propriété n'avait plus de valeur.
– Pas plus que cette maison, perdue au milieu de nulle part, bien que je dispose de fonds qui en dépit de la dévaluation pourvoient à mes besoins et mes fils me soutiennent. Quant à Leo, il peut compter sur son savoir-faire. C'est un homme très habile et débrouillard. Abel et lui étaient ingénieurs. Leurs revenus importants leur ont permis d'acquérir la ferme pour y exploiter la betterave. Ils nous ont confié qu'ils ne supportaient plus les cliques et les malversations d'une certaine faune de La Cité. Malheureusement, le cataclysme a balayé le village et ruiné tous ceux qui ont survécu. Ils se sont dispersés comme feuilles d'automne en emportant ce qu'ils pouvaient sauver.
– Mais vous Sara, pourquoi être restée ?
– Oh là ! C'est une trop longue histoire pour ce soir. Il est temps de dormir un tant soit peu. Attends, me dit-elle en retenant ma main, pas question que tu fasses la route seule. Tu dors ici.
– J'ai la batte de Leo pour chasser les chiens.
– Tu veux que je m'inquiète ? Prends la chambre de l'autre côté du couloir, il y a tout ce qu'il faut, dans le placard, un édredon, des draps. Et profites-en pour faire ta toilette dans la salle de bains au fond du corridor. Je dormirai mieux de te savoir là.
– Bonne nuit, alors, dis-je, rassurée, car l'idée de faire face à une meute de chiens m'effraie bien plus que je n'ose le laisser paraître.
J'ai compris que la suggestion de Sara de me laver sous-entendait que j'avais négligé de le faire depuis quelques jours. L'annexe chez Leo n'offre qu'un cabinet de toilette

et une salle de douche d'où coule un filet d'eau souillée de rouille. Je préfère me baigner dans la rivière tandis que les chèvres mâchonnent.
Je m'enfonce tout entière dans la chaleur du bain, je soupire de bien-être. Une sensation que je n'ai plus connue depuis mon enfance, si lointaine qu'elle me semble irréelle. Ma mémoire fissurée par trop de sauvagerie ne retient plus que des images fragmentées. Les visages de ma mère et de mon père ne sont plus que des ombres. Parfois, un parfum au plus profond du sommeil refait surface, mon nez blotti dans le cou de maman, ou bien la rugosité des cals dans la main de papa qui tient la mienne.
L'image de Cum me revient en mémoire, elle plongeait et nageait telle une sirène. Elle m'encourageait à m'éloigner de l'échelle à laquelle je m'accrochais. Si je nage mieux aujourd'hui, c'est bien grâce à elle. J'aimerais tant savoir ce qu'elles sont devenues. Je m'efforce de les imaginer bien vivantes, indomptables et parées pour le combat. Tout en me glissant sous l'édredon, je songe qu'une part de moi souhaiterait leur ressembler, une autre n'aspire qu'à cette vie tranquille que je mène auprès de ces vieillards. Je n'ose envisager l'avenir. Que pourrais-je espérer de plus ? Je me répète que déjà je n'ai plus à courir entre les tirs et sous les bombes. Je ne suis plus forcée de détrousser les cadavres pour obtenir une maigre ration de nourriture. Ici, Sara m'aime bien. Je suis devenue une aide précieuse et si elle me propose de m'installer à demeure et de prendre soin d'elle, je crois bien que j'accepterai. À Leo, j'ai raconté que j'avais suivi les chemins de halage qui longent le fleuve afin d'être à même d'abreuver et de nourrir mes chèvres. Elles sont l'unique bien qui me reste de ma famille qui a péri quand notre ferme a été attaquée. Si j'ai été épargnée, c'est que j'avais mené mes bêtes en pacage dans la forêt. J'en dis le moins possible, je n'aime pas mentir. Seule Sara connaît maintenant mes secrets.

S'il m'interroge encore, je lui révélerai aussi mon passé, mais il est si discret, il n'essaie jamais d'en apprendre plus que ce que je veux bien lui confier.
Ces trois derniers mois ne sont, je le crains, qu'une brève accalmie. Ce que nous a mentionné Leo me tourmente. Il a croisé un ami qui lui a parlé d'une rumeur circulant dans La Cité, selon laquelle tout le district sera prochainement sous l'égide des Adeptes du Tout-Puissant. Les édiles tentent de négocier leur neutralité, toutefois, en dépit des sommes colossales déjà engagées, les factions radicales au sein du régime des Adeptes excluent tout compromis. Leo et Sara ne semblaient pas aussi alarmés que moi par cette nouvelle. Ils n'ont pas conscience que ces fanatiques appliquent la politique de la terre brûlée. C'est ainsi que Cum qualifiait leur tactique. Tout détruire pour éradiquer la vermine des libres penseurs. La somnolence me gagne, je ferais mieux d'y céder au plus vite avant que ces idées noires ne hantent ma nuit.

La villa de Sara s'accroche au sommet de chemins en lacet dans un fouillis de rochers et de végétations buissonnantes. Je m'y attarde pour admirer le lever du soleil sur la vue spectaculaire de la rivière sinueuse. Ses méandres dessinent un cortège de bassins miroitants, bordés d'une plaine alluviale jusqu'à l'horizon. Leo m'a dit qu'elle se jetait dans un fleuve qui lui se partage en plusieurs bras abreuvant un riche estuaire avant de se perdre dans l'océan. Je me souviens que je possède des cartes qui illustrent les réseaux des voies navigables et routières. Je songe que Pat avait le projet de caboter sur l'un de ces canaux pour gagner les Territoires du Nord. J'aimerais savoir dans quelle condition est la péniche, les amarres ont-elles tenu ? A-t-elle dérivé, poussée par le courant ? J'ai envie d'y retourner pour m'en assurer. À pied, cela ne me prendrait qu'une journée aller et retour.

Je guide les chèvres du pacage vers l'étable. J'ai une vue d'ensemble de là-haut sur les bâtiments de la ferme de Leo qui paraissent en bien mauvais état. Ils exigeraient d'importants travaux qu'il ne peut entreprendre seul. Alors, comme il le dit si bien : « Je rafistole, c'est tout ce que j'arrive à faire. » Je le cherche dans l'atelier où il bricole dans la journée, frappe chez lui. Sans réponse. Peut-être est-il allé pêcher ou relever les collets. J'ai pris la décision de lui parler de la péniche. Sans lui mentir, je lui dirai que je m'y suis abritée un certain temps et que personne n'est venu pour m'en chasser. Ce bateau a de la valeur, il pourrait en tirer profit.

Il a tout de suite proposé que nous y allions, dès l'aube, avant les chaleurs accablantes. J'ai couru prévenir Sara que je partais le lendemain pour la journée avec Leo. Elle était peu loquace. Elle faisait une sieste dans son fauteuil et m'a marmonné qu'elle s'en arrangerait très bien. Cela fait bien une heure que nous progressons en direction du marais. Leo reste silencieux. J'ai tenté de faire la conversation, mais il me répond à peine. J'ai compris qu'il valait mieux me taire. Il rumine et me paraît bien abattu. Lorsque j'ai abordé avec précaution le sujet de la péniche, je lui ai simplement montré les cartes et mentionné que je m'y étais réfugiée pour me protéger des pluies diluviennes du printemps. Il m'a affirmé bien connaître cet étang infesté d'émanations nauséabondes au plein de l'été. Dans les temps anciens, les paysans disaient que les sorcières et les démons s'y réunissaient pour y danser et forniquer. Je m'attendais à une multitude de questions de la part de ce vieil homme habituellement si bavard. J'avais préparé des réponses assez vagues pour ne pas m'empêtrer dans les mensonges. Je crains d'évoquer ma cohabitation avec les trois guerrières parce que cela entraînerait d'avouer ma servitude chez les Adeptes du Tout-Puissant. Leo les qualifie de sous-hommes nés de la fange de la barbarie. Il y a tant de dégoût dans sa voix que je me sens sale à l'idée qu'il m'associe à eux.

Je repense à l'incertitude qui m'animait quand j'ai entrepris mon périple vers Fiavolo, étonnamment j'étais moins anxieuse que je ne le suis en ce moment. Probablement puisque je n'avais rien à perdre. Là est toute la différence. J'étais courageuse, téméraire même. Il y a encore quelques mois, je ne craignais pas la mort, je me souviens très bien de l'avoir souhaité de toutes mes forces après celle de Lara. Je zigzaguais entre les tirs, espérant que mon être perclus de souffrance explose en mille charpies de chair et de sang, comme ce garçon courant devant moi. Pourquoi lui ? Trente secondes plus tard, les hurlements dans ma tête se seraient tus à jamais.

– Pardonne-moi, je suis comme un vieux bouc entêté. Je dors très peu en ce moment, trop de soucis et plus d'énergie pour même tenter d'envisager des solutions. Tu es gentille de vouloir m'aider. On verra bien si ce bateau vaut quelque chose.

– Il n'a pas l'air en trop mauvais état. Il y a une cabine de pilotage et une pièce avec un lit, un endroit pour cuisiner. C'est comme une maison sur l'eau.

– Hum…tu n'as rien d'autre à me dire ? poursuit Leo un petit sourire narquois aux lèvres.

Je le regarde dans les yeux un long moment. J'hésite encore. J'ai tellement peur de perdre son estime.

– Plus que je ne le peux Leo. J'ai juré le secret.

– Alors si tu as engagé ton honneur, il faut tenir parole, réplique-t-il en posant sa main doucement sur mon épaule.

Je lève la tête vers lui et j'aperçois la butte de l'autre côté du pré.

– C'est par là. Après le talus.

15

CUM

...Un œil vitreux me fixe ou est-ce de la stupeur ?...

Près de trois mois se sont écoulés depuis notre départ du marais. Ma capitaine m'ayant affectée à la protection d'un haut gradé, j'ai dû patienter de nombreuses semaines avant qu'elle ne m'accorde une permission. Ne sachant pas ce que j'allais en faire, elle a accepté de mauvaise grâce. Je tremble à l'idée de ce que Tessa a pu faire durant toutes ces nuits à guetter nos pas sur le pont de la péniche. A-t-elle survécu à ce qu'elle a dû prendre comme une trahison de ma part ? C'est la fille la plus résiliente que j'aie rencontrée, mais je crains que cette épreuve ait été celle de trop. Mes tentatives pour la contacter par radio n'ont rien donné.

Quand je me suis sentie propulsée vers le ciel, serrée entre Deb et Manu agrippée à la main de Pat, j'étais déchirée entre mon devoir de soldate et la promesse faite à Tessa de revenir la chercher. Je me suis alors juré de ne plus tourner le dos à qui que ce soit, même sous la contrainte. Mais, il en a fallu du temps. Avant de m'envoler dans l'hélicoptère, j'avais soigneusement caché les deux véhicules dans les fourrés. À mon grand soulagement, ils y étaient toujours. J'ai fait un pari risqué, et j'ai gagné. Non seulement je roule vers le marais avec le tout-terrain qui appartenait aux notables assassinés, mais j'ai assez d'argent pour couvrir les éventuels pots-de-vin que je devrai distribuer pour traverser les postes-frontières, approvisionner les bidons d'éthanol achetés sous le manteau et de quoi nous nourrir sur le trajet vers les Hautes Terres. J'ai vendu la berline pour moitié de sa valeur à deux margoulins qui m'ont conduite dans leur guimbarde jusqu'aux ruines du site industriel. Ils ne demandaient pas mieux que de fermer les yeux sur la provenance de leur fabuleux butin. Je dois redoubler de prudence, la région étant truffée d'espions à la solde des Adeptes. Leur invasion de La Cité n'est plus qu'une question de semaines. Les meurtres des notables et des nôtres auront convaincu notre hiérarchie de renoncer à secourir cette ville de traîtres et de corrompus. Nous réservons nos forces pour la grande bataille qui s'annonce afin de maintenir dans notre camp la capitale de notre allié dont la frontière jouxte celle des Territoires du Nord. J'ai donc peu de temps pour récupérer Tessa et rallier ma prochaine mission. Tout ce que je sais, c'est que je serai intégrée à un nouveau commando dont Manu ne fera pas partie. Nous nous sommes quittées sur un désaccord qui a créé entre nous une brouille que je n'ai pas tenté de dénouer. Manu ne saisissait pas l'importance pour moi de sortir Tessa de cette région vouée au saccage. Elle a essayé de me convaincre de ne pas y risquer ma liberté, peut-être ma vie. J'ai refusé d'en discuter avec elle. Son deuil la dévore tout entière. Elle est dévastée. Manu, si rationnelle, si pondérée n'est plus que désolation et incohérence. Je connais cet état. Je l'éprouve encore. Parfois sans prévenir me reviennent cet effroi, ce vide sidéral, tels une amputation. Plus jamais la chaleur de sa peau. Plus jamais sa bouche dans mon cou et nos parfums mêlés. Plus jamais sa main sur mon sein et ses mots chuchotés avant de sombrer dans le sommeil. Manu insistait pour que je l'accompagne dans la famille de Pat où sa dépouille fera l'objet d'un cérémonial réservé aux héroïnes. Elle n'a pas idée de ce que cela aurait représenté d'être le témoin de ces effusions, moi qui n'ai pu étreindre une dernière fois mon tendre amour et le père de cet enfant jamais né. Cette masse de chair et de sang expulsée de mon ventre par la violence des coups de l'ignoble type qui m'avait achetée. Participer à ces rituels, je ne m'en sentais pas capable. Mon combat ne repose pas comme pour elle sur ces valeurs de liberté, de droit et de libre-arbitre, je les partage évidemment, cependant ma guerre est bien plus personnelle. Lorsque je me suis engagée dans la Légion des Guerrières de la liberté, c'est avec la conviction que j'y exercerais ma propre loi, celle du talion. Je sais combien d'enfants, d'institutrices ont péri dans les flammes, je sais combien de mes voisins ont été massacrés, combien d'habitants vivaient dans notre paisible bourg. Je garde en mémoire chaque tir. Chaque fois que mon œil se pose derrière la lunette de visée de mon SIG pour éliminer une cible, j'en tiens le décompte. Je ne m'arrêterai que lorsqu'il y aura solde de tout compte.

J'ai garé le véhicule sur un petit chemin de terre qui semble peu fréquenté. Je dois reprendre des forces, mais le sommeil se dérobe en permanence. Je n'ai pas dormi depuis près de quarante-huit heures. J'en ai l'habitude, mais ces derniers temps, la fatigue frôle l'épuisement et je ne peux relâcher ma vigilance. Avant d'accéder à ma requête de permission, la capitaine Faber a exigé que je fasse un contrôle auprès du médecin qui traite mon SPT. J'y suis allée seulement parce que je voulais qu'il renouvelle mon Zoloft. Je n'arrive plus à m'en passer. Je l'ai convaincu en utilisant la mort de Pat comme argument, c'est totalement minable de ma part, car cela ne m'a pas vraiment affectée. J'aimais bien cette fille, mais elle était trop, trop de bonnes intentions, trop d'émotions à fleur de peau, trop de convictions sur la bonté innée de l'humanité qu'il faut se réapproprier grâce à la solidarité et à la compassion. Je n'ai jamais compris comment elle gérait ses contradictions, ses croyances et son efficacité sur un champ de bataille. Je l'ai vue manier la mitraillette et dégommer l'ennemi sans hésitation. Je suis la dernière à pouvoir juger. Je suis un maelstrom de paradoxes. Qu'est-ce que je cherche en espérant sauver Tessa ? Une quelconque expiation pour mes crimes ? Lorsque j'ai tué notre geôlier et que j'ai pris la fuite, j'ai sacrifié les trois femmes enceintes qui partageaient ma cellule. J'obéissais aux règles de mon bourreau, à tout prix, je devais protéger mon bébé. Ma fausse couche a tout changé, aboli toute crainte. Mourir m'importait peu. Je savais néanmoins qu'elles seraient horriblement châtiées à la suite de mon évasion. Je suis au-delà de toute rédemption.

Les environs du marais ne semblent présenter aucun danger. J'ai quand même fait le dernier kilomètre à pied en m'approchant de la péniche avec prudence. Elle est déserte, plus de poules caquetantes, plus de chèvres. Dans la cabine, tout est rangé, et rien n'indique que quiconque y a dormi récemment. J'ai exploré la cale, vide. J'ai fouillé le placard des vêtements, quelques-uns ont disparu, ainsi que le sac à dos dont Tessa se servait. Où est-elle bien passée ? Sur la table de navigation, elle n'a laissé aucun message, mais elle a emporté toutes les cartes. Elle a pu décider de se joindre aux colonnes de fuyards. Anonyme parmi les anonymes. Elle se serait résolue à prendre autant de risques. Une fille si jeune devient vite la proie de tous les trafiquants.

J'ai récupéré le véhicule et l'ai garé sur le chemin de halage pour y transférer plus facilement les couvertures et les ustensiles de cuisine. Qui sait dans quelles conditions nous devrons voyager. Déjà la journée est bien avancée. Je me mettrai en route demain. Sur le pont, je tends mon visage vers la chaleur d'un soleil éblouissant, il y a si longtemps que je ne me suis pas arrêtée pour en goûter la douceur. L'étang scintille. Les plantes aquatiques s'ornent de fleurs, les trilles dans les roseaux répandent dans l'air leur chanson joyeuse. Je voudrais tant m'en réjouir, me coucher là, ne plus bouger. Je me tourne vers le talus et je revois Tessa y conduire les chèvres. Une idée folle me vient et je cours vers le sommet de la butte et je découvre le poulailler dans le creux d'un roncier. C'est donc ici que les poules se cachent. Mais aucune biquette en vue sur le pré en bas bien pourvu de buissons et de graminées.

Je n'arrive pas à me persuader qu'elle a quitté cet endroit isolé, mais paisible, pour le péril des routes hasardeuses. Elle a dû se convaincre que nous l'avions abandonnée. Sur la carte que Pat étudiait, il y a bien ce village. Peut-être a-t-elle décidé de s'y rendre et y a-t-elle rencontré des gens pour l'accueillir ? Le chemin qui serpente en bas et ouvre une faille dans la forêt au bout du pré est bien attirant. Tous les jours, tandis que l'attente se faisait de plus en plus vaine, elle a dû se tenir comme moi, au sommet de cette butte et rêver de le prendre. La curiosité, l'envie de chaleur humaine, l'espoir. Oui l'espoir renaît sans relâche, tel un phénix sur les cendres de toutes les atrocités.

Est-ce mon instinct ? Ou l'habitude acquise pendant toutes ces années de combat de maintenir un état de semi-veille même en dormant ? Je me suis jetée sur le sol entre le mur et le lit dans l'alcôve. Dans mon poing serré, le pistolet tiré de sous l'oreiller et prêt à faire feu, et ma main gauche déjà agrippée à ma nouvelle et redoutable mitraillette légère. Les pas maladroits sur le pont, les jurons étouffés. Je dirais qu'ils sont deux. J'hésite sur la meilleure tactique, aller au-devant d'eux ou les attendre ici. Mes pieds nus contournent silencieusement la couchette, je prends rapidement le couloir qui mène au carré, le traverse et m'adosse au mur où débouche l'escalier. Le halo d'une lampe torche fouille l'obscurité. J'ai l'avantage de connaître les lieux dans ses moindres recoins. Leur poids sur les marches fait grincer toute la structure. Leur vacarme réveillerait un sourd. Deux silhouettes se profilent dans la pénombre, un petit trapu et un grand efflanqué. Ça me rappelle quelque chose. Les deux sagouins à qui j'ai vendu la berline. L'un d'eux se retourne et projette le rayon de lumière sur moi. Je tire une salve vers les jambes, ils s'écroulent dans une confusion de vociférations. Ils ripostent de plusieurs tirs. Je me réfugie sous l'escalier, mais la morsure d'une balle a le temps de m'atteindre. Je n'ai pas le choix que d'engager au maximum la cadence de ma mitraillette. Je ne voulais pas les tuer. Ces deux imbéciles se sont crus invincibles face à une femme. Je me traîne vers la banquette où dormait Tessa. J'utilise l'oreiller pour faire barrage au sang qui s'écoule de la plaie à la hauteur de ma taille. Mon dos est intact, donc la balle n'est pas ressortie. Ça fait un mal de chien et je me secoue pour ne pas perdre connaissance. Je dois voir l'étendue des dégâts. Il y a une trousse de secours dans le cabinet de toilette. Mais d'abord m'assurer que ces deux-là sont bien morts. La lueur de la lampe de poche roulée sur le sol éclaire le rictus macabre du grand efflanqué. Un œil vitreux me fixe ou est-ce de la stupeur ? Penchée sur lui, je cherche son arme. Mais c'est lui qui maniait la torche. Je relève le visage sur la gueule d'un révolver que tient en tremblant le trapu dont le souffle rauque signale une blessure au poumon. D'ailleurs, les bulles de sang qui s'échappent de ses lèvres me le confirment. Il appuie sur la gâchette, seul le déclic du barillet vide brise le silence. C'est un vieux révolver dont les munitions sont maintenant épuisées. Je pense en outre que cet homme ne croyait pas avoir à l'utiliser. Ce sont de pauvres types que l'effondrement de l'économie et la guerre ont réduits à traficoter alors qu'ils n'en avaient pas l'étoffe. Lentement, je pose ma main sur le canon, je l'écarte doucement et lui retire l'arme. Il ne résiste même pas. Déjà ses yeux s'obscurcissent. Décidément, ce bateau aura été la scène de trop de morts inutiles. Je reste assise à leur côté un long moment. Je suis si fatiguée, moi aussi, j'ai envie de lâcher prise. C'est la douleur qui me redonne l'énergie de clopiner jusqu'au cabinet. Les placards sont vides. Tessa a tout emporté. Ma propre trousse de secours est dans mes bagages laissés dans le véhicule. Je ne peux plus m'attarder ici.

16

LA PÉNICHE

...L'odeur ! Ces remugles me propulsent en un instant dans mon passé honni...

Alors que nous traversons le pré et que nous escaladons le talus, le cœur me serre. Je doute soudainement de ma décision de revenir sur ces lieux. Offrir la péniche à Leo se voulait un geste de reconnaissance, une façon de le remercier de m'avoir accueillie. Pourtant, quelque chose en moi, souhaite préserver les moments vécus avec ces femmes exceptionnelles. Protéger ces souvenirs dans un écrin, un sanctuaire secret que j'aimerais chérir. Elles ont été une lumière dans le tunnel ténébreux où j'avançais. Elles m'ont redonné la joie, ce qui n'a pas de prix. Je voudrais bêtement que le bateau ait dérivé et disparu comme mes guerrières. Je pourrais me convaincre que je les ai rêvées.

Leo qui marche devant moi me pousse en arrière tandis que nous arrivons sur le sommet de la butte. Il me fait m'accroupir dans les broussailles.

– Il y a du monde, deux bagnoles de richards sur le chemin en bas. Là, à droite.

– La péniche ?

– Amarrée. Plus loin sur la gauche. Ne te montre pas ! gronde-t-il en me tirant l'épaule.

– Je suis petite. Je sais passer inaperçue. Je vais voir.

– Tu es folle ! Les propriétaires sont revenus. Au temps pour nous. On rentre.

– Pas question. Vous pouvez rester là ou retourner chez vous. Moi, j'y vais.

Devant le silence buté de Leo et l'incompréhension que je lis sur ses traits, je cède :

– Je ne vous ai pas tout dit. Je connais celles qui possèdent la péniche. J'ai navigué avec elles.

– Quelles sornettes as-tu encore inventées ? Ça suffit les mensonges. Tu crois que je n'ai pas deviné que tu camoufles tout un tas de trucs pas très honnêtes.

– Il n'y a rien de malhonnête dans le fait d'avoir été sauvée et protégée par ces femmes ! Je dois m'assurer que ce sont bien elles. Elles devaient revenir me chercher, mais il y a trois mois de ça. Je faisais paître les chèvres de ce côté, à gauche où le talus forme une sorte de plateau. Il y a une sente entre les buissons qui descend en pente douce. J'y guidais les bêtes tous les jours. De là, j'aurai vu sur le pont et même sur la cabine de pilotage.

– Comment peux-tu être si certaine de toi ? Ce pourrait être des contrebandiers. Regarde la grosse berline, c'est le genre de voiture que possèdent les bandits.

– Je vous donne ma parole que si j'aperçois qui que ce soit d'autre que mes amies, je reviens et nous filerons vers Fiavolo.

– Je vais avec toi.

– Non. Vous êtes bien trop grand. Il vous faudrait ramper pour ne pas être remarqué. Et sans vous vexer, vous n'êtes plus très souple et rapide.

– Dis-moi d'abord qui sont ces femmes pour qui tu es prête à risquer ta vie.

– C'est une trop longue histoire, pour le moment, sachez que si je suis vivante encore aujourd'hui, c'est grâce à elles.

– Hum…ne fais pas de bêtise ! Et n'oublie pas, ma carabine n'a plus qu'une balle. La dernière que je gardais pour moi.

– Vous n'êtes pas sérieux, dis-je en me retournant alors que je m'apprête à me faufiler dans les hautes herbes. Leo cligne de l'œil, mais je lis sur ses traits qu'il ne blague pas.
J'ai le cœur qui tambourine. Je suis tout aussi excitée par la perspective de revoir mes amies, que terrifiée de découvrir que des inconnus se sont approprié ce lieu qui m'a servi d'asile. Je cours courbée au plus bas jusqu'au chêne solitaire qui domine la butte. Il étend ses branches dont le feuillage forme un dais sous lequel il faisait bon s'asseoir. Quelles folles pensées m'agitent. Il me fallait quitter le marais pour réaliser combien je m'y sens bien, comme si cet endroit n'appartenait qu'à moi, cependant qu'au village, j'ai constamment la sensation d'être une intruse. Abritée derrière l'épais tronc de l'arbre, j'étire le cou pour tenter de déceler une présence sur le pont. Personne dans la cabine de pilotage. Pas un son. Rien ne bouge. D'ici, si elles s'affairaient dans le carré, je verrais la péniche osciller légèrement. Je dois aller voir. Plus loin, ces deux voitures me tracassent. Si elles s'étaient procuré un véhicule, un seul aurait suffi. Leo a raison, ce ne peut être mes amies venues me chercher. Je désire tellement qu'elles ne m'aient pas effacée de leur vie que je me mens au point d'y croire. J'admire une dernière fois le scintillement sur les eaux du marais, sa beauté sauvage, et penaude, je décide de retourner vers Leo. Mon regard s'attarde sur le pont et capte un essaim de mouches, je remarque la passerelle en place et la porte ouverte sur l'escalier qui mènent au carré. Je reconnais ces bestioles, elles se nourrissent de viande en décomposition. On se couvrait la tête et le visage de chiffons pour dépouiller les cadavres des soldats grouillant d'asticots et d'insectes nécrophages. Sans réfléchir, je dévale le sentier et cours vers la péniche, je saute d'un bond sur le pont. L'odeur ! Ces remugles me propulsent en un instant dans mon passé honni.

J'attrape un pan de ma veste pour protéger mon nez et ma bouche, mon bras replié, je descends les marches. Ce que je découvre est consternant. Deux macchabées en vêtements civils tombés l'un près de l'autre, comme foudroyés par de nombreuses blessures. En m'approchant, je constate qu'ils ont été atteints d'une rafale de balles. J'ai vu ce qu'une salve de mitraillette peut produire comme saccage dans la chair. Leur sang coagulé s'est répandu jusque sous la table de la cuisine. Je les contourne en rasant le mur pour ne pas mettre les pieds dans ce cloaque. Je respire par la bouche, tout en m'efforçant de ne pas avaler les mouches qui m'assaillent. J'enfile le couloir, me dirige vers l'alcôve et le cabinet de toilette. Le lit est défait, quelqu'un y a dormi. Sur le drap déchiré, il y a du sang. Dans le cabinet, des traces brunâtres souillent le lavabo. Cette personne est vivante, puisqu'elle a tenté de se soigner.

J'entends au-dessus de moi des pas lourds qui enjambent la passerelle. La voix anxieuse de Leo m'appelle. Je me prépare à sortir quand mon pied se pose sur quelque chose de mou. Je ramasse le bout de tissu, mon pouls s'accélère, c'est le foulard de Cum ! Celui qu'elle noue autour de son cou, son gris-gris. Elle ne s'en sépare jamais, son mari le lui avait offert. Je m'élance vers l'escalier au moment où Leo en descend. Il est sidéré par la tuerie. Il bat des bras pour écarter les insectes. Je le bouscule et lui crie.

– Je dois la retrouver !

– Qui ? Tu connais ces hommes ? Où vas-tu ?

– Chercher Cum !

– Qui est Cum ? me demande-t-il en remontant sur le pont. Réponds-moi ! La colère dans sa voix me fait me retourner.

– C'est une guerrière et c'est…ma sœur !

Je cours vers les voitures sur le chemin de halage. La portière arrière de l'une d'elles est entrouverte. Je soulève la tête de mon amie dont le corps est à demi allongé sur la banquette. Je la redresse doucement, elle geint sous l'effet de la douleur. Elle vit encore. Ses lèvres sont fendillées, sa peau blême est sèche, presque froide. Elle est déshydratée. Je me tourne vers Leo qui arrive.

– Votre gourde, j'ai laissé la mienne dans mon sac à dos sous le chêne.

– Elle est blessée. Regarde, le bandage est imbibé de sang, me dit-il en me tendant la bouteille d'eau.

– Cum ! C'est Tessa. Réveille-toi. Tu dois boire.

Ses paupières papillotantes ne tiennent pas ouvertes, mais elle avale une longue gorgée. Je mouille le foulard et le passe sur son visage livide. Je me tourne vers Leo.

– Nous devons la conduire au village pour la soigner.

– La soigner ? C'est un médecin qu'il lui faut. Cette blessure m'a l'air bien grave.

– Raison de plus pour ne pas traîner !

Leo s'assoit à la place du conducteur. Il touche le tableau de bord.

– Le démarrage est protégé par un code. Elle doit nous donner le code.

– Cum, tu m'entends ? Le code, pour la voiture !

– Rien ne sert de crier. Je vais vérifier la berline.

Je me sens si impuissante. Je n'ose retirer le bandage pour inspecter la blessure. Cum a noué des bandes du drap déchiré pour faire tenir une serviette repliée. Elle bouge légèrement, tend la main et la pose sur la mienne, puis elle hoche la tête en direction du sol. Ses yeux sombres d'ordinaire si brillants ne reflètent qu'un brouillard que je ne sais pas interpréter.

– Mor...

– Dis-moi, fais un effort.

– Morphine...

– Oui bien sûr !

Je déplace une couverture tombée entre les sièges. Le sac militaire est dessous. C'est la trousse de secours qu'elle cherchait avant de s'évanouir.

J'entends le roulement des pneus sur la route cabossée, Leo gare la voiture juste à côté. Il en sort et se penche dans l'habitacle.

– Celle-là n'avait pas de verrouillage. Je vais la transporter.

– Avant, je dois lui faire une injection de morphine.

– Mais comment sais-tu tout ça ? s'étonne Leo alors que je presse sur l'auto-injecteur.

– J'ai servi comme aide-soignante. C'est une longue histoire…

– Tu en as beaucoup des histoires du genre ?

– J'en ai beaucoup trop, Leo. Allons-y. Elle a déjà perdu trop de sang.

Nous roulons depuis un moment. Le trajet est plus long par cette voie qu'à travers les champs et les bois. Cum est gravement léthargique. J'ai fait le tri dans la trousse. Il y a tout ce qu'il faut. Des pansements stériles, des pansements compressifs, un perfuseur, un cathéter, une poche de soluté. Avec tout ça, je devrais être capable de me débrouiller. Tout dépendra de la gravité de la blessure. J'ai tâté le dos de mon amie, je n'ose pas la bouger. Il n'y a pas de lésion. Je suppose qu'elle a été touchée par une balle, donc qu'il faudra l'extraire. Je sais recoudre, mais pas explorer une plaie sans la déchirer et provoquer une hémorragie encore plus considérable. Leo conduit prudemment. Il doit éviter les ornières qui parsèment la route défoncée. Plus personne n'y circule depuis des années. J'ai placé la tête de Cum sur ma cuisse et bien entouré son corps avec la couverture. J'ai réussi à lui faire avaler des antibiotiques. Les cahots sont trop importants pour que je risque de lui insérer une perfusion. Elle m'indique qu'elle est consciente en pressant ma main de temps en temps. Je lui murmure de tenir, que nous arrivons bientôt. Je repense à Mélie, je l'ai observée pendant des semaines. Elle travaillait vite, mais prenait toujours le temps de parler au patient. Elle me recommandait de le réconforter, de lui dire d'être courageux. Elle affirmait que le blessé qui lutte pour sa survie a plus de chance. Je repasse en mémoire ses gestes pour installer le cathéter, la perfusion. En serais-je capable ? Cum est revenue pour moi. Il faudra que je m'en charge. Elle ne peut mourir. Leo me jette des coups d'œil dans le rétroviseur.

– Vas-tu m'expliquer à la fin qui est cette femme, me lance-t-il d'un ton impatient.

– Elle fait partie de la Légion des Guerrières de la liberté.

– Et c'est ta sœur ? Tu nous as dit que toute ta famille avait été tuée.

– C'est vrai. Cum est comme une sœur pour moi. Deux autres guerrières de son commando et elle m'ont tirée des griffes des Combattants du Tout-Puissant. Je vous raconterai tout éventuellement, mais pour le moment nous devons décider de ce que nous allons faire. Je dois examiner sa blessure, en voir la gravité. Mon lit dans le dortoir n'est pas idéal, l'annexe n'est pas très propre…

– Chez moi, ce n'est pas tellement mieux, en dehors de ma chambre, de la cuisine et du séjour, tout est en désordre. On peut quand même essayer d'aménager quelque chose. Parons au plus pressé. Comment va-t-elle ? s'enquiert Leo, tout en garant la voiture devant le porche de la maison.

– Elle respire plus calmement. La morphine fait effet, mais je n'ai qu'une seule autre dose.

– Tessa, elle doit voir un médecin. Je vous installe et je me rends chez Sara.

– Nous pouvons lui faire confiance ?

– Je n'ai aucun doute. Sara et son mari ont milité contre la montée du fanatisme, ses opinions n'ont pas changé.

– Vous connaissez un médecin qui viendrait jusqu'ici ?
– Sara fréquentait beaucoup de gens qui partageaient leurs idées à La Cité. Elle pourra me conseiller. Du moins, s'il en reste encore, la plupart sont déjà partis.

17

SOUS LA MENACE

...cet endroit n'aura été qu'un répit.
Elle sent que son errance doit reprendre
et la mener elle ne sait où...

Le minuscule corps glisse de ses mains, ses doigts englués dans un liquide visqueux sont incapables de le retenir. Le flux rouge, brillant, tourbillonnant dans lequel il baigne l'emporte loin d'elle. Tétanisés, ses membres refusent d'avancer. Elle enfonce ses poings dans la béance de son ventre. Des morceaux de chairs pourpres s'en échappent, des chrysalides s'ouvrent, des papillons dorés en sortent et s'envolent vers une lumière éblouissante.

Tessa tente de freiner les gesticulations désordonnées de Cum qui se débat et délire. Elle retient ses mains et murmure des mots apaisants. Elle a profité de son inconscience pour découper les bandes du drap enroulées autour de la taille de son amie. Délicatement, elle les a détachées de la plaie, craignant de déclencher une hémorragie, puis elle a nettoyé la blessure. Un petit cercle aux bords violacés, bien nets dans le muscle. La balle y est encore, elle en est certaine, mais aucun organe vital ne semble avoir été touché. Poser ensuite un pansement stérile s'est avéré facile. Ce sont des gestes qu'elle a faits des dizaines de fois sous la supervision de Mélie. Elle n'a pas osé fouiller le trou avec les pinces chirurgicales. Mélie n'hésitait pas, elle savait juger au premier coup d'œil de la gravité de la blessure. Elle effleurait de ses doigts les abords, plongeait

les pincettes et retirait le projectile. Ces cas-là étaient les plus faciles. Ceux qui requéraient une intervention plus invasive parce que la ferraille s'était dispersée en dizaine d'éclats, ce sont les médecins qui s'en chargeaient. Les armes ! Où sont les armes ? Cum a tiré sur ces deux hommes et eux sur elle. Si elle peut identifier quel type de balle a été utilisé, elle saura si celle-ci est entière. En munitions, en armes, elle s'y connaît. Son ignorance est d'un autre ordre. Celui de la vie ordinaire.
Cum se tourne vers elle, ouvre les yeux. Tessa lui sourit. Elle lui soulève la tête et approche un verre d'eau pour la faire boire.
– Attention, lentement.
– Où sommes-nous ? chuchote Cum.
– Chez un ami. À Fiavolo.
– Le village sur la carte. C'est là que je comptais me rendre. Comment sont les gens ? Sommes-nous en sécurité ici ?
– Ne t'inquiète pas. La ferme de Leo est à l'extérieur du hameau où plus personne n'habite. Je t'expliquerai, mais d'abord, ta blessure. Dis-moi, sais-tu quel type de projectile t'a touchée ? Si la balle s'est fragmentée…
– Je ne crois pas. Ils n'avaient qu'un vieux révolver. Je l'ai ramassé et rangé avec mes armes. Je parierais sur du 9 mm, répond Cum en passant la main sur sa taille. C'est toi qui as refait le pansement ?
– Ma captivité chez les Adeptes m'a appris au moins ça. Je travaillais à l'infirmerie. Je t'ai donné des antibiotiques, mais ce serait mieux de te perfuser, et il faut extraire cette balle.
– Tu en serais capable ?
– J'ai vu une infirmière le faire, mais je ne m'y suis jamais risquée. Je sais nettoyer, recoudre et panser.
Et songe Tessa, en baissant les yeux, je sais aussi tuer.
– Et ton ami, il saurait ? Où est-il ? C'est lui qui m'a portée ? Je me suis sentie soulevée dans des bras puissants.

– Leo est très fort. Je ne pense pas qu'il sache faire ça. Il est allé voir une amie pour lui demander si elle connaît un médecin à La Cité qui accepterait de venir jusqu'ici.
– Il faut cacher mes armes. Ton ami sait qui je suis ?
– J'ai dû lui dire, mais je lui fais confiance. Il ne fera rien qui nous mette en danger. Où sont tes armes ?
– Dans le véhicule avec mes bagages. Apporte-les ici, c'est plus prudent.
– Nous t'avons transportée dans la berline. Leo ne pouvait pas démarrer le tout-terrain sans le code. Qui étaient ces hommes, Cum ?
– D'abord, dis-moi où est mon 4X4 !
– Il est resté là-bas. Nous avons fait au plus vite. Leo va revenir et il ira le chercher. Ne bouge pas ! Ta blessure se remettrait à saigner. Et surtout, la balle pourrait pénétrer davantage !
– Comment est la plaie ? Il y a beaucoup de dégâts ?
– Non justement. Un trou dans le gras du muscle. Il te faut une perfusion pour éviter l'infection, et tu as perdu pas mal de sang.
– Alors tu me l'installes.
– Je ne l'ai jamais fait.
– Moi, je l'ai pratiqué plus souvent que je ne l'aurais voulu sur mes camarades blessées. Je vais te guider.

La lueur du couchant éclaire de rouge la large baie vitrée dont la vue s'ouvre sur le vallonnement de collines teintées de mauve. Tessa se secoue, étire son dos malmené par un fauteuil dont le dossier est tout cabossé. Elle a somnolé. Cum dort profondément sur le canapé du salon, enroulée dans un drap que Leo a sorti des placards. Des perles de sueur mouillent son front. Il fait lourd dans la pièce. Une mouche bourdonne et se cogne obstinément à la vitre. Leo n'est pas revenu de sa visite chez Sara.

Tessa se lève précipitamment. Les chèvres ! Elle a oublié ses bêtes. Elles sont dans l'étable, enfermées depuis l'aube. Elle vérifie la perfusion qu'elle a accrochée à une lampe torchère. Cum a résisté courageusement à ses premières tentatives. Puis l'aiguille a enfin été insérée de la bonne façon. La guerrière a refusé l'unique et dernière dose de morphine. Il vaut mieux la garder pour le retrait de la balle a-t-elle répliqué essayant de faire de l'ironie et d'alléger la tension qu'elle voit vibrer dans les traits de Tessa. Celle-ci n'a pas envie de plaisanter, elle ne pense pas être suffisamment habile pour ce type d'intervention. Dans ce genre de situation, elle voudrait être perçue pour ce qu'elle est encore, une adolescente. Contrainte de poser des gestes que même un adulte n'oserait exécuter. Contrainte de résister, de survivre malgré la violence, malgré les agressions, le déchaînement des férocités. L'arrivée de Cum rompt le calme relatif de Fiavolo. Pour Tessa, cet endroit n'aura été qu'un répit. Elle sent que son errance doit reprendre et la mener elle ne sait où. Cette guerre n'a pas de fin. Elle ne pourra s'arrêter que par l'anéantissement de l'un des belligérants. Les négociations pour une trêve achoppent invariablement, puisque les conditions exigées de chaque côté se butent à des conceptions des rapports humains considérés comme aberrants de part et d'autre.
Tessa se dirige vers la cuisine. Elle boit une longue gorgée d'eau au robinet avant de passer la porte. Le ciel si vaste se pique de premières étoiles. Que fait donc Leo ? Il y a des années que le hameau n'est plus desservi par les réseaux de communications. Il n'y a même pas de radio à ondes courtes à piles solaires comme sur la péniche. Et le talkie-walkie que possède Cum est bien sûr dans le tout-terrain. Il faut le récupérer au plus vite. Tessa se questionne, saurait-elle le conduire ? Elle connaît les manœuvres pour les avoir vu faire, mais de là à maîtriser le véhicule le long de cette route en

épingles et lacets, sans se précipiter dans le vide. En ouvrant la porte de l'étable, elle se fait bousculer par une des chèvres qui s'élance vers le potager, fort heureusement clôturé. Alors qu'elle tente de la rattraper, la berline, Leo au volant, franchit le portail. Celui-ci l'aperçoit et lui fait signe de la tête. Il se gare et sort du véhicule. Tessa pousse la chèvre vers un enclos que recouvre un fouillis de broussailles. Elle y guide les autres bêtes, s'assure de bien refermer la barrière et marche vers Leo et un couple aussi âgé que lui. Elle ne peut s'empêcher de lâcher, tant la tension qu'elle ressent la rend fébrile :

– Je me suis inquiétée…

– Désolé, Tessa. Nous avons été contraints de prendre des décisions difficiles en très peu de temps. Rob est médecin. Comment va Cum ?

– Elle s'est enfin endormie, lutter contre la douleur l'épuise. Bonsoir, je suis soulagée de vous rencontrer, monsieur, madame, répond Tessa en s'inclinant la main sur la poitrine.

– Voici Tessa. La jeune fille dont je vous ai parlé. Entrez, je gare la voiture derrière la maison et je vous rejoins.

Tessa s'avance sur le seuil et se tourne vers le médecin qui transporte une lourde sacoche.

– Menez-moi à elle que je vois ce qu'il est possible de faire.

– J'ai réussi à la perfuser. Mais la balle est toujours là.

Rob la dévisage et ne peut cacher son étonnement. L'allure gracile de cette fille le rend perplexe, cependant en croisant la lueur affirmée de ce regard pers, il songe que certains êtres bien qu'encore très jeunes portent mille ans d'adversité sur leurs fragiles épaules sans qu'ils en soient anéantis.

Réveillée en sursaut par l'irruption de ces inconnus, Cum, d'instinct, cherchant son arme, s'est d'abord un peu agitée, ensuite elle a aperçu Tessa qui d'un signe l'a rassurée. Puis, tranquillisée par les paroles réconfortantes du médecin, elle s'est abandonnée. Les gestes fermes, l'attitude débonnaire de Rob l'ont mise en confiance. Après avoir inoculé un puissant analgésique à Cum, le médecin a retiré le projectile sans trop de difficulté. Le praticien l'observe, l'épuisement tire ses traits amaigris, les cernes mauves exhibent ses insomnies. Il n'y a pas que la chair qui souffre, la douleur vient de bien plus loin, il en a vu les traces chez tellement de victimes de cette guerre cruelle. Tessa le surveille, prête à intervenir telle une louve protégeant ses petits. Elle discerne rapidement la remarquable compétence de cet homme qui ne se contente pas de procurer les soins nécessaires, mais se préoccupe également de l'état mental de son patient. Il se tourne vers elle et hoche la tête.

– Vous avez fait du bon travail, si votre amie évite la septicémie, c'est grâce à vous.

Tessa rougit légèrement. Jamais on ne l'a complimentée pour quoi que ce soit. Mélie se limitait à approuver avec un « bien, bien », puis elle lui assignait d'autres tâches.

Discrètement, elle informe Leo de l'importance de récupérer le tout-terrain. Cum lui a donné le code de démarrage. Elle mentionne qu'il contient les armes de la guerrière. Elle songe aussi à la radio de la péniche, lui dit qu'elle pourrait être bien utile. Elle ignore ce qu'il est possible de dévoiler à ce couple. Peut-on leur faire confiance ? Leo lui répond qu'il n'en doute pas, sans plus d'explication, laissant Tessa vexée. Ensuite, les deux hommes s'étant concertés ont décidé de se rendre au marais sans attendre le lendemain. La soirée est claire sous la pleine lune, ils pourront conduire les deux véhicules par cette mauvaise route sans trop de risque. Tessa ne comprend pas pourquoi soudainement il y a urgence. Personne ne s'aventurera aux abords du marécage au milieu de la nuit.

Presque en silence, chacune plongée dans ses propres pensées, Tessa et la femme nommée Lou s'affairent dans la cuisine. Elles préparent le repas qu'ils mangeront bien tardivement.

Lou a raconté que son mari soignait les exilés parqués par les gouvernants de La Cité dans des hangars insalubres. Il le faisait bénévolement, car les autorités excluaient de dépenser plus que ce qui était nécessaire pour les nourrir maigrement. Ces pauvres gens devaient payer eux-mêmes pour les traitements et les médicaments. Rob bataillait pour ravitailler, grâce au marché noir, le dispensaire que deux autres médecins et lui maintenaient en fonction au prix de luttes constantes avec les bureaucrates. Dans leur départ précipité, Rob avait donc emporté les réserves qu'il gardait chez lui. Tessa soupçonnait qu'il s'était passé des événements suffisamment dramatiques pour que ce couple qui paraissait avoir une vie confortable fuie de la sorte. Elle n'ose pas interroger cette femme qui semble de la même race que Sara. Une élégance dans le port de tête, une assurance dans le peu qu'elle lui a livré, ce type d'attitude que seuls les privilégiés possèdent, car ils ont été élevés dans la conviction de leur bon droit.
Le repas est prêt. Leo et Rob ne sont pas revenus de leur expédition. Elles patientent anxieusement. Le médecin lui a assuré que Cum est hors de danger. Celle-ci sommeille, son corps exténué a lâché prise. Tessa ne supporte pas de rester inactive, elle annonce qu'elle sort s'occuper des chèvres. Elle s'est fait une tartine de miel avec du vrai pain que Lou a tiré de leurs bagages. C'est délicieux, elle ne se souvient pas d'en avoir mangé d'aussi bonne. Elle la dévore avec un appétit féroce. Assise sur une large pierre, Tessa admire les ombres de la nuit. Elle mâche lentement pour faire durer le plaisir. Une brise tiède souffle chargée des parfums de la rivière dont les eaux transportent une humide langueur. Une fausse impression que la pluie tombera enfin. Celles qui se sont déversées si violemment au printemps se sont taries. L'eau dans la citerne extérieure a tellement baissé que de la rouille teinte le jet qui sort en hoquetant du robinet. Leo a

dit en pestant qu'il faudra bientôt la tirer de la rivière pour arroser le potager. Lou, armée d'un balai et de chiffons, a entrepris de nettoyer une chambre à l'étage. Elle a proposé d'en aménager une pour Tessa, mais celle-ci a décliné son offre. Elle dormira dans l'ample fauteuil face au canapé. Elle ne veut pas s'éloigner de Cum. Elle secoue les miettes de sa chemise, claque la langue et siffle pour appeler les chèvres égaillées dans l'enclos. Elle les guide dans l'étable où elles s'agglutinent devant l'abreuvoir. Qu'arrivera-t-il à présent ? Ce couple va-t-il s'installer ici ? Et Sara ? Demain, elle ira la voir, la vieille dame ne peut se débrouiller seule très longtemps. Toutes ces incertitudes l'agacent. Dès que Leo sera là, elle exigera qu'il la tienne au courant. Il la traite en adulte quand cela lui convient, sinon, il l'écarte. Pas question qu'il prenne des décisions sans la consulter.

Tessa jette un œil au civet de lièvre tenu au chaud sur la cuisinière. Elle est affamée. Qu'est-ce qui les retarde tant ? Elle entend les portières qui claquent. Enfin ! Les deux hommes entrent bruyamment, ils ont la mine réjouie et fière de gars qui ont réussi leur cambriolage. Au même moment, Lou franchit le seuil de la pièce. Elle leur lance, l'inquiétude s'effaçant de son visage.

– Alors ? Vous en avez mis du temps !

Leo répond en s'adressant à Tessa, d'un ton complice.

– Tu avais raison pour la radio. J'ai pu la récupérer, mais il a fallu faire certains aménagements, avant de détacher la péniche et de l'engager vers le milieu du marécage. Avec les intempéries, elle s'y enfoncera tout à fait.

– Elle est donc perdue pour de bon, s'exclame Tessa, la gorge serrée à l'idée de la disparition de ce refuge où tant de bouleversements l'ont arrachée à cette enfance à laquelle elle s'accrochait. Elle ne retient plus que des lambeaux. C'est aussi là que l'oppressante solitude des années de captivité

s'est effacée peu à peu pour lui ouvrir la voie vers une autre existence. Leo perçoit sa détresse. Doucement, il s'excuse.
– Désolé, petite.
Puis sur un ton enjoué, en s'asseyant à la table déjà mise.
– Alors, si on mangeait !
Rob vient s'attabler avec eux après s'être assuré que sa patiente se porte mieux et repose.
– Tout à l'heure, je lui ai fait boire du bouillon et elle a avalé une grosse tartine, dit Lou en posant les plats au milieu des convives.
– Elle est exténuée, commente le médecin, elle aura besoin de plusieurs jours pour s'en remettre.
– Mais nous n'avons pas plusieurs jours, réplique Lou alarmée que son mari choisisse de prolonger leur séjour.
– Ils ne viendront pas jusqu'ici, du moins pour le moment. Le plus proche village habité est à une vingtaine de kilomètres.
– Qui ne viendra pas jusqu'ici ? demande Tessa alertée par le ton anxieux de Lou. Leo réponds-moi !
Le vieil homme lève les yeux sur elle.
– Les Fanatiques. Ils sont à quelques jours d'investir La Cité. Ils arrêteront tous ceux qui ont été inscrits sur les listes des autorités vendues à leur cause. Rob et Lou y sont assurément.
– C'est une chance que Leo soit venu solliciter mon aide. Nous nous apprêtions à nous entasser dans l'un des derniers cars en partance pour la frontière. Il était impossible d'obtenir du carburant pour notre voiture, même en payant les prix astronomiques que réclament les trafiquants.
– Pour la berline, comment avez-vous fait ?
– Dans le coffre, il y a des bidons de réserve. Il y en a aussi dans le tout-terrain. Mais ce ne sera pas suffisant, si nous prenons les routes secondaires jusqu'à la frontière. Ce sera plus long, mais plus sûr. Je compte fabriquer de l'éthanol.

Voilà pourquoi, nous avons besoin de quelques jours de plus, Lou.
– Vous sauriez faire ça ? dit Tessa une lueur d'admiration dans le regard.
– Il me faut de quoi assembler un alambic. Et je sais où trouver la matière première.
– Mais…objecte Lou
– Comme je l'ai indiqué à Rob. Je pense que dans l'ancienne usine de transformation, il y en reste encore dans les cuves. La fabrique est à l'abandon, mais elle a été épargnée par l'inondation. Je vérifierai demain dans quel état sont les ateliers.
– De combien de temps auras-tu besoin ?
– Quelques jours, une semaine tout au plus.
– Et Sara ? Que deviendra Sara, s'inquiète Tessa.
– Lou et moi irons la voir. Nous la convaincrons de partir avec nous, répond Rob.
– Je crains que ce ne soit pas facile, elle a sans cesse répété qu'elle voulait être enterrée auprès de son mari, rétorque Leo.
Tessa les observe tous les trois. Ils ont tout organisé, tout planifié, sans même solliciter son avis. Et Cum ? Que décidera-t-elle ? C'est grâce à elle que ces nantis se retrouvent avec des véhicules. Si elle n'avait pas parlé de la péniche à Leo. Et Cum a risqué sa vie. Tessa fulmine. Elle doit discuter de tout cela avec son amie. Elle veut savoir ce qui s'est passé, qui étaient ces hommes. Les sous-entendus de Leo signifient qu'il cache à Lou que deux cadavres pourriront dans l'épave de la péniche qu'ils ont sabotée pour qu'elle coule au plus profond du marais. Ils rejoindront les joufflus, se dit-elle. Ils seront en bonne compagnie.

18

DIRE ADIEU

...elle a appris à se taire, à enfouir
la plus infime démonstration d'émotion,
le plus petit signe de faiblesse aurait pu lui être fatal...

Depuis quatre jours, Cum, capable de se lever, s'entraîne à marcher autour de l'enclos. Elle est impatiente de quitter cette ferme, mais admet qu'elle n'est pas encore assez forte pour prendre la route. Après une longue discussion avec Tessa, pendant laquelle Cum lui a fait le récit des événements depuis leur départ en opération jusqu'à son affrontement avec les deux loubards, elles ont jugé qu'il valait mieux en révéler le moins possible aux autres. Elles ont convenu que dans les circonstances, elles partiraient seules de leur côté. Aussi, Cum s'est rendue aux arguments de Tessa, tous les après-midi elle lui apprend à conduire. Une assurance, en cas de pépin. Tessa s'est dite attristée du décès de Pat et surprise de la réaction de Manu envers Cum. Celle-ci a tu les commentaires de sa camarade à propos de sa décision de traverser à nouveau la frontière en risquant sa vie pour mettre Tessa en lieu sûr. Elle a tenté de justifier la colère de Manu en incriminant l'accablement du deuil.

Tôt le matin, la jeune fille a mené les chèvres vers un pacage tout en haut de la colline. Il y coule un ruisselet où les bêtes pourront s'abreuver. Elles y trouveront assez à brouter et un abri dans une bergerie en ruine. C'est là qu'elle leur fera ses adieux. Tessa a décidé que là-haut, elles auront plus de chance de survie qu'ici à la ferme où les chiens viendront rôder dès qu'elle sera vidée de ses occupants. Elle a prévenu Cum qu'elle irait ensuite voir Sara à qui elle n'a pas encore rendu visite. Lou y monte tous les jours pour lui tenir compagnie et se charge de lui procurer les soins dont elle a besoin. Leo et Rob s'affairent à distiller l'éthanol dans les locaux de l'usine. Leo veut en produire suffisamment pour en vendre au marché noir et couvrir le coût de la traversée vers l'ouest. Grâce à la radio de la péniche, ils ont appris que l'invasion de La Cité est imminente. Le district est aux mains des combinards qui écument les villages des environs pour dépouiller les désespérés avant que l'inévitable débâcle ne saccage tout.

Cum a fait l'inventaire de ce que contient le tout-terrain. Elle y a retrouvé ses précieux fusils, ses bagages personnels et surtout sa propre radio à ondes courtes. L'argent caché dans la roue de secours est bien là. Leo n'a touché à rien. Reconnaissante, qu'il ait réussi à couler la péniche, elle lui a offert le révolver pris à ses assaillants où étrangement, il restait un projectile. L'arme s'était donc enrayée. Finalement, songe-t-elle, la mort ne veut pas encore de moi. Elle a raconté l'épisode au vieil homme qui a souri en invoquant l'unique balle dans sa carabine qu'il se réservait pour l'heure où il aurait décidé d'en finir avec cette saloperie qu'était devenue son existence.

Après plusieurs tentatives infructueuses, Cum a enfin joint sa capitaine grâce à sa radio. Sa permission tire à sa fin et elle craint de ne pouvoir revenir à temps pour prendre son nouveau poste. Sans véritablement mentir, elle lui révèle avoir été attaquée par des trafiquants et être blessée.

– J'ai vu un médecin. C'est sans gravité. Je devrais être sur pied dans un jour ou deux.

– Des trafiquants ? Bon sang, Cum où es-tu donc ? Tu as quitté le pays ?

– Je suis dans l'Est à trois jours de la frontière des territoires nordiques, mais les routes sont incertaines. Tous fuient la région en catastrophe. Alors, il se peut que je sois retardée. Capitaine, je ne veux pas que l'on m'accuse de désertion.
– Mais qu'es-tu allé faire par là ? Nous nous positionnons pour sauvegarder l'Est et sa capitale. Il n'y a plus d'espoir pour le Sud. L'ennemi occupe le moindre village.
– Ils ne sont pas encore ici. Ils prendront d'abord La Cité qui n'a pas d'armée pour la défendre. Je suis persuadée que les autorités capituleront, avant même de se battre. Bien qu'on dise qu'ils essayeront d'acheter certains privilèges et un statut particulier. Les Adeptes savent que le commerce nécessite une certaine forme de liberté. Ils céderont pour ne pas tarir les considérables rentrées de fonds que leur prodiguent les marchands de cette ville prodigieusement riche.
– Tu n'as pas répondu à ma question. Je n'aime pas m'immiscer dans ta vie personnelle, tout de même, je pense avoir droit à une explication.
– Je suis venue pour retrouver une jeune fille. Elle est comme une sœur pour moi. Elle a tout perdu, plus personne sur qui compter autre que moi. Alors je la ramène.
– Comment feras-tu pour traverser la frontière de l'Est ? Certaines routes sont minées, les fuyards qui tentent de la franchir sont repoussés par des gardes, jetés dans les filets des passeurs qui exigent des sommes folles. C'est le chaos Cum !
– Je le sais. J'ai un tout-terrain en très bonne condition et je me suis procuré une carte très détaillée. Je compte prendre les chemins forestiers par la montagne. En partant après-demain au plus tard, je devrais pouvoir atteindre le col du Vieux Sage en deux jours. Quelques kilomètres plus loin, il y aurait un refuge.
– Qui ramènes-tu en plus de cette fille ?

– Seulement elle, pourquoi ?
– Donne-moi quelques heures. Je te rappelle sur une bande sécurisée.

Tessa serre sur sa poitrine le luxueux sac à main de cuir marron aux fermetures cuivrées que Sara lui a offert. Ces adieux lui étreignent la gorge. Elle songe que ça fait beaucoup en une seule journée. D'abord ses chèvres. Bien sûr, ce ne sont que des bêtes, mais quand même, elle s'y était attachée. Elles lui ont tenu compagnie au plus noir de son isolement dans le marais. C'est grâce à elles si ce soir-là, elle a résisté à l'obsession qui la taraudait et vrillait ses tempes. Une image ressassée des nuits entières. Le poids du mousqueton d'amarrage noué à sa taille, elle s'abîmait dans les ténèbres des eaux. Personne cette fois pour la remonter à la surface. Puis l'idée que les dépouilles boursouflées et puantes des douaniers pourraient se mêler à ses propres chairs l'en a dissuadée. Elle s'est persuadée que leur mauvaiseté avait chassé les ensorcelantes ondines qui ne pourraient plus l'accueillir dans leurs bras enveloppants. Ses rêveries chimériques s'étaient fracassées tout comme son enfance. Les chèvres bêlaient sur la butte où elle les avait négligées depuis le matin. Tessa s'était extirpée de la banquette sur laquelle elle était restée vautrée toute la journée. Elle avait lutté pour traverser l'orage. Une pluie glaciale se mêlait à ses sanglots. Elle avait guidé les bêtes sous l'abri et vers la chaleur de la péniche. À ce moment, tandis qu'elle grelottait, elle avait compris qu'elle devait quitter ce lieu imprégné de trop de souvenirs accablants.
Assise dans l'herbe face au panorama des méandres de la rivière, brillant ruban argenté incisant le vert des forêts et le gris des pierres des collines dénudées, Tessa tire sur le clip qui ferme le sac. Avant de se séparer, Sara le lui a mis dans les mains en les retenant tendrement dans ses doigts déformés.

– C'est pour toi. Tu en feras ce que tu voudras. Là où je vais, ils n'ont plus d'usage. Certains ont une valeur appréciable. Fais attention à ne pas les brader.
– Qu'est-ce que c'est ?
– C'est une sorte d'assurance pour les mauvais jours. Tu regarderas plus tard quand tu seras seule. Dis-toi que tu as été pour un très court temps la petite fille que j'aurais aimé chérir. Allez ! Va ! Les adieux ne doivent jamais être trop longs, lui a dit la vieille dame en l'incitant à franchir le seuil.
Dans le sac, une dizaine de boîtes s'empilent, écrins gravés de cuir bleu, étuis brodés de satin rose, une pesante pochette de velours rouge fermée d'un cordon doré. Tessa dénoue la boucle, dans sa main, des chaînes, petites et fines, longues et lourdes, dorées, argentées qu'elle fait rouler entre ses doigts. Elle n'a jamais rien vu de pareil. C'est un trésor que vient de lui offrir Sara. Elle devine que les autres écrins contiennent les bijoux de toute une vie. Pourquoi s'en est-elle départie ? Sara est-elle si riche ? Le voyage coûtera cher. Tous les soirs, elle entend Lou, Rob et Leo faire des calculs. Ils rédigent des listes, se chamaillent sur ce qu'il est essentiel d'emporter et ce qui ne l'est pas. Tessa regrette de ne pas avoir été plus attentive, plus chaleureuse avec sa vieille amie. Elle est consciente qu'elle ne sait pas faire avec les gens, elle ignore comment se comporter, comment exprimer ses sentiments. Au contraire, elle a appris à se taire, à enfouir la plus infime démonstration d'émotion, le plus petit signe de faiblesse aurait pu lui être fatal. Voilà qu'il est trop tard pour dire à Sara combien elle lui est redevable. Combien ses conseils lui ont donné confiance. Cum lui a déclaré qu'elles quitteraient la ferme dans deux ou trois jours, tout au plus. Tessa se lève, jette un dernier regard sur le paysage baigné d'une lumière déclinante. Elle n'admirera plus le kaléidoscope des couleurs du couchant. Elle se presse, sautille dans la descente

du sentier pentu, légère sur les pierres qui roulent sous ses pas. Partir vers un ailleurs, l'inconnu ne lui fait plus peur tant qu'elle est avec son amie guerrière.
Elle atteint le carrefour où débouchent le chemin vers la ferme et la route qui mène au hameau. Elle appelle Cum qui sort de la grange.
– Où sont Leo et les autres ?
– Rob, Lou et lui sont allés prévenir Sara qu'ils avançaient leur départ. Ils partent demain matin. Les nouvelles sont mauvaises. J'ai eu ma capitaine, les Adeptes sont entrés dans La Cité. Ils enferment tous les contestataires, tirent sur ceux qui tentent de s'enfuir.
– Comment ta capitaine sait-elle cela ?
– Depuis des années, nous avons nos espions là-bas. Certains d'entre eux ont choisi de rester le plus longtemps possible pour nous tenir informées. Nous partirons aussi demain à l'aube. Tu dois faire tes bagages et les mettre dans le véhicule. J'ai obtenu de Leo des provisions et des réserves de carburant en contrepartie de la berline.
– Mais tu n'es pas guérie !
– Ça va aller. Ne t'en fais pas.
Tessa s'affaire dans le potager. Elle cueille des salades, des carottes, des bettes qu'elle fera cuire pour la soupe. Leur dernier repas. Le couple et Leo sont revenus tard. Celui-ci a la mine inquiète. Tandis que le repas débute, chacun ressasse ses propres pensées anxieuses. Assise face à lui, Tessa le guette, il ne dit mot. Le couple s'est installé de part et d'autre de la longue table paysanne agrémentée de bancs. Cum s'est mise au bout sur une chaise pour ne pas gêner avec sa canne. Un cadeau de Leo, elle appartenait à son compagnon. Marcher lui est moins pénible avec ce soutien. Elle soupçonne que des muscles de sa hanche ont été maltraités par la balle, encore des soins qui devront attendre. Elle a compté les cachets de

Zoloft qui lui restent. Elle n'en a plus que pour quelques jours. Au départ, cela devait suffire amplement, cependant, la requête de la capitaine Faber risque de retarder leur retour. Elle a sollicité son aide, en soulignant bien que la guerrière était libre de refuser. Mais comment dire non, alors que c'est son devoir d'accepter et que sa cheffe ferme les yeux sur ses manquements. Un agent sous couverture lui remettra un précieux colis. On lui communiquera avant la nuit, l'heure et le lieu de rendez-vous à l'extérieur de la ville avec cet espion qui sert de garde du corps à l'un des plus influents personnages de La Cité. L'homme a choisi de poursuivre sa mission au mépris de l'accession des Adeptes dans les instances du pouvoir. La cause des peuples du Nord aura d'autant plus besoin d'informations avec l'occupation de la région. Cum admire son courage, les risques pour ce guerrier seront décuplés.

Tessa brise le silence en s'adressant au vieillard :

– Comment allait Sara ? Lorsque je suis passée la voir, elle n'avait rien rassemblé pour ses bagages.

Lou ronchonne d'un ton énervé.

– Je l'ai prévenue que nous prendrons la route très tôt demain. Je lui ai proposé de l'aider à faire ses bagages, mais têtue comme une mule, elle a décliné !

– Je m'inquiète pour elle. Elle m'a paru tellement égarée et apeurée à la perspective de ce voyage. Pourtant, il n'y en a que pour deux jours pour rallier les Îles et les navires en partance pour l'Ouest, poursuit Leo.

– Tu minimises les difficultés que représente ce trajet. Les routes seront bondées, ce sera la foire d'empoigne pour atteindre les transbordeurs, objecte Rob.

– Mais voyons, les billets coûtent si cher, peu de gens possèdent assez d'argent pour s'offrir des places sur ces navires.

Cum intervient d'une voix calme, car elle sent l'angoisse dans les propos de ces gens. Malgré la dégradation de leur

condition, ils n'ont connu que l'idée d'une guerre lointaine, mais n'en ont pas subi les ravages dans leur chair.
– Vous devez vous attendre à ce qu'il n'y ait pas uniquement les nantis de billets pour l'exil aux portes des Îles. Il est fort possible que des centaines, voire des milliers de citadins terrorisés campent aux abords des rivages dans l'espoir que d'autres navires venus du Nord accostent pour les sauver des geôles des Adeptes.
– D'où tiens-tu cette information ?
– Ma capitaine vient de m'apprendre que plusieurs bateaux sillonnent les côtes en ce moment même. Non seulement des navires affrétés par notre gouvernement, mais également des bateaux de pêche, des voiliers, des yachts privés, des centaines de volontaires ont pris la mer d'assaut pour recueillir les réfugiés.
– Mais pourquoi ne pas nous l'avoir dit ? s'insurge Lou.
– Je n'en savais rien jusqu'à tout à l'heure, répond Cum gardant son calme. Le désespoir suscite des comportements irrationnels. Dans le Sud, j'ai vu des femmes portant des enfants bousculées, piétinées par des hommes pour obtenir la possibilité de s'accrocher aux toits des cars et des trains. La guerre provoque le pire chez l'être humain, mais aussi le meilleur, comme ces personnes qui naviguent vers nous au risque de leur vie pour en sauver d'autres.
– Lou, je peux vous aider à organiser le départ ? Je ne possède pas grand-chose, je n'ai qu'un sac à dos à remplir.
– Tu es gentille. Nous devons préparer des réserves de nourriture. Nous ne pourrons pas nous permettre d'en acheter au cours de la traversée. On dit que tout est hors de prix dans ces contrées…
– Lou, cesse de t'en faire, ça te fait du mal. Partout où nous irons, un médecin sera le bienvenu.
– Et les fils de Sara, bien qu'ils habitent à plus d'un millier de kilomètres de notre port de débarquement, nous conseilleront

sur les meilleures façons d'apprivoiser ce nouveau continent. Ils n'abandonneront pas leur mère dans le besoin, déclare Leo en se levant. Il lui sourit simulant un enthousiasme qu'il ne ressent pas.

Quitter cette maison où il a vécu ses plus belles années lui arracherait des larmes s'il lui en restait encore après avoir pleuré si longtemps son compagnon.

19

L'INCENDIE

…Quand il ne reste que ton corps et à peine de quoi le couvrir, la valeur de la liberté prend toute la place et la vie s'allège pour ne plus désirer que l'essentiel…

Dans le séjour, Cum et Tessa, penchées sur la carte d'état-major, planifient les étapes de leur trajet pour atteindre la frontière entre les territoires de l'Est et ceux du Nord. Passé le col du Vieux Sage, elles seront en principe sur les terres des Nordiques. Toutefois, dans ces régions montagneuses, les cartographes, les législateurs et les gens du cru ne se sont jamais entendus pour en définir les limites exactes. Les habitants des villages de ces hauts plateaux n'ont jamais accepté de trancher. Ils se nomment entre eux, montagnards, cela leur suffit comme identité. Lou et Rob s'activent à remplir le coffre de la berline. Ils ont même accroché un porte-bagages sur le toit. Tessa en les regardant s'esquinter les mains et le dos pour y arrimer leurs biens, songe que son choix de « voyager léger » est bien plus avisé. Ils ne savent pas vivre de peu, ils n'ont jamais été comme elle et Cum, dépouillées de tout. Quand il ne reste que ton corps et à peine de quoi le couvrir, la valeur de la liberté prend toute la place et la vie s'allège pour ne plus désirer que l'essentiel.

Un grondement sourd leur fait lever la tête, le rougeoiement du ciel nocturne trace sur l'horizon une large bande striée de bleu et de jaune qui se reflète dans les fenêtres. Les détonations des

explosions percutent les parois des collines dans un tumulte de déflagrations. Accourues devant le portail, Tessa et Cum ont vite rejoint le couple abasourdi. Au bout des champs en friche qui descendent en pente graduelle jusqu'à la rivière, le flamboiement ne cesse de croître. Le brasier rugit lançant mille étincelles dans la nuée.
– C'est l'usine. Ça ne peut être que l'usine ! Avec tout ce carburant et les matériaux inflammables des caisses et des palettes abandonnées en vrac sur les sols, crie Rob.
Lou se serre contre son mari.
– Et Leo qui n'est pas revenu !
– Il y est avec sa vieille bagnole. Il voulait saboter le moteur et la turbine, rendre l'usine inutilisable pour les sbires des Adeptes.
– C'est lui qui aurait mis le feu ? demande Tessa.
– Je ne crois pas, mais une étincelle et tout peut flamber.
Cum propose d'un ton calme :
– Allons-y. Prenons le tout-terrain, il est plus sûr dans les virages que cette voiture bourrée jusqu'à la gueule.
Entassés dans le véhicule, ils sont contraints de s'arrêter sur la route qui longe la rivière. Le feu a gagné tout le complexe de l'usine qui a été construite sur un terrain plat en bordure des rives, car pendant longtemps le transport se faisait par barges le long des canaux. La fournaise de l'incendie interdit toute approche. La voiture de Leo est garée non loin de là. Leo en sort, fait quelques pas, le bras replié sur son visage couvert de suie. L'odeur est suffocante. Les autres le rejoignent, les mains sur le nez pour se protéger.
– J'ai fait une mauvaise manœuvre. J'ai à peine eu le temps de sortir
– Si le vent se lève et projette des étincelles, c'est toute la colline qui s'embrasera, commente Cum.

Tessa que cet incendie terrifie, lui rappelant d'horribles souvenirs, est restée en arrière. Elle accourt vers eux.
– Venez vite ! Le vent a tourné. Il va pousser les flammes vers l'intérieur.
– Nous devons partir cette nuit. Nous pourrions être piégés ! déclare Rob
– Et Sara ! Nous devons aller chercher Sara ! leur crie Tessa
– Passons par en haut, nous y serons plus vite, suggère Leo.

Sur le seuil de la chambre, Tessa sanglote. Cum un bras autour de ses épaules ne trouve pas les mots pour la consoler. Rob s'acharne vainement, le massage cardiaque ne suscite aucun battement, aucun souffle. Sara s'en est allée doucement dans la torpeur des doses de morphine qu'elle s'est malhabilement injectées dans les veines gonflées de ses poignets.
Leo pose gentiment une main sur celle du médecin, une feuille de papier entre les doigts.
– N'insiste pas Rob. C'est ce qu'elle voulait. Dans cette lettre, elle dit qu'elle ne se sent plus la force de poursuivre une vie de souffrance et qu'elle refuse d'être une charge pour ses fils.
Lou soupire.
– Je suppose qu'elle avait un peu perdu la tête. Ces derniers temps, nos conversations étaient embrouillées, confuses. Je me disais que ce devait être l'effet des médicaments qu'elle prenait.
– Il y a aussi cette grande enveloppe, elle est adressée à ses fils. Ce sera à nous de la leur remettre, poursuit Leo.
– Qu'allons-nous faire d'elle ? On ne peut pas l'abandonner comme ça, soupire Lou, en s'asseyant sur le fauteuil où Sara aimait lire. Je suis tellement fatiguée que je suis incapable de réfléchir correctement.
Cum est sortie sur le balcon dont les portes-fenêtres sont ouvertes sur la nuit. Ici, au sommet de la colline, il y a de

légers effluves nauséabonds qui brouillent l'agréable parfum des plantes mouillées par la rosée nocturne, néanmoins, on ne suspecte pas ce qui se trame tout en bas. L'incendie, s'il gagne toute la forêt, mettra un certain temps avant d'en atteindre le faîte.

– Si le vent persiste, nous n'avons que quelques heures devant nous, leur dit-elle.

– Elle voudrait être dans son jardin au milieu des rosiers, suggère Tessa qui a repris contenance.

– Nous n'avons pas le temps de fabriquer un cercueil, réplique Lou, effrayée par ce feu plus qu'elle ne veut le laisser paraître.

Tessa regarde Cum. Toutes deux songent à Juanita, elles savent comment faire. Dans la fosse, un lit de caillou, le corps enroulé dans le plus beau des draps et des fleurs à profusion avant de le recouvrir de terre et de lourdes pierres. Elle en fait part à Leo et Rob. Son assurance, sa détermination sont si convaincantes que personne ne la contredit. Ils y mettent tout de même une heure. Tandis que les hommes préparent la tombe dans la roseraie, Lou et Cum retirent la chemise de nuit souillée et lavent la dépouille. Tessa a choisi dans le placard une robe blanche tout en dentelle. L'amante rejoindra son aimé, vêtue comme une jeune fiancée. Tessa se questionne, comment un tel amour peut perdurer si longtemps et que ressent-on ? Elle sait que Cum a aimé follement son mari, tout comme Leo son compagnon. Ses parents aussi, elle se souvient des gestes tendres, des baisers échangés. Et elle ? Lorsque l'idée d'une proximité si intime avec un homme effleure son esprit, tout en elle se rebiffe. Elle ne connaîtra jamais l'étourdissant élan qui emporte tout l'être, c'est bien ainsi que les romans décrivent la passion. Sa vie sera toute autre, elle la veut puissante. Voilà se dit-elle, je deviendrai si redoutable que personne ne me soumettra.

20

LA MISSION

...Ses mains, tout son corps tremblent,
ses oreilles perçoivent un long hurlement de rage.
Ce cri jaillissant de sa poitrine projette toute sa haine,
sa colère, sa douleur enfouie...

Elles roulent en silence depuis l'aube. Tessa s'est inquiétée de prendre la route alors que Cum n'a pas dormi, mais la guerrière a insisté pour partir. De là-haut, elles ont pu voir que le vent a encore tourné, il souffle vers l'aval de la rivière emportant les escarbilles qui s'éteignent en tombant dans les flots. Les adieux ont été brefs. Ébranlés, épuisés, les mots trop pauvres pour exprimer un trop-plein d'émotion, chacun vivant cette nuit dramatique différemment. Se taire était plus simple. Seul Leo s'est contenté de dire à Tessa la gorge nouée : « Ne baisse pas ta garde, n'abdique pas, tu es la fille la plus téméraire que j'ai rencontrée, sois-en fière. » Émue, Tessa n'a pu que bredouiller un merci pour tout.

– Avec tous ces événements, je n'ai pas eu l'occasion de te parler de la mission que ma capitaine m'a confiée. Ne t'inquiète pas, c'est assez simple. Avant de prendre le chemin forestier que nous avons identifié hier sur la carte, nous avons rendez-vous à la croisée de la voie qui mène au village voisin. Il y a une grotte dédiée à la Vierge en bordure de la route. Quelqu'un nous y remettra une mallette. Elle contient un boîtier spécial dont la teneur est cruciale pour la défense de la capitale.

– C'est là que nous nous rendons ?
– Oui, même si l'heure de rendez-vous n'est pas avant la fin de la matinée. Nous repérerons bien un endroit pour nous dissimuler d'éventuels passants. Je vais actionner l'alerte sur ma montre et nous pourrons nous reposer un peu.
– Et ensuite ? La capitale ?
– Je ne sais pas encore. Lorsque nous aurons franchi le col du Vieux Sage, j'appellerai ma capitaine et elle m'indiquera quelle sera notre destination finale. L'important est que nous quittions ce fichu territoire !

Tessa triture les cordons du manteau que Lou lui a offert tandis qu'elle l'aidait à faire les bagages. Serré à la taille, tombant jusqu'aux cuisses, il est d'un marron roux et doux au toucher. « C'est un cuir solide, le capuchon te protégera s'il pleut », lui a dit la femme. Elle l'a glissé sur ses épaules, car il fait encore trop chaud pour le porter. Elle s'étonne que Sara et Lou aient été si généreuses avec elle. Elle n'a pourtant rien fait de particulier pour mériter de telles attentions. La tête calée contre la vitre, elle lutte contre la somnolence. L'été s'étire empiétant sur l'automne. Les champs en friche sont déjà jaunes. Toutes ces terres désertées par les paysans. Quel gâchis, se dit-elle. Elle tourne son regard vers la femme sur qui repose toute sa confiance.
– Là où nous allons, est-ce que je pourrai rester avec toi ?
– Tout dépendra des ordres que je recevrai. Si on m'envoie combattre, ce ne sera pas possible. Je comprends que cela soit difficile pour toi, ne rien savoir de ce qui t'attend.
– Oh ! Ça, j'ai l'habitude. Je vis ainsi depuis…depuis que nous avons fui Lara et moi. J'avais sept ans.
– Quel âge as-tu maintenant ?
– Dans trois mois, j'aurai quinze ans.
– Ah ! Bon !

– Je sais, je ne les fais pas. Avoir l'air plus jeune, ça m'a été parfois bien profitable. Je tiens à me rendre utile. Je ne veux pas être une charge pour toi.
– Ne va pas croire ça. Nous nous ajusterons. Nous ne nous perdrons plus, répond Cum en souriant.
– C'est seulement que tous les gens que j'estime disparaissent. Je dois porter malheur !
– Quelle bêtise ! Tu n'y es pour rien. C'est normal que tu sois triste pour Sara. Tu l'aimais bien.
– Nous discutions beaucoup. Elle m'a aidée, m'a conseillée sur plein de choses. Moi, je lui rendais quelques petits services, mais c'était bien peu. Elle souffrait énormément, je comprends qu'elle ait souhaité mourir. Je sais que lorsque le chagrin et la douleur envahissent toutes tes pensées, il n'y a pas d'autre issue.
Cum tourne la tête vers elle et pressent tout ce qu'impliquent ces paroles. Elle garde le silence pour permettre à cet être si jeune et déjà si meurtri de se libérer du fardeau de sa détresse.
– Lorsque je suis montée lui dire au revoir, avant que je ne parte, Sara m'a donné tous ses bijoux. Elle a déposé un sac dans mes mains en me disant qu'elle n'en aurait plus usage, là où elle irait. Et aussi que j'étais la petite-fille qu'elle aurait aimé avoir. Je ne l'ai pas ouvert avant un moment. Ce n'est qu'après que j'ai vu qu'il contenait des bijoux magnifiques. Elle savait qu'elle se suiciderait, « là où je vais », c'est ce qu'elle m'a dit, répète Tessa la gorge serrée.
– Tu n'y es pour rien. Ne te torture pas avec ça. Son geste prouve que cette femme avait de l'affection pour toi, que ta présence, ta gentillesse ont adouci sa fin. Nous arrivons. Regarde, je crois que la fameuse grotte à la Vierge est là, à la fourche. Il y a des taillis tout autour, nous pourrons nous garer juste derrière. On ne nous verra pas de la route.

Tessa n'ose bouger de crainte de réveiller Cum dont le sommeil est agité. Il lui faut tout de même sortir, une envie pressante lui serre la vessie. Elle ouvre la portière le plus silencieusement possible et se glisse dans les fourrés qui recouvrent une pente abrupte. De là-haut, elle voit la route en contrebas jusqu'à la fin de la courbe qui se perd dans un fouillis de bosquets poussiéreux et desséchés. Eux aussi ont soif. Heureusement, elles ont fait provision d'eau avant leur départ. Avant de se camoufler sous le couvert des arbres, elles ont visité la minuscule chapelle dédiée à la Vierge. Il n'y a là qu'un imposant autel taillé dans la roche mangé par la mousse et lui faisant face, deux bancs de pierre envahis par la végétation. La statue de la madone logée dans une niche est écaillée, une de ses mains a perdu tous ses doigts. L'ambiance est bien triste, songe Tessa. Ses parents n'étant pas croyants, elle n'a qu'une vague idée de ce que cette femme à la longue robe blanc et bleu représente. Au camp, certaines fillettes qui suivaient les classes de lecture et d'écriture avec elle disaient prier la Sainte Vierge Marie dans l'espoir d'être protégées. Tessa ne saisit pas comment l'image de cette sainte peut être rassurante. Les yeux levés vers le ciel, les mains jointes, elle a plutôt l'air d'implorer pour être secourue. Elle en a fait part à Cum, mais celle-ci lui a répondu qu'il valait mieux aller se reposer.

Alors qu'elle s'apprête à redescendre, une voiture surgit de la courbe et se dirige vraisemblablement vers l'accès de la grotte. L'alerte a-t-elle sonné pour réveiller Cum ? Portant une petite valise de métal, un homme grand et costaud, à la démarche militaire quitte le véhicule. Il observe les alentours et entre dans la chapelle. Tessa se faufile entre les buissons, mais le bruit d'un moteur la fait se retourner, elle s'accroupit afin de ne pas être vue par les deux passagers dans la voiture qui approche. Ils se garent sur l'accotement à bonne distance.

Des hommes qui ont l'allure de mercenaires sortent, sans refermer les portières. Ils sont armés de fusils d'assaut, ils s'engagent sous le couvert des arbres et progressent en direction de l'arrière de la chapelle. Sur leurs traits, Tessa lit la prédation, leurs intentions sont de toute évidence belliqueuses. Cum est-elle réveillée ? Comment la prévenir ? Au risque de se tordre une cheville, Tessa s'élance, ses membres éraflés par les ronces qu'elle arrache au passage. La guerrière n'est pas dans le tout-terrain. Elle a laissé sa mitraillette posée sur le siège arrière. Cum a constamment son pistolet à la ceinture, mais ce ne sera pas suffisant contre leurs fusils. Tessa attrape l'arme et la sacoche qui contient les chargeurs. Voilà que son épaule se souvient du poids de ceux-ci tandis qu'elle ajuste la courroie en bandoulière. Elle chasse ce rappel du passé pour se concentrer sur ce qu'elle doit faire. Elle contourne les taillis qui entourent la grotte dans l'espoir de rejoindre Cum qui doit être dans la chapelle avec l'agent sous couverture. Le bruit caractéristique des tirs la stoppe quelques secondes. Sans plus réfléchir, elle file à travers les broussailles et bondit sur la route. Les assaillants sont postés de chaque côté de l'entrée de la grotte, ils canardent l'intérieur, sur les murs de pierre des éclats ricochent. Tessa entend la riposte de Cum et du soldat du Nord. Alors ils sont encore vivants. Elle n'a jamais utilisé une arme à feu, puisque chez les Adeptes, une fille surprise à en tenir une dans ses mains se les voyait coupées. Cependant, elle a vu si souvent les apprentis Combattants s'exercer à s'en servir qu'elle connaît les gestes comme si elle les avait elle-même pratiqués. Elle court s'abriter derrière la voiture de l'agent, stabilise la mitraillette sur le capot et elle lance toute sa puissance de feu. Elle vise les jambes des deux mercenaires puis les têtes, car leurs torses sont protégés de gilets pare-balles. Ses mains et tout son corps tremblent, ses oreilles perçoivent un long hurlement de rage. Ce cri jaillissant de sa poitrine projette toute sa haine, sa colère, sa douleur enfouies. Elle tire encore et encore, vide le chargeur bien que les deux hommes gisent immobiles dans un cloaque de sang et de chair. Pendant quelques minutes, dans un silence assourdissant, elle halète, prise de nausée, elle vomit en hoquetant. Péniblement, elle s'avance vers les deux cadavres, enjambe l'un d'eux et pénètre dans la chapelle. Dans la pénombre, elle distingue le visage hagard de Cum, dont le buste est masqué par l'énorme bloc de pierre de l'autel. C'est donc là qu'elle s'était réfugiée. Sur le sol à ses côtés le soldat étreint son ventre de ses deux mains, la veste de Cum roulée en boule est déjà imbibée de sang. Il lève les yeux vers Cum et murmure.

– Elle les a eus ?
– Ils sont bien morts, répond Tessa en se penchant au-dessus de lui. Je vais chercher la trousse de secours.
L'homme lui agrippe le bras. Il se tourne vers Cum.
– Inutile. Prenez la mallette et partez vite.
– Nous ne t'abandonnerons pas ici, s'insurge Cum.
– Une blessure au ventre, ça ne pardonne pas. Je crois savoir qui m'a trahi. Il connaît le lieu de rendez-vous. D'autres vont venir pour s'assurer que les ordres ont été exécutés. Recharge mon pistolet et donne-le-moi.
– Nous pouvons t'amener à La Cité, il te faut un chirurgien, insiste Cum.
– Cette ville est une vraie souricière, vous n'en sortiriez pas vivantes. Et moi, je sais trop de choses, ils me le feraient payer très cher. Ton devoir est de rapporter cette mallette. Ce qu'elle contient pourrait faire la différence entre une victoire et une défaite. La capitale doit rester sous notre protection.
La bouche de Cum n'est plus qu'une fine ligne tellement elle serre les dents, un masque de fureur déforme son visage ;

lentement, elle glisse un chargeur dans le pistolet et le lui place entre les doigts. Tessa se tait, tout a été dit, elles doivent obéir. Elle pose une main bienveillante sur l'épaule de cet inconnu et s'éloigne à la suite de la guerrière qui porte contre elle la petite mallette. À peine montées dans le tout-terrain, elles entendent une unique détonation. Cum démarre en trombe. Elle ne cesse de se répéter qu'elle n'a pas eu le temps de demander son nom à ce soldat qui vient de se sacrifier. Alors il sera le numéro 124. C'est le nombre de cibles qu'il lui reste encore à éliminer.

TROISIÈME PARTIE

LE DÉFI

…« J'ai tiré aveuglément comme une folle.
Et maintenant, je ne ressens que du dégoût »…

21

LE COL

…Demain, peut-être la peur ne me griffera plus le ventre…

Un petit vent aigre souffle sur les contreforts de la montagne, la pluie claque sur le toit et les vitres, Cum et Tessa se sont emmaillotées dans les couvertures. Elles ont vu les nuances de gris de cette soirée humide se muer peu à peu en une obscurité opaque. Impossible de faire du feu. Les rations mangées froides ont vite été expédiées, l'épuisement les ayant terrassées. Pourtant, Tessa se tortille sur les sièges avant. Comme trop souvent, le sommeil la fuit. Cum, à l'arrière, s'est pelotonnée et lui tourne le dos. Des images l'assaillent, en vrac, elle revit l'incendie, l'odeur suffocante, la chaleur infernale leur interdisant d'approcher ; la dépouille nue de Sara, Cum et Lou auprès d'elle, leurs gestes pudiques pour sa dernière toilette ; les bras de Leo chargés de fleurs qu'il déverse sur le linceul. Où sont-ils à présent ? Vont-ils réussir à embarquer sur ce navire providentiel ? Elle ne le saura jamais. Le vieil homme et ses réflexions savantes l'auront effleurée le temps d'une rémittence. La jeune fille pressent que ce qui l'attend de l'autre côté de la frontière réclamera plus que son poids de chair. Devra-t-elle encore tuer, bien que tout en elle y répugne ? Elle n'a quand même pas hésité. Cette violence, cette férocité qui a jailli d'elle l'épouvante. Voilà que je deviens une tueuse, se dit-elle. Le seuil est franchi. L'innocence a été piétinée par les démons de la malemort. Comment Cum vit-elle ce poste de snipeuse ? Manu lui avait confié que sa réputation la plaçait parmi les meilleurs de tous les commandos de soldats et guerrières. On l'utilisait même pour des opérations très spéciales concernant des chefs de guerre ennemis. Tessa a conscience que la précieuse compagnie de Cum ne durera pas au-delà des jours qui les mèneront à la capitale. Ce poing dans sa poitrine, ce lourd chagrin mêlé de crainte qui s'allège avec la présence de son amie reviendra et ne la quittera plus.

Une journée entière sous la pluie battante à rouler sur des chemins caillouteux, parfois presque au pas afin d'éviter de piéger les roues dans une ornière. Cum n'en peut plus, sa hanche brûle, sa fatigue est si grande qu'elle a failli rater une courbe et les faire plonger dans le gouffre. Tessa a poussé un cri et les a sauvées du pire. Cum a stoppé le véhicule et elle s'est éjectée de l'habitacle. La tête levée vers les nuages si bas qu'en tendant le bras on croirait les toucher. Elle laisse la bruine laver les larmes qui coulent sur ses joues. Tessa l'enlace. Elles s'étreignent et Cum lance un long hurlement. Tessa fait de même. Elles hurlent à la mort de tous leurs disparus.

Au bout d'un moment calmées, elles se sont assises sous les larges branches d'un sapin. Du tapis d'aiguilles presque sec émanent des fragrances lénifiantes.

– Je vais faire un feu et préparer du thé. Peut-être que je devrais prendre le volant.

– Tu as vu quel désastre est la route, tu n'as pas assez d'expérience. Quand nous rejoindrons une chaussée en meilleur état, ce sera plus facile pour toi. Je dois me reposer. Il vaut mieux nous arrêter. Je nous gare là sur les gravillons, nous ne risquerons pas de nous embourber.

– Alors je réchauffe la soupe que Lou a cuisinée.

Elles avalent en silence le potage réconfortant et elles partagent une part du pain que Lou a cuit en vue de leur expédition. Manger, dormir, répondre aux besoins essentiels du corps et s'acharner à survivre. Voilà que ce cycle qui a composé son existence reprend comme si ces quelques mois passés sur la péniche et dans le hameau n'ont été que chimère. Du moins, Tessa s'y accroche, elle veut se persuader que d'autres jours paisibles lui seront offerts. Elle observe Cum dont les yeux cernés révèlent combien elle est exténuée. La guerrière énergique et audacieuse n'est plus qu'une femme déterminée à mener à bien sa mission. La main qu'elle applique inconsciemment sur sa blessure trahit sa souffrance. Elle a évité d'utiliser les puissants antalgiques que Rob lui a remis, de crainte de brouiller sa vigilance au volant. Cependant, en prendre un avant d'aller dormir devrait l'assommer pour quelques heures.

– Va t'allonger dans la voiture. Je me charge de tout ranger.

– Avant je dois te parler de l'argent. Et de quelques autres choses que tu dois dissimuler.

Devant l'air ahuri de Tessa, Cum poursuit.

– Le produit de la vente de la berline aux deux malfrats. C'est ça qu'ils voulaient me reprendre quand ils m'ont attaquée sur la péniche. Je l'ai camouflé dans la roue de secours. Trouve une cachette plus sûre. Si nous devions quitter le véhicule en urgence, nous le perdrions. Demain, nous devrions franchir le col, si seulement ce fichu temps nous permet d'y voir assez pour y parvenir avant la nuit. Ne laisse aucune nourriture traîner, il y a des bêtes dans ces montagnes.

– Des loups ?

– Je ne crois pas, mais des blaireaux, des renards et peut-être des ours.

Devant le regard effaré de Tessa, Cum sourit.

– Allons, n'aie pas peur. Ils sont bien moins dangereux que les hommes que tu as affrontés ce matin. Je te savais pleine de ressources et courageuse, mais je suis stupéfaite par ta témérité.

– Je ne pense pas avoir été courageuse. Ils étaient de dos. J'ai tiré aveuglément comme une folle. Et maintenant, je ne ressens que du dégoût.
– Je suis désolée que tu aies eu à donner la mort. En moi, tout est déjà éteint, mais toi, tu possèdes tant de lumière. Tu as le devoir de préserver cette beauté.
– Je me sens bien laide pourtant.
– Taratata, tu es peut-être brillante, mais aussi très bête en ce qui te concerne, réplique Cum en se levant péniblement. Dors bien.
Tessa la suit des yeux. Cum chancelle et se redresse, dans un effort où seule sa volonté la maintient debout.
Tessa se retient de lui offrir son aide, sachant que son amie la repoussera. Elle nettoie chichement les gamelles et casseroles, il faut économiser l'eau, et elle range le tout dans le coffre. La pluie a cessé et le doux parfum de la terre enfin abreuvée emplit ses narines. Elle inspire à pleins poumons. Tessa s'approche du précipice avec prudence. La voûte étoilée étend son voile scintillant jusqu'au fond de l'horizon. Une minuscule pointe de joie perce son cœur et la fait frissonner. Comment est-ce possible ? D'où vient cette euphorie soudaine ? Je suis vivante, Cum est vivante, nous allons franchir ce col et demain j'aurai enfin quitté le territoire des damnés. Demain, nous descendrons dans la vallée où vivent des femmes et des hommes libres. Demain, peut-être la peur ne me griffera plus le ventre.

Au réveil, un épais brouillard couvre les frondaisons, on y voit à peine à dix mètres. Cum est sortie pour se soulager, sans trop s'éloigner du véhicule. Ses mains tremblent et peinent à dégrafer son pantalon. Elle connaît les symptômes précurseurs du manque. Elle n'a plus de Zoloft. Attentive à ne pas faire de bruit, elle s'assied derrière un gros rocher, y appuie son

dos et ouvre sa trousse de secours. Son pansement doit être changé, néanmoins elle ne veut pas que Tessa voie combien sa plaie est en mauvais état. Les antibiotiques achetés sur le marché noir que Rob lui a fournis ne font pas effet. Il l'a prévenue qu'ils étaient probablement périmés. De combien de temps, il n'en savait rien. Tout ce que Cum peut faire c'est nettoyer la blessure et y mettre la pommade antiseptique incluse dans la trousse. Celle-là du moins est de bonne qualité. La guerrière retient à grand-peine un gémissement. L'infection souille la plaie violacée, boursouflée, suintante. Il n'y a rien d'autre à faire que de la panser et de serrer les dents. Lorsqu'elle retourne vers le tout-terrain, Tessa a fait un feu avec des brindilles et des aiguilles de sapin. L'eau bout. Elle prépare une tisane.
– Tu en as mis du temps. J'ai failli aller te chercher.
– Je n'étais pas bien loin, tu n'avais qu'à m'appeler.
La jeune fille hausse les épaules comme elle fait souvent lorsqu'elle est embarrassée.
– Ça va se lever, lance Tessa d'une intonation qu'elle espère optimiste.
– Sinon, nous devrons rouler si lentement que nous mettrons deux jours pour accéder au col.
– Je pourrais conduire. J'ai examiné la carte, regarde, la route semble en ligne presque droite jusqu'à ce pont. À partir de là, les lacets reprennent.
Cum est tentée de céder. Elle a des vertiges. Des suées mouillent son dos.
– On fait un essai. Jusqu'à ce pont.
Cum avale difficilement sa salive. Sa bouche est sèche et elle a constamment soif. La tisane du matin avait un goût amer, elle a des reflux acides qui lui brûlent l'estomac. Malgré l'envie de se laisser aller et de fermer les yeux, elle s'oblige à surveiller la route éclairée par les phares. Tessa se débrouille bien.

Sa mâchoire crispée par la concentration, elle ne babille plus comme à son habitude. Alors que le véhicule se hisse, la nappe de brume s'effiloche. On distingue aux abords du chemin devenu étroit, une plaine de rochers couverte de mousse rousse et d'arbrisseaux dont les feuilles gouttent. Mille éclats miroitent sous les rayons d'un soleil timide. Au loin, un pont de bois enjambe un fin cours d'eau pierreux.

– Arrête-toi avant le pont. Il vaut mieux contrôler sa solidité avant de coincer les roues dans des travées disjointes, suggère Cum d'une voix rauque.

Elle descend de voiture en s'accrochant à la portière, prise de vertiges, elle tombe à genoux. Tessa accourt. Le teint livide, Cum tremble de tous ses membres.

– Tu es brûlante de fièvre, s'écrit-elle en la relevant. Pourquoi ne pas m'avoir dit que tu allais si mal. C'est ta blessure ?

– Les antibiotiques n'ont aucun effet. La plaie s'est infectée.

– Je vais la nettoyer…

Cum éloigne la main qui soulève le pull.

– Je l'ai fait ce matin. Nous devons franchir ce fichu col. Nous rendre au refuge avant le soir. De là, nous contacterons ma capitaine.

– Mais les lacets !

– Tessa, tu sauras le faire. Tu es habile, tu conduis très bien.

– Est-ce qu'il reste des antalgiques.

– Quelques-uns, dans la trousse. Donne-la-moi, la gourde aussi. Va tester les poutres.

Tessa s'avance prudemment. Le ruisseau coule paresseusement à sept ou huit mètres sous le pont. Plusieurs travées sont vermoulues, rongées par les intempéries. La jeune fille saute sur les planches risquant de passer au travers. Ça semble tenir. Elle revient vers la voiture et s'assied au volant.

– Ce n'est pas ton poids plume qui fera la différence, se moque Cum, tentant de détendre l'atmosphère.

– C'est pourri, mais pas totalement.
– Recule, pour te donner un bon élan et roule à toute vitesse. D'abord, inspire lentement, prends le temps de te calmer, lui conseille Cum, une main posée sur le bras de son amie.
Tessa hoche la tête, ferme les yeux. Elle inspire et expire à plusieurs reprises. Puis elle enclenche la marche arrière, aligne la voiture et malgré les roues qui patinent, elle lance le bolide droit devant. Le passage se fait en un éclair. Toutes deux éclatent de rire et crient de triomphe. Cum pliée en deux soutient son ventre. Elle sent la fièvre progresser, mêlée aux effets du sevrage, elle appréhende que le plus dur vienne au cours des prochaines heures. La conductrice a ralenti, le tout-terrain cahote sur le sol inégal. Elle dirige la voiture vers la première courbe des lacets en épingle qui accède au col du Vieux Sage.
– Écoute-moi bien. Je te dois la vérité. Il y a un autre problème. Je prends un psychotrope pour gérer les conséquences du stress post-traumatique. Je n'ai plus de cachet. Sans ce médicament, je suis donc en état de manque. Cela peut produire des manifestations extrêmes d'anxiété, de paranoïa, parfois même des états délirants. À partir de maintenant, tu dois te méfier de moi, ne pas croire tout ce que je te dis. Tu dois décider par toi-même ce que tu jugeras le plus sensé de faire.
– Mais Cum, je…
– Tu es une fille solide. Tu peux, tu dois.
Le pouls de Tessa bat la chamade. Elle ne quitte pas la route des yeux, mais tout en elle refuse de céder à la méfiance. Perdre confiance en son amie, c'est également la perdre. À nouveau. Cum a tiré de la sacoche à ses pieds un bloc-notes, un stylo et une grande enveloppe.
– Je suis encore assez lucide pour identifier les premiers symptômes. En plus, il y a la fièvre due à l'infection.

Alors avant que ça ne dégénère, je vais noter des informations pour la capitaine Faber, tu devras les lui remettre toi-même si je suis incapable de le faire. Aussi, je t'écris des instructions. Pour ta sécurité, il faudra strictement t'y conformer. Si tu as des doutes sur ce que tu dois faire, tu les liras. Promets-moi, Tessa.

La gorge nouée, la jeune fille acquiesce :

– Je te le promets.

Tessa n'ose se tourner vers son amie qui rédige fébrilement, un long moment. Elle utilise toute la largeur de la route pour bien aborder les courbes. Le tout-terrain tangue et bringuebale. Heureusement qu'elles sont seules, car elle ne saurait pas où déporter le véhicule s'il fallait croiser une voiture ou un animal. Cum secoue la tête et se redresse. Elle boit une gorgée à la gourde d'une main frémissante. Elle déplie la carte sur ses genoux.

– Où en sommes-nous ?

– J'ai compté les lacets, nous en avons fait un peu moins de la moitié. Plus on monte, plus ils sont courts et périlleux.

– Ce chemin était fréquenté par les contrebandiers. Ils circulaient à cheval ou avec des mulets. C'est un miracle que nous y roulions sans briser un essieu. Tu te souviens, la carte indique une aire d'arrêt à gauche. On s'était dit qu'on pourrait y faire une pause.

– Je crois que c'est là, après cette montée.

– La voilà ! Elle est bien petite, mais ça fera l'affaire.

Tessa stoppe le véhicule dans un enfoncement de la paroi. Ses mains sont moites, engourdies d'avoir trop serré le volant, ses épaules, son cou, tout son corps transformé en un arc tendu vers un seul but, atteindre ce refuge où elles pourront enfin se reposer. Cum fouille dans la trousse, deux cachets tombent du flacon d'antalgiques entre ses doigts tremblants. Tessa la voit hésiter.

– On mange un peu de pain et de fromage. Tu en prends un, ensuite, tu t'installes à l'arrière. Le sommeil aidera à faire baisser la fièvre. C'est inutile que tu restes éveillée. Si je dois nous jeter dans le précipice, tu n'y pourras rien.
– Tu te débrouilles très bien, je suis fière de toi, rétorque Cum, un petit sourire triste se dessine sur ses lèvres gercées et ulcérées. Sur le carnet, j'ai noté les coordonnées du refuge, mon matricule et le code pour avoir accès à la capitaine Faber. La radio est branchée sur la bonne fréquence.
– Ce ne sera pas nécessaire…
– Par précaution. J'ai déjà vécu un épisode de manque comme celui-ci. Ce sont ses effets qui m'inquiètent plus que l'infection de ma plaie.
– Sortons. Prendre l'air nous fera du bien.
– Il vaut mieux que je m'allonge, je crains de ne pas bien tenir sur mes jambes. Et je suis incapable d'avaler autre chose que ce cachet.
Tessa fait le tour de la voiture. Elle soutient Cum jusqu'au siège arrière, la couvre du plaid. Elle referme la portière doucement et s'éloigne de quelques mètres en refoulant ses larmes. Elle doit s'accrocher. Donc, boire, se nourrir et affronter cette escalade harassante.

22

LE REFUGE

...Et aussi un code mayday mayday mayday...

De nouveau, les nuages envahissent le ciel et masquent le soleil. De longues traînées d'ombre rendent le paysage lugubre. Depuis un moment, Tessa roule sur un chemin dont la trace se perd dans les sinuosités d'un plateau bordé de murailles aux sommets enneigés. Le dénivelé change et voilà que les lacets reprennent, mais en descente. Une haute borne de pierre placardée de panneaux aux inscriptions effacées indique ce que la jeune fille croit être la frontière. Elle freine le tout-terrain, éteint le moteur. Elle voudrait tant partager sa joie, son soulagement avec Cum. Celle-ci est lovée en chien de fusil, le visage enfoui sous la couverture. Impensable de la réveiller. Tessa fait quelques pas, étire son dos, son cou. Elle profère en silence un cri de victoire. Elle a réussi ce qu'elle ne se croyait pas capable d'accomplir. Le soleil va bientôt se coucher derrière les sommets. Selon la carte, le refuge se situe à une dizaine de kilomètres du col. Mieux vaut y arriver avant que le crépuscule n'obscurcisse la route. Les lacets en descente peuvent être aussi périlleux qu'en ascension.

C'est un aigle ou un épervier traversant l'horizon devant le pare-brise qui a alerté Tessa. Trop focalisée sur la conduite, elle a failli rater, à sa droite, la structure de pierre et de bois dont l'aspect évoque plus une bergerie qu'un refuge. La construction se fond dans le décor, un camaïeu de gris sur gris, semé des taches vertes d'une herbe malingre. Elle guide le véhicule vers ce qui semble être l'accès à la bâtisse. Deux fenêtres dont les vitres fissurées sont opacifiées par la crasse. Elle fait le tour de l'abri, à l'arrière, une galerie dont les marches et les rambardes à demi effondrées disent combien longtemps ce lieu a été abandonné. Elle s'étire sur la pointe des pieds pour discerner l'intérieur tandis qu'un dernier rayon de soleil frappe la baie vitrée. Elle ne distingue qu'une longue table maculée de déjections, des chaises renversées et l'âtre d'une cheminée. Autrefois, cet endroit devait être accueillant, une étape réconfortante après une journée de randonnée où il faisait bon s'asseoir pour admirer ce vallonnement de crêtes et de vallées encaissées. En face, dans un creux, un arbre chétif, courbé par la bise, lutte, s'abreuvant pour sa survie à un ru qui coule médiocrement. Tessa fait une tentative pour pousser la porte de guingois, elle coince, mais en forçant et soulevant, elle y parvient. Elle se demande si c'est bien raisonnable de s'installer dans ce cabanon dont l'odeur rance lui pique les narines. Il est sûrement infesté de bestioles. Mieux vaut bivouaquer dans la voiture. En levant la tête, elle aperçoit à travers les poutres du toit perforé la nuée filant sous le vent qui a forci. Décidément, se dit-elle, ce n'est pas ici que nous passerons la nuit. L'air frais du dehors, même avec le temps froid qui s'annonce et la fait frissonner, sera plus sain. Sous un appentis, quelques bûches empilées lui donnent envie d'un grand feu. Elle en transporte plusieurs et cherche le meilleur endroit pour les disposer. À quelques mètres du tout-terrain, une large roche plate affleure le sol ailleurs tapissé de lichen et d'herbe drue. Là, elles seront au sec pour dormir à la belle étoile. Cum a eu la prudence de mettre dans ses bagages deux sacs de couchage. D'abord, le feu, dit Tessa à voix haute. Cela apaise son angoisse. Elle se dicte ainsi les choses à faire avant de réveiller Cum. Préparer une couche confortable pour elle. Une tisane bien chaude. Les rations militaires déshydratées à diluer. La jeune fille s'active un long moment, prêtant une oreille attentive à tout mouvement provenant du siège arrière. Rien ne bouge. L'inquiétude la gagne. Elle secoue d'une main légère l'épaule de son amie, découvre son visage cireux, mouillé de sueurs. Le front est brûlant. Son pouls frise la tachycardie. Tessa la soulève pour la prendre dans ses bras. Cum râle, ouvre les paupières et murmure.

– Laisse-moi mourir. Va-t'en. Cache-toi avant qu'ils ne reviennent. Ils te battront pour avoir voulu m'aider.

– Cum c'est moi, Tessa. Tu es en sécurité. Nous avons passé la frontière.

La guerrière s'agite, écarte les bras qui la retiennent.

– Sauve ton enfant. Je n'ai pu protéger le mien. Mon bébé, ils ont tué mon tout-petit.

Tessa entend ce délire et désespère. Elle ne sait plus que faire. Les antibiotiques ne font pas effet, il n'y a plus qu'un seul antalgique. Elle est bien consciente que ce ne sera pas suffisant pour faire tomber cette fièvre. Toutefois, le flacon contient encore de l'antiseptique. À l'infirmerie, Mélie et elle ont vu tant de blessés mourir de septicémie faute de médicaments. Il faut examiner la plaie et au moins la nettoyer. Pour cela, Cum doit être allongée près du feu. Elle file chercher un des deux sacs de couchage déplié sur la pierre. Elle l'étale à terre, et y dépose gauchement le corps secoué de spasmes. Puis elle le tire aussi délicatement que possible jusqu'au cercle de clarté, un îlot dérisoire dans l'obscurité dense de ce ciel chargé de nuages.

Cum profère des mots insensés. Elle répète un chiffre inlassablement, 124. « Encore 124 à éliminer. »

Lorsque Tessa constate l'aspect de la blessure, elle ne peut retenir une plainte. Elle la purifie comme elle peut, sachant très bien que ce n'est pas assez. Cum repousse ses mains maladroitement. Son délire la plongera bientôt dans un état comateux. Après l'avoir bien couverte, Tessa décide qu'elle ne peut attendre le matin pour prévenir la capitaine Faber. Elle va au coffre et en sort la sacoche de la radio. Elle s'installe auprès du feu pour lire les instructions des feuillets que lui a remis la guerrière. Sur la première page, Cum y a inscrit les termes à employer pour la communication radio, son numéro matricule et son patronyme que Tessa ne connaissait pas : Tao. Ainsi que des mots à répéter trois fois. Elle a ensuite écrit une liste de recommandations, si elles étaient séparées, ou si elle mourait. Ce qu'elle peut dire et taire si elle était interrogée. « Mémorise cette page et détruis-la. » Il y a aussi une enveloppe scellée adressée à la capitaine Faber.

Après avoir lancé plusieurs appels, une voix lui répond enfin :

– Quartier général, j'écoute.

– Je veux parler au capitaine Faber… s'il vous plaît, énonce Tessa d'un ton qu'elle tente de rendre ferme. D'autant qu'elle est consciente que son timbre ne sonne pas comme celui d'une adulte et encore moins d'une guerrière.

– Nous sommes au milieu de la nuit. De qui est la requête ?

– J'accompagne la guerrière Cum Tao… elle m'a demandé d'appeler la capitaine Faber. Elle m'en a donné l'ordre, affirme Tessa en essayant d'utiliser un vocabulaire militaire. J'ai son matricule, T-25-2030. Et aussi un code mayday mayday mayday.

– Mayday ? Vous êtes certaine, on ne joue pas avec ces mots !

– Je vous jure. Elle va mourir, si personne ne nous aide ! Elle a été blessée, supplie Tessa

– Cum Tao, T-25-2030.

– Oui, dites au capitaine que nous avons franchi le col du Vieux Sage.

– Je vais voir ce que je peux faire.

– C’est urgent.
– La capitaine n’est pas tout près, je dois d’abord la joindre.
– Vous me rappelez ?
– Restez sur cette fréquence. Terminé.
Tessa a ajouté son sac de couchage sur le corps grelottant de Cum. Emmitouflée dans son pull le plus chaud, le manteau de cuir dont elle a rabattu le capuchon et le plaid dont elle a entouré ses jambes, elle contemple les flammes. Elle nourrit le feu régulièrement. Le tas de bûches diminue, néanmoins, s’il le faut elle brûlera les barreaux de la rambarde. Elle se répète que Cum ne peut mourir puisqu’elles se sont retrouvées. La fatalité mortifère qui la poursuit depuis l’enfance devra bien cesser. Elle chasse les pensées négatives qui tournent en boucle. Que peut faire la capitaine Faber ? Est-elle loin de cette frontière ? Les secours pourraient prendre des jours à arriver jusqu’au refuge. Doit-elle à l’aube se risquer à descendre ces dizaines de kilomètres de lacets qui débouchent sur ce bourg en territoire nordique dont elle a oublié le nom ? Son estomac lui rappelle qu’elle n’a rien mangé de la journée. Elle a mis de côté un bout de pain rassis et une boîte de haricots blancs que Leo a placée dans leur caisse garde-manger. Elle l’ouvre et la dépose sur le lit de braises met de l’eau à bouillir pour une tisane. Elle remonte le bonnet qu’elle a enfilé sur la tête de Cum, son front est fiévreux et moite, malgré le dernier comprimé qu’elle a réussi à lui faire avaler.
Elle mange le pain en le trempant dans le jus des haricots qu’elle engloutit sans vraiment les goûter. Enfant, elle les écartait dans un coin de son assiette pour ensuite les mettre dans sa main sous la table où leur chien s’accroupissait dans l’attente qu’elle lui refile ce qu’elle n’aimait pas. Étrange que ce vestige des jours heureux lui revienne. Il y a si longtemps qu’elle n’a pas pensé à sa famille. Leurs visages se sont estompés dans sa mémoire, même celui de Lara, sauf l’image

terrible de ses yeux hallucinés quelques heures avant qu'elle ne meure. Ce souvenir-là, elle préférerait l'avoir effacé à jamais. Alors qu'elle somnole, le crépitement de la radio la fait sursauter et se jeter sur l'émetteur.
– Capitaine Faber pour Cum Tao, vous me recevez ?
– Oui, je vous reçois capitaine, je suis en compagnie de Cum, elle est gravement blessée, j'ai peur pour sa vie.
– Tu es Tessa, je suppose. Où êtes-vous ?
– Oui, c'est moi. Nous avons passé le col, nous sommes au refuge.
– Dis-moi d'abord si l'objectif est atteint.
– Nous avons été attaqués et votre agent a été tué…
– Pas de détail ! Cette fréquence n'est pas sécurisée. Dis-moi si l'opération a été un succès.
– Je ne saisis pas, la plaie de Cum s'est infectée, je crains la septicémie…
– Je comprends que tu sois inquiète, mais j'ai impérativement besoin de savoir si vous l'avez en votre possession.
– Vous parlez de la ma…
– Pas de détails, jeune fille, dis-moi oui ou non ! l'interrompt la capitaine.
Tessa comprend tout à coup que ce qui importe pour cette guerrière, c'est de récupérer ce que contient la mallette, la vie de Cum est secondaire. Une sourde colère brouille ses pensées, elle a envie d'insulter cette femme. Elle se retient toutefois et lâche un oui où tout son ressentiment peut s'entendre.
– Bien. Je vous envoie un commando.
– Et Cum ? Elle a risqué sa vie pour… cette mission. Elle a besoin d'un chirurgien de toute urgence ! Vous devez la sauver.
– Je t'ai dit que je dois prendre des mesures…
– Je ne vous donnerai pas la… chose si vous ne venez pas avec un médecin. Elle doit être mise sous perfusion, peut-être même sous assistance respiratoire…

Elle entend la capitaine parler à quelqu'un, mais c'est inaudible.

– Cum peut-elle se déplacer seule ?

– Absolument pas ! Elle est presque inconsciente, elle délire. J'ai fait un feu, mais elle grelotte. Je n'ai plus de médicaments, réplique Tessa la voix brisée.

– Reste calme. J'ai dépêché une équipe médicale.

– Quand ?

– Je fais au plus vite. La capitale des territoires de l'Est subit une offensive en cet instant même. La majorité de nos ressources sont mobilisées pour la défendre. Je te rappelle s'il y a contre-ordre, mais sois prête à partir lorsque le commando vous rejoindra. Terminé.

Tessa reste un moment à fixer la radio. Elle aurait voulu prolonger la discussion avec cette femme plus longtemps. Malgré l'âpreté de son discours, cette voix dans la nuit brisait son isolement. Le vent siffle à ses oreilles, son haleine exhale des arômes d'humus. Elle a placé la mitraillette à portée de main. Quel genre d'animal pourrait surgir des profondeurs des ténèbres ? Tous ses membres vibrent de tension accumulée. Harassée, elle entoure de ses bras ses jambes repliées et pose la tête sur ses genoux. L'adrénaline qui soutenait son action retombe peu à peu. Elle se répète qu'elle doit remettre du bois dans le feu. Elle rêve qu'elle y brûle les chaises cannelées aperçues dans la cabane, elle les empile l'une sur l'autre. Le haut bûcher projette des étincelles, éclaire des figures spectrales qui forment une ronde dansante et grotesque. Elles lui tendent des doigts décharnés, l'invitent. Tessa serre dans ses bras son sac à dos puis elle leur lance ses cahiers où elle a dessiné et écrit les phrases et les mots aimés.

23

LES SECOURS

… L'horizon se déploie, démesuré.
Tessa le cœur pulsant dans les tempes,
retient les larmes qui perlent en dépit de ses efforts.
Elle quitte à jamais son passé…

Un vacarme assourdissant la fait sauter sur ses pieds. Tessa attrape la mitraillette. Elle cherche des yeux d'où provient le bruit. La pâleur de l'aube nimbe d'une aura blafarde les hauteurs des crêtes. Une énorme tache sombre, vrombissante bouche l'horizon, survole le bivouac. Le souffle des pales de l'hélicoptère ravive les braises dont les escarbilles ricochent sur le sac de couchage. Tessa se précipite pour les éteindre. Jugeant les lieux trop accidentés, le pilote pose son engin sur la route. Médusée, Tessa réalise que la capitaine a tenu parole. Elle se penche sur Cum et constate que celle-ci a ouvert les yeux, alertée, elle chuchote.

– Tue-moi d'abord. Ne me laisse pas entre leurs mains.

– Cum ! Ce sont les tiens ! Un commando de guerrières. Elles sont venues pour te porter secours.

Quatre femmes accourent portant une civière et une valise. L'une d'elles en combinaison lie-de-vin salue la jeune fille de la tête et s'agenouille auprès de la blessée. Alors qu'elle tente de la découvrir, Cum se débat faiblement et se lamente.

– Elle divague, déclare Tessa. Il faut la perfuser, sa plaie est purulente.

Le regard surpris de la médecin incite Tessa à préciser :

– La guerre nous oblige à vieillir très vite, lui répond vivement Tessa.
– Prépare la civière, ordonne celle-ci à sa consœur. Nous avons très peu de temps. Elle dégage Cum des deux sacs de couchage et l'enveloppe dans une couverture de survie.
Tessa se retourne sur le raffut que fait une Guerrière dont l'uniforme kaki est semblable à celui de Cum. Elle fouille le coffre encore ouvert du véhicule. L'autre soldate s'avance vers elle, rigide et méfiante.
– Où est la mallette ?
– Elle est ici, au fond du sac de couchage, répond Tessa.
Elle s'empresse d'en soulever un pour saisir la valise métallique qu'elle tend à la guerrière. Elle s'accroupit et innocemment enroule les deux housses l'une dans l'autre dont elle noue les cordons très serrés, en y faisant une ganse qu'elle passe à son épaule. Son sac à dos complétera son bagage.
– Nous devons partir, insiste la médecin.
Tessa s'adresse à la guerrière qui insère la mallette dans une sacoche qu'elle porte en bandoulière.
– Vous devez emporter les armes de Cum. Elle ne se sépare jamais de son SIG. Et son paquetage.
– Tu peux aussi prendre ta mitraillette, mais nous ne pouvons pas nous charger. Qu'y a-t-il d'autre dans le coffre ? s'enquiert la guerrière.
– Des effets personnels, de la nourriture, des bidons d'éthanol…
– Des affaires qui t'appartiennent ?
– Des livres, des vêtements, mais j'ai l'essentiel ici, répond Tessa en désignant son sac.
– Nous enverrons une équipe récupérer tout ça. Le tout-terrain à qui est-il ?
– À Cum.

– En attendant qu'elle guérisse, il nous sera utile et nous expédierons vos biens au Quartier général. En route.
Toutes, sans un mot, se dirigent vers l'hélicoptère portant à bout de bras la civière. Cum a fermé les paupières, ses lèvres cyanosées affichent clairement que son état s'est dégradé. L'urgentiste dont les yeux bleus éclairent un visage aux rides profondes marche à l'arrière. Tessa auprès d'elle, baisse la tête pour masquer sa peur.
– Tu es déjà monté dans un épervier ?
Tessa interloquée se tourne vers elle.
– C'est le surnom de ce drôle d'oiseau. Ça remue un peu l'estomac au début, mais tu verras, on s'y fait.
– Je n'ai presque rien mangé depuis trois jours.
– Alors tu vomiras moins, lance-t-elle, en rigolant.
Pendant qu'elles attendent que les guerrières aient ficelé solidement la civière, la médecin qui devine l'angoisse qui étreint la jeune fille tente de la rassurer.
– Ne t'en fais pas, tout va s'arranger. Notre hôpital sait traiter des cas comme celui-là. Quel est son nom déjà ?
– Cum Tao.
– La snipeuse ! Elle a une excellente réputation. Tu lui ressembles un peu, vous êtes apparentées ?
Tessa hésite à répondre, mais les instructions que lui a transmises Cum sont précises.
– Je suis la fille de sa cousine.
Le moteur mugit si puissamment qu'il devient impossible de poursuivre. Tessa en est soulagée. Elles sont les dernières à se cramponner à la barre, tandis que l'hélicoptère vibre. Tessa grimpe avec difficulté, la médecin la tire par le bras et la guide vers un strapontin. Elle lui indique de la main comment attacher le harnais qui la maintient au siège. L'appareil s'élève offrant au regard un spectacle grandiose. L'aurore peint les sommets enneigés de rose et de mauve.

L'horizon se déploie, démesuré. Tessa le cœur pulsant dans les tempes, retient les larmes qui perlent en dépit de ses efforts. Elle quitte à jamais son passé.

L'hélicoptère ayant atterri sur le toit de ce qu'elle pense être un hôpital, Tessa voit la civière de Cum tirée vers le sol et poussée au pas de course par des infirmiers qui attendaient devant des portes coulissantes. Elle s'est levée croyant pouvoir la suivre. La guerrière à qui elle a remis la mallette lui fait signe de se rasseoir. Déboussolée, elle accroche le bras de la médecin, la seule personne qui lui ait montré un peu de compassion. Celle-ci lui crie quelque chose dans le vacarme des pales. Tessa ne retient que son nom, Hancke, alors qu'elle saute sur le tarmac et s'engouffre dans la bâtisse. Tessa sollicite du regard la guerrière qui lui fait signe de boucler son harnais. Celle-ci discute dans le micro du casque que portent aussi les deux pilotes. L'hélicoptère s'envole à nouveau vers une destination inconnue. Tessa, le ventre et l'estomac chavirés, baisse les paupières de crainte que ces femmes n'y lisent la terreur qui l'habite.

L'éclairage de la salle provient de nombreuses lampes suspendues au plafond. Elles diffusent une lumière crue qui irrite les yeux. Éreintée, assoiffée, Tessa n'a qu'une envie s'allonger sur le linoléum maculé. Elle s'est laissé conduire sans poser de question. Consciente que les deux militaires ne lui répondraient pas. On lui indique de s'asseoir sur une des chaises entourant une longue table.

– Tu attends là. On t'apporte à manger et à boire, lui dit la guerrière avant de ressortir et de fermer la porte derrière elle.

Est-elle prisonnière ? Tessa n'ose se lever pour vérifier si un verrou l'enferme. Où irait-elle ? Elle appuie son front sur ses avant-bras. Que faire d'autre ?

Elle sursaute lorsqu'une vieille femme portant un plateau chargé d'assiettes s'approche d'elle pour y déposer un bol fumant de soupe. Dans l'assiette des œufs durs, du pain et ce qui ressemble à de la terrine. Tessa se précipite sur la carafe d'eau pour y remplir le verre. La vieille sourit, murmure quelques mots incompréhensibles et s'en va.

Tessa se brûle la langue au potage, sa faim lui provoque des vertiges et l'empêche de réfléchir. Elle repasse en mémoire la conversation qu'elle a eue avec Cum et ses recommandations. « Toi et moi avons découvert en bavardant que nous étions cousines et que nos familles s'étaient perdues de vue. Évoque l'assassinat de tes parents, ta fuite avec ta sœur, mentionne votre séjour dans le camp des réfugiés, car les autorités enregistrent les identités de ceux qui y transitent. Cependant, ne révèle pas ta captivité chez les Adeptes, cela éveillerait la méfiance. Dire qu'au cours d'une razzia, vous vous êtes enfuies du camp. Ne donne pas de noms, tu étais si jeune que tu peux très bien jouer l'ignorance. Vous avez erré de villages en villes, marchant toujours vers l'est. Au début de l'invasion, beaucoup de gens ont survécu en se cachant. Les Combattants du Tout-Puissant n'avaient pas assez d'effectifs pour contrôler la vaste étendue des régions qu'ils conquéraient. Impossible aussi d'emprisonner tout le monde. On peut justifier que dans tout ce chaos, toutes traces de vos identités aient disparu. Réponds strictement aux questions sans plus de précisions. Dis que tu ne te souviens pas de tout, soit vague. »
Tessa songe : « Faire l'idiote, j'ai de la pratique. »
– Ce n'est pas ainsi que ça fonctionne jeune fille, tu verras ta cousine quand nous aurons élucidé comment une mission planifiée dans ses moindres détails s'est soldée par une telle catastrophe. Cet agent représentait une source inestimable d'information.

– C'est tout ce qu'il valait pour vous. Il est mort pour cette fichue mallette ! Cum a risqué sa vie pour vous la rapporter. Il a dit qu'il savait qui l'avait trahi. Il nous a ordonné de partir, étant persuadé que d'autres mercenaires viendraient. Cum ne voulait pas l'abandonner. Mais accomplir la mission était plus important.
– Et tu affirmes que c'est toi qui as tué les deux assaillants !
Cela fait des heures que cette femme trapue dont le visage porte des cicatrices de brûlure la questionne. Il y a plusieurs ailes sur les manches de son uniforme, signe qu'elle est probablement capitaine. Manu lui avait décrit comment les grades étaient désignés. La voix cassée et criarde, Tessa ne retient plus sa rage, elle se sent si épuisée qu'elle en a la nausée.
– Vous croyez que j'avais le choix ? Je courrais pour apporter le fusil à Cum. Ils tiraient sur eux, ils les piégeaient dans la chapelle. Ils ne savaient pas que j'étais derrière eux. Tout le monde tue ! Je les ai mitraillés. Oui, je les ai tués ! Tout le monde meurt autour de moi !
La capitaine cille. L'émotion de cette fille la touche, mais elle doute qu'à elle seule, elle ait réussi à traverser les lignes ennemies sans aide extérieure. Elle s'apprête à poursuivre son interrogatoire quand la porte s'ouvre sur l'urgentiste Hancke. Celle-ci annonce d'un ton sans réplique :
– Le pronostic vital de la guerrière Tao est incertain. Avant d'entrer en chirurgie, elle a repris brièvement connaissance et m'a fait jurer de mener sa cousine à son chevet.
– Nous n'en avons pas terminé…
– Bien sûr que si. Vous cherchez la petite bête. Inutilement. A-t-elle vu un médecin ? Vous savez que c'est la règle. Je l'amène dans mon service. Tout le reste peut attendre.
Vexée, la militaire acquiesce, obligée d'obéir.
– Ce n'est que partie remise, convient la capitaine avec réticence.

Tessa se lève lentement, en s'appuyant à la table, car elle vacille sur ses jambes. Elle s'apprête à sortir. Ses bagages, elle ne doit pas les oublier là ! Elle est encore étonnée que personne n'ait songé à fouiller ses affaires. Elle revient sur ses pas et les emporte serrant entre ses bras tout ce qu'elle possède, quoiqu'elle céderait tous ses biens pour la vie de Cum.
Tessa se presse pour rattraper la médecin.
– Cum va-t-elle mourir ?
– La chirurgie a permis de découvrir que la balle avait éraflé l'aile du bassin, des éclats d'os s'étaient logés dans les muscles. L'infection s'est répandue. Son organisme peine à la combattre. Elle était déjà anémique, en état de faiblesse extrême. Je ne peux rien te promettre, Tessa.
– Je veux la voir.
– Je t'y conduis. Cependant, toi aussi tu es exténuée.
– Ça va aller. Je manque de sommeil et nous n'avons pas eu le temps de bien nous nourrir. Il fallait à tout prix franchir la frontière et remettre la mallette… oh, désolée, je crois que c'est un secret.
– Ne t'en fais pas. Ces considérations ne me concernent pas. Par contre, tu dois passer une batterie de tests. J'ai un rapport médical à faire à ton sujet. C'est le règlement pour toute personne entrant sur notre territoire.
La docteure Hancke l'invite à monter dans une minuscule voiture où seulement deux passagers peuvent s'asseoir. Tessa constate que le jour décline déjà. Des lampadaires s'allument repoussant les ombres du crépuscule. Le bâtiment d'où elles sont sorties donne sur une rue modeste en retrait d'un boulevard à deux voies où Hancke s'engage. Elle conduit vite, se faufile, dépassant des camionnettes, beaucoup de femmes et d'hommes à bicyclette ou sur des scooters électriques. Tessa découvre cette animation, ébahie. Une ville trépidante aux immeubles de briques rouges, grises ou beiges de quatre

ou cinq étages comme elle n'en a jamais vu. Puis elle prend conscience que cette nouveauté qui la bouleverse tient au fait qu'ici, tout est intact. Pas de ruines, de décombres, de campagne désertique aux champs en jachère. Les gens circulent calmement, s'arrêtent pour bavarder, des enfants jouent dans un square, se poursuivent en riant. Ici règne la paix.

Arrivées devant l'hôpital, Dre Hancke grommelle : « Trouver à se garer est de plus en plus infernal. » Elle bifurque dans une impasse où la petite taille de sa voiture lui permet de se faufiler entre de gros bacs d'ordures.

– Viens, j'ai un besoin urgent de caféine, lui dit-elle en claquant la portière.

Elles font quelques pas vers le rez-de-chaussée d'un immeuble adjacent à l'entrée de l'hôpital où des vitrines exposent de nombreux produits aux étiquettes colorées. Tessa la suit dans une boutique. La médecin commande un grand café, des viennoiseries et un jus de fruit. Tandis qu'elles patientent pour être servies, Tessa recule vers les fenêtres, l'agitation d'une dizaine d'individus autour d'elle l'oppresse. Elle n'a pas l'habitude d'en côtoyer autant à la fois. Néanmoins, personne ne la remarque, elle fait partie de la banalité du quotidien de ces citadins focalisés sur leurs préoccupations personnelles. Afin d'écarter cette sensation d'embarras, Tessa observe derrière les vitres les passants qui entrent et sortent d'une large allée au seuil d'un parc orné d'arbres imposants.

24

DRE HANCKE

…C'est prodigieux en effet que tu sois encore en vie…

Cum lui paraît si fragile dans ce lit aux draps immaculés, un masque à oxygène sur le visage, le corps affublé de tubes branchés à des moniteurs. Tessa ne distingue plus la fière guerrière qui montait la garde sur la péniche. Elle lui effleure la main et se tourne vers la docteure Hancke.

– Je peux rester avec elle ?

– Essaie aussi de lui parler, il se peut qu'elle t'entende. J'ai un patient à voir. Je reviens te chercher pour les examens, lui répond-elle en refermant la porte derrière elle.

Tessa tire la chaise près du lit. Un long moment, elle suit sur le moniteur de signes vitaux, les lignes, les courbes et les chiffres. Cette modernité doit signifier que dans cet endroit, Cum reçoit les meilleurs soins possible. Elle ne sait par où commencer. Il y aurait tant à dire, toutes ces discussions qu'elles n'ont pas eues. Comment choisir parmi toutes ces questions qu'elle voudrait lui poser et qui resteront peut-être sans réponses. Si Cum peut entendre, elle doit d'abord la rassurer. Elle glisse ses doigts autour des siens.

– C'est moi, Tessa. Je vais bien. J'ai fait comme tu m'as conseillé, j'ai suivi à la lettre les instructions que tu m'as écrites. La docteure Hancke est très gentille. Je crois qu'elle pourra m'aider. Je pense lui proposer de travailler à l'hôpital. Pas comme avec Mélie, ici, il doit y avoir des règles strictes, mais laver les sols, changer les draps, ce genre de tâches, je saurais. Je pourrais être près de toi, te voir tous les jours jusqu'à ce que tu guérisses. Tu ne dois pas t'inquiéter pour moi. Tu sais bien que je suis débrouillarde. Et de ce côté-ci de la frontière, la guerre semble loin. Nous sommes dans une grande ville avec des immeubles le long de rues toutes droites, très propres, longées de hauts arbres qui forment comme une voûte au-dessus. J'ai vu des enfants jouer dans un joli square avec des balançoires et des structures pour grimper. J'adorais ça quand j'étais petite, j'étais très forte en escalade. Il y a aussi un parc tout à côté de l'hôpital. Lorsque tu iras mieux, je t'y emmènerai. En fauteuil roulant probablement. Tu ne pourras pas bien marcher tout de suite, la docteure a dit que tu auras besoin d'une chirurgie à la hanche. Mais d'abord, tu dois te rétablir.

Dre Hancke entre à nouveau.

– Viens avec moi, j'ai une petite heure à te consacrer.

Tessa hésite, elle ne veut pas quitter le chevet de Cum.

– Une équipe interviendrait s'il y avait le moindre souci. Allez, je n'ai pas beaucoup de temps.

Tessa ramasse ses affaires et la suit. Elles longent un couloir où règne le calme, derrière les hautes fenêtres qui jouxtent un escalier, la nuit enténèbre l'extérieur. Elles gravissent deux étages. La médecin déverrouille une porte.

– C'est mon bureau. La salle d'examen est juste à côté. Tu veux boire quelque chose ? Un thé peut-être ?

– Oui, merci.

– Pendant que je prépare tout ça, tu veux bien remplir cette fiche ? C'est ton accord pour que j'évalue ton état, une sorte de bilan de santé. Nous devons nous assurer que tu n'es pas malade.

La médecin s'active dans un coin de la pièce, face à un comptoir muni de placards et d'un évier. Tessa hésite devant la feuille posée sur le bureau. Elle comprend les mots écrits sur le formulaire, toutefois, elle ne sait pas comment y répondre. C'est la première fois de sa toute jeune existence qu'elle inscrirait officiellement son patronyme. Bizarrement, la capitaine si prompte à l'interroger ne s'en est pas informée. Elle voulait s'assurer que la mallette n'avait pas transité entre d'autres mains que celles de leur agent et celles de Cum. Les mercenaires qui les canardaient ne l'avaient-ils pas touchée, s'en étaient-ils emparés avant que Tessa les abatte ? Tessa lui jurait que non, mais cette militaire ne la croyait pas. Cum ne lui a pas fourni d'instruction au sujet de son nom. Elle affirmait qu'énormément de réfugiés avaient perdu leurs papiers d'identité, incapables de prouver qui ils étaient. Tessa, elle n'en a jamais eu. Au camp, on ne la connaissait que sous son prénom. Peut-être que Lara s'était chargée de les inscrire sur un registre. Chez les Adeptes, elle avait joué l'ignorance, utilisant sa jeunesse pour la justifier. La confusion régnait, personne ne se préoccupait de qui elle était, d'où elle venait. Une enfant corvéable comme des centaines, des milliers d'autres. Elle se souvient tout de même très précisément du moment où avec l'aide de l'enseignante, elle avait formé fièrement les lettres de son nom. Tessa Condor.

Hancke dépose devant elles un plateau garni d'une assiette de gaufrettes, de tasses de thé d'où une vapeur parfumée s'échappe. Elle s'assied dans le fauteuil voisin et grignote l'un des biscuits. Elle utilise un ton anodin, percevant la nervosité de Tessa. Son intention est de la mettre à l'aise afin d'en apprendre le plus possible sur cette jeune fille bien singulière.

– Sers-toi. Ils sont délicieux. Je suis une gourmande, mes rondeurs me trahissent, n'est-ce pas ! As-tu du mal à lire ce qui est écrit ?

– Non, je sais très bien lire et écrire, seulement, je suis incapable de répondre à toutes ces questions.

– N'aie pas peur de me dire ce qui ne va pas. Je suis tenue au secret professionnel. Cela restera entre nous.
– Il est écrit : lieu de naissance. Je me souviens avoir entendu mes parents raconter la frayeur que ma venue prématurée a provoquée. Ils étaient en voyage, ma sœur visitait ma grand-mère, ma mère a eu des contractions pendant une réunion. Je suis née dans un hôpital dans une ville dont je ne connais pas le nom.
– Alors, écris le nom de la ville où tu vivais avec tes parents.
– Je me rappelle uniquement que c'était un village du Sud tout près de la frontière des Territoires de l'Est. Quand nous avons fui les Combattants du Tout-Puissant, Lara et moi, les femmes avec lesquelles nous marchions ne cessaient de répéter : « Il faut vite gagner la frontière, les Fanatiques ne la franchiront pas, car elle est bien défendue. »
– Il y a bien longtemps. Depuis, toutes ces régions ont été envahies. Mais quel âge avais-tu ?
– Sept ans, on venait de fêter mon anniversaire. Mon père m'avait fabriqué un superbe cerf-volant. Nous sommes allés le faire voler dans le pré. C'était…je n'aime pas m'en souvenir. Ils sont tous morts et moi, je ne comprends pas pourquoi je survis encore. Si Cum meurt, ce sera pareil. Il n'y aura plus personne.
– Nous ferons tout pour qu'elle s'en sorte, toutefois tu dois savoir que nous disposons de maisons pour accueillir les enfants et les adolescents comme toi dont la famille a disparu.
Tessa recule sur sa chaise, elle proteste d'une voix apeurée.
– Des centres pour réfugiés. Je ne veux pas aller là. Ces endroits sont dangereux, ce n'est pas mieux que la prison.
– Pas ici dans les Hautes Terres. Nos politiques commandent de bien traiter tous les déplacés. Il existe deux foyers dédiés aux mineurs. Ils vont à l'école, ils participent à toutes

sortes d'activités et de jeux. Dans ces résidences, les enfants reçoivent toute l'attention dont ils ont besoin puisque nous n'en admettons pas autant que dans la région qui jouxte la frontière de l'Est. En bas dans la plaine, dans les ports de l'estuaire, il est vrai que l'afflux des exilés crée des conditions pénibles. Ils sont trop nombreux pour nos infrastructures. Je t'assure pourtant que tous obtiennent des soins, de la nourriture et qu'ils sont traités décemment.

Hancke lit la suspicion dans le regard de Tessa.

– Je ne suis plus une enfant. Je suis capable de me débrouiller seule. Je peux travailler, je sais conduire un véhicule, c'est moi qui nous ai fait franchir le col après des heures par cette route en lacets. Auparavant, j'ai entretenu la villa d'une vieille dame, je m'occupais du potager, je lui faisais les repas. Je saurais me rendre utile, ici à l'hôpital, je pourrais faire quelques tâches le temps que Cum guérisse.

– Quel âge as-tu maintenant ?

– J'aurai quinze ans en novembre. Je suis bien consciente que je fais beaucoup plus jeune, mais je refuse d'être enfermée dans un foyer.

– Tu es sous-alimentée, cela ralentit la croissance. J'admets qu'il est difficile pour toi de me croire sur parole. Tu as vécu dans des zones de non-droits dévastées où la corruption et la violence règnent. C'est prodigieux en effet que tu sois encore en vie. Cela signifie que tu jouis d'une remarquable capacité de résilience.

– J'aimerais chercher ce mot dans mon dictionnaire, mais je l'ai laissé dans notre voiture et je ne pense pas le revoir un jour.

– Cela veut dire que tu as une résistance hors du commun, cependant il existe ici des règles auxquelles tu devras obéir. Aux yeux de la loi, tu es mineure. Dans ce pays, on interdit de faire travailler les enfants, les adolescents si tu préfères, avant l'âge de dix-huit ans. Ils ont l'obligation d'aller à l'école.

Tessa soupire, elle ne sait plus quels arguments avancés pour convaincre cette femme sans trop livrer ce qu'elle doit taire. Elle a bu son thé et elle ne souhaite qu'une chose s'allonger dans un coin obscur et dormir. Hancke l'observe, elle remarque les traits tirés, les perles de sueur mouillent la lèvre supérieure et cette main qui tremble lorsque Tessa pose sa tasse sur le plateau la décide à prendre des mesures exceptionnelles. Elle se lève, sort une couverture et une serviette d'un des placards.

– Depuis combien de temps n'as-tu pas dormi ?

Tessa hausse les épaules.

– J'ai l'habitude.

– Nous allons reporter ces examens à demain. Dans le couloir, il y a une salle de toilette et une cabine de douche. Tu as besoin de te laver et de plusieurs heures de sommeil. Ce canapé fera très bien l'affaire. Personne ne viendra te déranger. Tu es en sécurité, insiste la médecin devant l'air hésitant de la jeune fille.

– Et Cum ?

– Elle a son propre combat à mener. Elle reçoit tous les soins possibles. Pour le moment, ce que tu peux faire pour elle, c'est de reprendre des forces.

25

LA MALEMORT

...Telle une funambule,
elle effleure d'un pas incertain
le fil au-dessus de l'abîme...

Du capot de la voiture renversée sur le côté s'échappe de la fumée, Tessa tousse et s'extirpe à grand-peine par la fenêtre de la portière. Elle tombe sur un sol jonché de cailloux pointus qui lui éraflent les genoux. Une roue tourne dans le vide. Elle rampe pour s'éloigner du feu qui crépite. Dans le demi-jour, immobile, le visage pâle de Cum couchée sur un tapis d'herbe sèche. Les yeux ouverts la fixent sans la voir. Tessa se traîne jusqu'à elle. De son torse maculé de sang émerge un pieu. Tessa l'empoigne et le tire de toutes ses forces. Au-dessus d'elle, le tonnerre gronde, des éclairs strient le ciel. Une sonnerie stridente lui écorche les oreilles et la réveille. Tessa s'assoit affolée, perdue, ne sait plus où elle est. Elle repousse la couverture enroulée autour de ses jambes. De la fenêtre entrouverte, le souffle de l'orage fait voleter des papiers dans la pièce. Le cabinet de la Dre Hancke. Le téléphone sur le bureau, qui s'était tu, s'est remis à vibrer. Son pouls emballé bat sous ses tempes, elle attrape à tâtons ses vêtements et chausse ses bottines. Elle doit vite aller voir Cum. Puis elle s'arrête sur le seuil, retourne chercher son sac à dos et elle enfile en bandoulière la courroie qui relie les sacs de couchage.

Tessa dévale les escaliers, ralentit le pas lorsqu'elle croise des soignants dans le corridor qui mène à la chambre de Cum. Des voix s'élèvent, un homme en blouse pousse en courant un moniteur sur un chariot. Par la porte grande ouverte, elle assiste à une scène dont elle connaît trop bien l'issue. Deux infirmières, l'infirmier et la Dre Hancke tentent de réanimer celle qui lui a dit adieu en rêve. Pétrifiée, ses jambes la lâchent, Tessa glisse le long du mur. Les sons, les lumières s'éteignent. Aveugle et sourde, ses espoirs écrasés sous une chape de plomb. Aucun cri, aucune larme. Les démons de la malemort ont vaincu les fées.

Alors que Hancke s'acharne à pratiquer la réanimation cardiorespiratoire bien que tous les signaux sur les moniteurs attestent le décès de sa patiente, l'infirmière à ses côtés l'arrête d'un geste compatissant.
– C'est peine perdue, Dre Hancke. Vous voulez que je note l'heure de la mort ? La petite est dans le couloir, poursuit-elle à voix basse.
Hancke aperçoit Tessa recroquevillée contre le mur, absente. La médecin se penche vers elle, écarte l'abondante chevelure ébouriffée de son visage.
– Elle s'est évanouie, Boris, portez-la dans une chambre.
L'infirmier la soulève sans effort. Il désigne du menton un angle du corridor fermé par un rideau.
– La salle d'examen est vide.
Ils se dirigent vers le bout du couloir. Il dépose Tessa sur une civière avant de la débarrasser des bagages qu'elle serre contre sa poitrine. Il les place dans un coin.
– C'est bien, merci. Faites une prise de sang, je veux un bilan complet.
Alors que la médecin tire le rideau, Tessa ouvre les yeux et hurle à la vue de l'homme penché sur elle. Hancke revient

sur ses pas et retient la jeune fille qui essaie de descendre de la civière.

– Calme-toi. Je suis là. Il n'y a pas de danger. Reste allongée. Merci, Boris, vous voulez bien faire venir Clem.

L'infirmier hésite, vexé.

– S'il vous plaît. Allez savoir ce que cette petite a subi.

Elle se tourne vers Tessa et passe les doigts dans ses cheveux emmêlés, puis elle prend son pouls.

– Tu as perdu connaissance. Je veux m'assurer que tu n'as rien de grave. Je suis tellement, tellement désolée. Son cœur a lâché. Nous avons tout tenté, crois-moi.

Tessa se recouche, vidée de toute énergie. Son accablement est tel qu'elle se sent incapable de réfléchir, de décider quoi que ce soit. Que peut-elle faire d'autre que se soumettre. Je dois me reposer, se dit-elle, et cette femme ne me veut pas de mal.

– Je vais t'examiner. Il n'y aura que moi et Clem, poursuit Hancke comme une infirmière vient les rejoindre. Elle ressemble à Manu en plus âgée, avec sa haute stature et sa peau noire, Tessa s'abandonne, un peu plus rassurée.

Elle entend les commentaires, les requêtes des deux soignantes, mais elle n'y porte pas vraiment attention. Elle se laisse ausculter, répond brièvement aux questions, prête son corps aux actes médicaux. Elle prend conscience que la disparition de Cum l'effraie au point de ne pas en ressentir la douleur. La sidération l'anesthésie. Cum l'aurait guidée. Elle l'aurait conseillée. Une fois de plus, elle doit braver seule ce monde si différent de ce qu'elle a connu jusqu'à maintenant.

– Pardon, je ne vous ai pas bien entendue.

La Dre Hancke répète sa recommandation.

– Tu es sous-alimentée, tu souffres d'asthénie. Cela veut dire une très grande fatigue. Ton état général nécessite beaucoup de repos, une alimentation variée et composée de protéines. J'aimerais te garder ici encore quelques jours, veiller à ce

que ton état se stabilise. Tu as dit que tu avais tes menstrues depuis quelques mois seulement. Je sais que c'est peut-être pénible pour toi, acceptes-tu que je procède à un examen gynécologique ? Cela fait partie des exigences médicales pour la délivrance de ton permis de séjour…
– Vous devez vérifier si j'ai été violée ? s'insurge Tessa d'un air farouche.
Le silence des deux femmes parle de lui-même.
– Vous pouvez. Non, je ne l'ai pas été. Si vous voulez tout savoir, c'est grâce à Cum. Elle l'a tué d'une balle dans la tête. Cum est la meilleure tireuse d'élite de toute la Légion des Guerrières de la liberté, s'écrie Tessa, un sanglot brisant sa voix.
Clem jette un coup d'œil à sa collègue.
– Peut-être que cette formalité peut attendre à demain. Qu'en pensez-vous Dre Hancke ?
– Il n'y a pas d'urgence, en effet. Essaie de dormir un peu. Clem t'apportera un repas bien nourrissant dans quelque temps.
Les deux femmes s'éloignent. Elles s'arrêtent devant la station des soignants où se croisent personnel médical et visiteurs. Clem, à la différence de ce qu'elle affirme, n'a pas du tout l'air gênée.
– Désolée, mon intervention était peut-être déplacée…
– Pas du tout. Vous avez eu raison. Cette petite vit un drame qui s'ajoute à toutes les horreurs dont elle a sûrement été témoin. Le stress d'un examen aussi intrusif aurait amplifié son désarroi. J'ai des réunions toute la journée, vous pouvez vous occuper d'elle ? Selon ce que j'ai compris, Cum Tao était la seule parente qui lui restait. En principe, je dois transmettre mon rapport au service d'admission qui la référera à l'accueil des mineurs. Cela attendra quelques jours, je peux prétexter que son état nécessite un suivi des soins. Mais vous

connaissez comme moi les contraintes de cette bureaucratie. Le déferlement des migrants de ces derniers mois nous met une pression supplémentaire.
– Je veille sur elle et je commande aux cuisines un menu spécial. Vous a-t-elle dit qui elle est ? Elle semble tellement mûre pour son âge.
– Elle est encore très méfiante et se confie peu comme vous avez pu le constater. Elle s'appelle Tessa Condor, elle a quatorze ans. Toute sa famille a été tuée lors des premières razzias des Adeptes du Tout-Puissant sur les Territoires du Sud, cela remonte à six ou sept ans. Elle et sa sœur se sont jointes aux fuyards. J'ai cru comprendre qu'elles ont vécu dans des camps près de la frontière de l'Est.
– Et sa sœur ?
– Je n'en sais pas plus. Si vous parvenez à la mettre en confiance, peut-être qu'elle vous livrera son histoire. Elle revient de loin, au propre comme au figuré.
– Cela signifie qu'elle a parcouru des centaines de kilomètres si ce n'est des milliers durant toutes ces années. C'est déjà beau qu'elle sache au moins son nom. Je fais du bénévolat auprès des très jeunes mineurs à la Maison Renaissance, certains enfants sont si traumatisés qu'ils ne s'en souviennent même pas. Aussi, dites-moi, qui devons-nous avertir pour le décès de Cum Tao ?
– Sa supérieure, la capitaine… je vérifie et je vous transmets l'information. C'est sur son ordre que nous avons été dépêchées vers ce refuge dont je ne connaissais pas l'existence. Et pourtant, je croyais avoir écumé toutes les voies de cette montagne. Bien, je dois y aller. Je repasserai en soirée, vous prévenez votre remplaçante que pour cette patiente, nous aviserons demain pour la suite des examens. Merci, Clem.
Repue, Tessa repousse sur le côté le plateau mobile où sont posées des assiettes chargées de mets délicieux que l'infirmière

nommée Clem lui a apporté. Elle a eu droit, à un potage de légumes crémeux, un plat de riz aux champignons, des tartines de pain croustillant, des gâteaux au miel et deux pommes. Elle garde la seconde dans sa main pour plus tard. Il ne semble pas y avoir de pénurie dans cette ville, puisqu'il est possible de nourrir si bien une fille comme elle. Une étrangère, une errante sans-papiers, une rescapée des camps. Elle s'attend à ce que ces personnes si généreuses avec elle réclament en contrepartie d'apprendre d'où elle vient et qui elle est. Cum n'est plus là pour la cautionner, elle devra naviguer entre vérités et omissions. Le mensonge étant un engrenage qui peut vous broyer si les incohérences et les invraisemblances s'accumulent. La version qu'elle construit dans sa tête comporte néanmoins un hic embêtant. Que sait d'elle la capitaine Faber ? Que contient cette lettre qui lui est adressée ? Est-ce dommageable de la lui remettre ? Sera-t-elle une alliée ou au contraire l'enverra-t-elle dans un de ces foyers pour mineurs ? Ses pensées tourbillonnent autour de ces questions qui dansent une ronde folle, elles lui tenaillent les tempes.

La mort de Cum lui semble irréelle, comme si son retour n'était qu'une illusion, une histoire qu'elle se serait racontée. Une invention de son imagination assoiffée. Sa disparition ajoute cependant une pierre de plus sur le fardeau pesant sur sa poitrine. Tessa se demande comment elle pourra se relever encore cette fois. Sa fatigue est si grande. Peut-être est-elle vraiment malade comme l'a dit Dre Hancke. Pourtant, alors qu'il lui est arrivé si souvent de désirer en finir, une envie de vivre l'anime malgré tout. Le nez humant le parfum de la pomme qu'elle serre entre ses doigts, elle se cale contre l'oreiller. La vision de son corps titubant vers un gouffre enfièvre son sommeil. Telle une funambule, elle effleure d'un pas incertain le fil au-dessus de l'abîme.

C'est l'agressivité dans le ton des voix qui la réveillent. Il fait sombre autour d'elle. La lumière qui filtrait provenant des hautes fenêtres au bout du couloir ne projette plus qu'un faible halo. Tessa tend l'oreille, le rideau est clos, il étouffe les paroles de ce qui ressemble à une dispute. Toutefois, elle reconnaît l'élocution particulière de Clem. Tessa se coule silencieusement hors du lit. Elle écarte un infime pan de la lourde toile et y colle un œil. Le dos de la silhouette élancée de l'infirmière masque en partie l'interlocutrice avec laquelle elle argumente fermement. Celle-ci insiste et ne semble pas vouloir céder. Clem fait barrage à la courte et ronde capitaine qui l'interrogeait si acrimonieusement.

– Cette jeune fille est mineure, vous ne possédez aucune preuve de malversation de sa part. Que je sache, les enfants ne relèvent pas de la juridiction de la police militaire, mais de la Protection des mineurs isolés. Le décès de sa tutrice nous oblige à la garder jusqu'à ce que son admission soit finalisée. D'autant plus qu'elle nécessite des soins. Son état est stable, mais encore fragile.

– Je peux l'interroger ici, si son transfert dans nos locaux s'avère irrecevable.

– Alors, il faut en référer à nos hiérarchies respectives. La Dre Hancke sera là demain.

– Bien, c'est à elle que j'adresserai ma requête. Mais ne croyez pas que j'en ai terminé avec cette affaire qui relève du Service de renseignement.

Sidérée, Tessa recule de crainte que cette horrible femme ne perçoive les battements de son cœur éperdu, qui résonnent dans son crâne tel un tambour. Acculée au pied du lit, elle muselle sa bouche dont un geignement s'échappe tout de même. Puis s'oblige à réagir. Les vieux réflexes de survie ressurgissent. Ceux appris quand les menaces des garçons qui la harcelaient devenaient trop imminentes ou encore lorsque l'œillade concupiscente d'un combattant à qui elle distribuait des munitions lui commandait de détaler précipitamment. Il faut vite réfléchir à ce qu'elle doit faire. Par l'étroite ouverture, elle voit Clem qui approche. Elle se remet sous les draps et fait semblant de dormir. L'infirmière empile les assiettes et ressort silencieusement.

Réfléchir, réfléchir, d'abord respirer lentement, se calmer. Tessa ressent un étrange pressentiment, cette militaire veut la briser et elle n'aura pas l'endurance de lui résister. La perte de Cum a tari ses dernières ressources. Il n'y a qu'une solution, se terrer quelque part, prendre le temps de reconstruire son audace, sa capacité à faire front. La Dre Hancke, Clem pourraient peut-être la soutenir, toutefois, elles ne défieront pas les lois pour elle. Au mieux, elle serait enfermée dans ces « maisons pour mineurs isolés » au pire en prison pour avoir collaboré avec l'ennemi. C'est bien ainsi qu'on la jugera. Cum lui a bien décrit ce qu'est « un enfant soldat ». Tessa n'a pas directement pris part aux combats comme les jeunes garçons entraînés à grossir les rangs des Combattants du Tout-Puissant, mais elle y participait. Cum n'est plus là pour témoigner qu'elle n'est pas une traîtresse.

La rumeur qui bourdonne constamment entre les murs de l'hôpital s'est tue peu à peu, les activités sont réduites à l'essentiel des soins de nuit. Tessa a pris sa décision. Elle doit agir avant que Clem ou la Dre Hancke ne viennent la visiter.

Il lui revient en mémoire les images du magnifique parc devant le café où des gens circulaient à pied ou à bicyclette. Ainsi que le goût et le parfum des beignets enrobés de sucre que lui avait offerts Dre Hancke. La dégustation de ces douceurs lui avait rappelé une journée où avec sa mère et sa sœur, elles avaient fureté dans des boutiques de la ville voisine à la recherche d'une robe pour Lara dont c'était bientôt l'anniversaire. Sa mère s'était aussi procuré des fruits, du chocolat et plein de bonnes choses que n'offrait pas l'unique épicerie de leur village. Puis avant de reprendre la route, elle avait lancé joyeusement : « Allons au café, manger des pâtisseries et des glaces. » Tessa avait insisté pour manger deux parts et malheureusement au retour, elle avait eu une terrible nausée. Honteuse, elle avait refoulé son envie de vomir. Elle refusait de gâcher une si parfaite journée de balade. Ce souvenir la chagrine, néanmoins, il lui donne l'idée de retirer du sac de couchage la boîte cartonnée où Cum a caché une épaisse liasse de billets. Elle choisit quelques petites coupures qui ne devraient pas éveiller l'attention sur elle et les met dans l'une des nombreuses poches de son pantalon, il faudra bien qu'elle se nourrisse. Elle pense aussi qu'errer sans but dans les rues environnantes en pleine nuit la rendrait encore plus vulnérable qu'elle ne l'est déjà. Il lui faut explorer ce parc de l'autre côté de l'avenue qui longe les bâtiments de l'hôpital.

Cela fait trois nuits que Tessa s'y dissimule dans de touffus taillis. Enroulée dans les sacs de couchage, elle ne réussit à dormir que quelques heures à la fois, réveillée par le moindre frôlement des petits animaux qui peuplent ces bois. Constamment aux aguets, elle ne trouve pas le repos dont elle a pourtant tellement besoin. À l'aube, elle quitte furtivement les lieux, trop de citadins s'y promènent avec leur chien. Ces sales bêtes sont devenues ses pires ennemies. Dès le premier jour, un roquet jappeur a failli la faire repérer en fouillant les bosquets à la recherche de la balle lancée par son maître. Elle s'est donc résolue à vagabonder dans le quartier. Afin de ne pas se perdre, elle a commencé à déambuler dans les rues proches puis elle a élargi son périmètre. L'automne colore de rouge et de jaune les feuilles des arbres qui bordent la plupart des avenues. La nature de ce pays si éloignée de la luxuriance des régions du Sud lui semble austère. Même les passants habituellement bien mis et nets, habillés de pantalons et de vestes aux teintes neutres incarnent un certain rigorisme. Et surtout, sur le sol, pas le moindre détritus, plusieurs poubelles à chaque intersection incitent chacun à se débarrasser de ses rebuts. Les deux premiers jours, les regards intrigués posés sur elle lui ont fait prendre conscience que son allure débraillée ne correspondait pas aux normes de cette société policée. La vision qu'elle a eue d'elle-même dans le reflet d'une vitrine lui a confirmé que sa tête échevelée et plus très propre la dénonçait. Elle l'a vite camouflée de son bonnet rouge. Le caban de cuir que Lou lui a offert jure moins que ses chaussures éculées. Si elle veut se fondre dans la masse des piétons, il lui faut un endroit convenable où se laver. Il y a bien dans le parc, des toilettes et un robinet au-dessus d'un petit lavabo, mais cela ne suffit pas. Ce matin, un fin crachin qui la fait grelotter lui donne envie d'entrer se réchauffer dans une de ces minuscules buvettes. Il y en a partout. Les citadins les fréquentent à toute heure pour y savourer une boisson chaude et y manger des crêpes garnies de viande, de fromage ou de gelée sucrée. Tessa en a fait son menu quotidien, puisqu'elles coûtent peu cher et elles la rassasient. Elle a remarqué que beaucoup de personnes lisent des journaux. Donc, pour ne pas se différencier des autres lorsqu'elle prévoit de s'asseoir à une table, elle passe au kiosque d'abord. Ceux-ci sont aussi nombreux que les buvettes. Elle y apprend que la guerre fait rage aux frontières. Également que les assauts sur la capitale des Territoires de l'Est ont été repoussés malgré d'importantes pertes. Elle s'étonne que les menaces des batailles si proches ne perturbent pas plus l'ordinaire de cette population. Quiétude, voilà le mot qu'elle se répète. Son dictionnaire lui manque. Elle aimerait pouvoir y chercher des réponses, des mots qui expliqueraient des comportements si inédits pour elle. Ces couples enlacés, ces mains caressantes sur le corps de l'autre. Ces hommes rieurs et beaux. Elle ne lit dans aucun de leur regard posé momentanément sur elle de lueur inquiétante. Tout au plus à quelques reprises, un éclat de compassion, une réaction sans doute à sa mine négligée. Parfois, elle croise des soldats dont elle reconnaît l'uniforme. Ils déambulent nonchalamment. Ils sont donc en permission. Elle n'a aperçu aucune guerrière. La notion même lui pince le cœur.

La prudence voudrait qu'elle s'éloigne de l'hôpital, néanmoins une idée lui est venue. Elle surveille en fin de journée la sortie dans l'espoir d'y voir Clem. Pourquoi lui ferait-elle confiance plus qu'à la Dre Hancke ? Elle n'en sait rien. Son instinct lui dicte que cette infirmière ne la jugera pas aussi sévèrement que la médecin. Il lui faut de l'aide et cette femme au regard bienveillant semble être sa seule ressource. Elle lui dira comment sa fugue a été interprétée. A-t-on entrepris des recherches pour la retrouver ? Tessa songe que sa réaction a peut-être été disproportionnée, la fuite a tout le temps été son unique moyen de défense. Cependant en dehors de cette affreuse militaire, personne ne l'a menacée. Il faudra bien qu'elle apprivoise ce nouvel environnement, elle ne peut se cacher indéfiniment au fond de ce parc.

QUATRIÈME PARTIE

LE PENSIONNAT

… Peut-être qu'enfin les spectres qui peuplent ses cauchemars se fondront dans les ténèbres…

26

CLEM

...Il y a en elle un bizarre mélange de naïveté et de maturité, aussi une sorte de sauvagerie qui la trouble...

Le soir tombera sous peu et Tessa n'a pas repéré Clem à la sortie de l'hôpital. Elle s'est postée sous l'abribus, anonyme parmi la dizaine de citoyens pressés de rentrer chez eux au chaud. Il pleut et le vent fait gicler les gouttelettes jusque sous le toit. Une femme et son garçonnet geignard l'ont repoussée au fond pour se protéger des éclaboussures. Tessa se hausse sur la pointe des pieds afin de ne pas perdre son angle de vue. Un autobus arrive et masque l'avenue. Tessa bousculée se faufile parmi les passagers qui descendent par l'arrière et montent par l'avant. Elle tire sur sa tête son capuchon, la pluie froide lui coule dans le cou. Elle s'apprête à abandonner son guet et à se résoudre à retourner vers sa cachette au fond du parc lorsqu'elle aperçoit la haute silhouette de l'infirmière qui grimpe dans le bus. Par réflexe, elle saute à l'arrière, avant que la porte ne se referme sur elle. Le car est bondé, chacun préserve son espace exigu dans l'indifférence des autres voyageurs. Tessa surveille Clem. Une main accrochée à la barre, l'infirmière fixe droit devant le défilement des rues sans le voir. Sur ses traits se lit une lassitude que Tessa n'a pas discernée alors qu'elle s'affairait, sans cesse attentive, auprès de ses patients. Que faire ? S'approcher et aller lui parler ? Non, trop de témoins pourraient entendre leur conversation. Clem sera

peut-être en colère ou très certainement étonnée qu'elle surgisse ainsi. Il faut éviter tout esclandre. Attendre et la suivre. Le trajet est long, le bus se vide peu à peu. Clem s'est assise et Tessa a fait de même quelques sièges derrière elle. Une chaleur humide s'est répandue dans l'habitacle, cette tiédeur et le rythme berçant du roulement créent un effet soporifique contre lequel Tessa lutte. Elle cligne des yeux, se pince la peau des mains pour se tenir éveillée. Enfin, Clem se lève, se dirige vers la sortie arrière, frôle sans la voir la jeune fille qui a enfoui sa tête dans son capuchon. Comme Clem descend, Tessa la talonne. À présent, il bruine. Les réverbères projettent des cercles de lumière très vite avalés par l'obscurité. Protégée sous un parapluie, Clem marche d'un pas rapide et assuré, ces lieux lui sont si familiers qu'elle ne regarde pas où elle va. Elle oblique vers une rue transversale où des haies et d'étroits jardins bien tenus ornent des maisonnettes au toit très pentu. Tessa accélère le pas et aborde Clem tandis qu'elle croise l'éclairage d'un réverbère. Celle-ci sursaute, effarouchée, puis elle reconnaît la fugueuse. Tessa ne lui laisse pas le temps de réagir :
– Je suis désolée. Je m'excuse si je vous ai attiré des ennuis.
Clem est stupéfaite :
– Mais d'où viens-tu ?
– Je vous ai suivie. Je dois vous parler, vous expliquer…
– Où étais-tu passée, nous n'avons pas eu le choix que de lancer un avis de recherche.
– Je ne veux pas aller en prison.
– En prison ? Qu'est-ce que tu t'es imaginé, on n'envoie pas les mineurs en prison.
Clem frissonne. La pluie tombe à nouveau très fort.
– Ne restons pas ici. Tu as de la chance, mon mari est de garde cette nuit et ma fille est en pension pour ses études.

Tessa lui emboîte le pas vers un porche de bois garni de jarres et de pots dont les plantes auraient grand besoin d'être entretenues. L'ouverture de la porte enclenche l'éclairage d'un vestibule encombré de chaussures jetées en vrac sur le sol et d'une patère qui croule sous les vestes, et les chapeaux. Clem enlève ses souliers trempés et son imperméable qu'elle pend à un des crochets sur le mur. Tessa l'imite un peu honteuse de ses chaussettes trouées. À droite, un escalier en colimaçon doit mener aux chambres, car l'unique pièce rectangulaire loge un séjour meublé de fauteuils et d'un canapé dont l'usure trahit l'usage. Au bout, une cuisine et sa table aux quatre chaises.

Clem en désigne une.
– Assieds-toi là, je nous prépare du thé et tu me raconteras pourquoi tu es partie en pleine nuit.
– J'ai entendu votre dispute avec la capitaine. Elle voulait m'emmener. Elle m'avait questionnée durant des heures avant que la Dre Hancke vienne me sortir de ses griffes. Elle ne me croit pas et Cum n'est plus là pour confirmer que je dis la vérité.
– D'abord, elle n'a pas le droit de t'interroger sans la présence d'une juriste pour mineure. Tant que tu étais à l'hôpital, tu étais sous notre protection. Elle a bluffé, pensant que nous la laisserions faire. C'est probablement ce qui se passe ailleurs dans les régions qui sont débordées par le flot de réfugiés. La guerre est à nos portes et malgré les actions de nos gouvernements pour secourir ceux qui luttent avec nous, la confusion règne. Ici, dans les Hautes Terres, jusqu'à présent, nous avons été épargnés. Nos montagnes sont difficiles d'accès, cependant, je crains que ces migrations nous atteignent aussi.
– Vous voulez dire que si j'étais restée à l'hôpital, elle n'aurait pas eu le droit de s'emparer de moi pour me mettre en prison ?

– En effet. Nous sommes responsables de nos patients. Tous les examens requis pour l'approbation de ton admission sur notre territoire n'étaient pas terminés. Également, ton état de santé reste préoccupant. Et je te le répète, les mineurs ne vont pas en prison. S'il est prouvé qu'ils ont commis un délit, ils sont placés dans des foyers pour délinquants où ils suivent une scolarité adaptée à leur niveau.
– Ils ne sont pas libres de sortir, ils ne peuvent pas faire ce qu'ils veulent. C'est une sorte de prison.
– Pour certains oui, pour d'autres non. Cela dépend de ce qu'ils ont fait comme infraction.
Tessa n'ose avouer qu'elle a tué les deux mercenaires, même si c'était pour se défendre et sauver Cum. Il lui faudrait tout relater, elle n'en a pas le courage. Plus encore, elle craint que cette femme si douce ne la voie plus que comme une criminelle. Elle choisit plutôt de se montrer repentante.
– J'ai fait une bêtise alors, en quittant l'hôpital.
– Tu nous as mises dans une situation très embarrassante, surtout Dre Hancke. Je sais qu'elle s'est fait remonter les bretelles par la direction comme on dit chez moi.
– Je regrette, je comprends que m'enfuir était une erreur, mais cette militaire est méchante, elle me fait peur. J'ai appris à reconnaître les personnes qui me veulent du mal et elle en fait partie. Que va-t-il se passer maintenant ?
– Je dois y réfléchir. On trouvera bien une solution. Où étais-tu pendant ces trois jours ? Où dormais-tu ?
– Dans le parc. Je me suis cachée dans les buissons et le jour, je rôdais dans le quartier. Je ne savais plus quoi faire, alors j'ai pensé que vous pourriez m'aider.
Clem soupire et secoue la tête, cette énigmatique adolescente l'émeut. Il y a en elle un bizarre mélange de naïveté et de maturité, aussi une sorte de sauvagerie qui la trouble.
– Mais pour te nourrir, tu as chapardé ?

– Pas du tout ! J'ai de l'argent ! Celui que Cum m'a confié et ce que j'ai gagné comme domestique chez Sara, une vieille dame très gentille. Je peux payer pour une chambre quelque part et je travaillerai.
– Mais tu es trop jeune. On ne te laissera pas habiter seule et tu dois aller à l'école. Tessa, j'imagine que tu as vécu dans des conditions misérables, bien trop dures pour une enfant et cela durant des années. Tu as su résister parce que tu es dotée d'une grande force intérieure, néanmoins tu ne peux plus t'entêter avec de telles idées. Dans ce pays, les lois protègent les enfants, mais ceux-ci ont le devoir d'obéir à certains principes. Il te faudra l'accepter.
Clem lit dans le regard de l'adolescente l'envie de lâcher prise, tout autant que la défiance.
– Pour ce soir, tu dormiras ici et demain, nous aviserons. J'ai eu une dure journée, alors mangeons un peu et si tu le veux bien, tu me parleras de ta famille.

Allongée sur son lit, Clem tourne en boucle la solution qu'elle entrevoit pour garder Tessa hors d'atteinte de la policière. Et du même coup les dédouaner en partie, la Dre Hancke et elle, puisqu'en tant qu'infirmière-chef cette patiente était sous sa garde. Toutefois, il faudra que Tessa mente, saura-t-elle le faire de façon crédible ? Si on découvrait que c'est elle qui est derrière cette duperie, elle serait sévèrement blâmée. Ou pire renvoyée. Si son mari était là, elle est persuadée qu'il la dissuaderait de prendre un tel risque. Elle ne sait pas grand-chose du passé de cette fille. Jusqu'à quelle extrémité a-t-elle été pour survivre ? Elle lui a raconté l'assassinat de ses parents, son exode avec sa sœur aînée, les privations dans les camps, la fausse couche mortelle de Lara à la suite d'un viol. Des tragédies abominables. Et pourtant des drames comme ceux-là, elle en a entendu le récit tant et tant de fois. La voix accablée de ces survivants broyés recueillis à la Maison Renaissance lui vrille encore les oreilles. Demain, elle fera ce que sa conscience lui dicte.

Elles ont fait le trajet en bus très tôt afin de profiter de la relative discrétion du demi-jour. Voyant Tessa enjamber un soupirail bâillant qui donne sur les salles de l'ancienne aile de l'hôpital dont la réfection tarde faute des fonds nécessaires, Clem regrette presque son initiative face à l'adhésion trop enthousiaste de cette petite risque-tout. Son idée est de tricher sur le lieu où sa patiente s'est réfugiée, ainsi elle n'aurait pas quitté le périmètre de l'hôpital. Elle a bâti un solide argument pour justifier cette fugue. Affolée, croyant qu'elle serait emprisonnée et maltraitée, Tessa se serait terrée dans les caves. Les exactions subies par cette jeune fille pendant des années l'ont rendue craintive. Sa détention arbitraire sans le soutien d'un adulte puis le décès de sa cousine ont déclenché sa paranoïa. Le personnel de la sécurité de l'hôpital lancé à sa recherche ne l'a pas localisée, puisqu'il n'a pas exploré les souterrains du vieil édifice. Lorsqu'elle serait découverte, Tessa affirmerait s'y être cachée. Cette dernière a insisté pour s'y rendre et même y passer plusieurs heures. Elle veut être crédible, donc pouvoir décrire l'endroit où elle a dormi et comment elle y a circulé sans être remarquée. Clem a cédé, quelque peu éberluée par la capacité de ruse de cette indocile. Elle a pris son service comme à l'habitude, bien que tracassée à l'idée que cette mascarade tourne mal.
Tessa avance prudemment dans ce qui fut une buanderie. Ces énormes machines telles des gueules béantes ont un aspect sinistre. Le froid humide des murs transperce son manteau de cuir et l'épais cardigan que Clem lui a offert. Tessa a refusé le pantalon et la chemise ayant appartenu à sa fille, la logique voulant qu'elle garde ses vêtements

nauséabonds. Par contre, sa nouvelle amie a insisté pour qu'elle prenne une lampe de poche, soucieuse à la pensée que cette jeune audacieuse se blesse sur les débris qui jonchent les sous-sols. Ce que Tessa n'a pas mentionné à Clem, c'est qu'elle avait l'intention de ressortir dès qu'elle repérerait une autre issue. Elle emprunte un escalier poussiéreux dont il manque une grande partie des rampes. Sur le linteau d'une porte, le mot morgue gravé la fait se détourner. Elle poursuit son ascension. Dans une salle vide au parquet moucheté de déjections de nuisibles, une fenêtre reflète la grisaille du petit matin. Grossièrement condamnée, Tessa juge qu'elle aura assez d'espace pour se faufiler dehors. Elle atterrit sur le métal rouillé d'un escalier de secours déglingué. Il y a bien deux étages sous elle. Elle s'accroche aux barres des mains et des pieds avant de se laisser tomber sur le pavé détrempé d'une arrière-cour. Il pleut encore. Tessa rabat le capuchon de son caban sur son bonnet rouge enfoncé jusqu'aux sourcils. Le climat de ce pays est bien déplorable. Pour l'instant, cela lui sert, il y aura moins de promeneurs dans le parc. Elle a conçu son propre plan. Récupérer d'urgence les sacs de couchage enfouis sous les pierres d'un muret. Les bijoux de Sara et l'argent y sont dissimulés. Il était trop risqué de circuler avec cette fortune dans son sac à dos. Qui croirait qu'elle n'est pas une voleuse ? Déjà, que la policière ne l'ait pas fouillée tient d'une chance qui ne se représentera pas. Maintenant, elle doit dénicher un lieu plus sûr et les caves de cet hôpital vont temporairement lui en fournir un. Elles ont convenu avec Clem d'attendre la fin de la matinée pour se manifester. Errer, l'air effaré dans les couloirs devrait suffire à alerter les gardiens qui ont son signalement.

Semblant égarée, elle a rapidement été prise en charge par deux infirmières sous les ordres de Clem. Celle-ci s'est empressée d'annuler l'avis de recherche, Tessa s'est vue auscultée conscienscieusement afin de s'assurer qu'elle ne présentait pas de traumatismes. Mutique, la fugueuse n'a opposé aucune résistance. Puis, on lui a suggéré de se doucher et de se vêtir d'une blouse. Tessa ne s'est manifestée qu'au moment où l'une des aides-soignantes ramassait d'un air dégoûté son treillis crasseux. Elle refuse de s'en départir, car ses multiples poches sont bien utiles et elles contiennent encore quelques objets précieux, dont son scalpel dans sa gaine de cuir. La voyant alarmée, Clem a proposé de mettre ses habits dans une housse et de ranger le tout dans le placard de sa nouvelle chambre. Elle y restera jusqu'à ce que la Dre Hancke autorise son transfert. Couchée dans des draps frais, la peau propre, Tessa songe que cette comédie n'en est pas une. Ces derniers jours d'égarement lui ont démontré qu'elle ne supporte plus son nomadisme. Les quelques mois en compagnie de Leo et de Sara ont concrétisé son immense besoin de stabilité. Elle envisage même avec pragmatisme son emménagement à la Maison Renaissance. Clem lui a promis de la visiter souvent. Elle y a ses entrées puisqu'elle y fait du bénévolat. En tant que mineure isolée, elle sera intégrée dans le groupe des adolescentes les plus âgées. Tessa tente de taire ses angoisses, la crainte d'être ostracisée, malmenée par ses semblables. Lui répugne encore plus l'encadrement strict de son autonomie jusqu'à ses dix-huit ans. Toutes ces appréhensions compensées par contre par la perspective de faire de vraies études. Elle fait jouer entre ses doigts la double chaîne d'or ornée de fines perles nacrées qu'elle a retirée d'un des écrins. Parmi tous ceux que Sara lui a légués, c'est le bijou qu'elle a choisi de garder avec elle en plus d'une montre et de boucles d'oreilles. Une petite assurance, si elle était empêchée de récupérer dans la buanderie sa fortune enveloppée dans le sac de couchage. Elle agrafe le collier à son cou et se jure de ne jamais l'enlever.

27

UN AVENIR

…« J'ai trouvé dans le dictionnaire le mot géhenne,
ce mot ne se raconte pas »…

Tout s'est passé si rapidement. En quelques jours, dès le retour de Dre Hancke qui s'est montrée soulagée de la réapparition de sa patiente, Tessa s'est vue admise à la Maison Renaissance. Les derniers examens, les formulaires remplis et signés, elle a attendu fébrile toute une matinée, le temps que Clem soit libérée quelques heures pour l'accompagner. Un privilège, puisqu'habituellement, c'est une éducatrice du foyer qui serait venue la chercher. Clem lui a soufflé qu'elle avait une surprise pour elle. Aussi, lorsqu'elle est entrée dans la chambre avec un grand paquet, Tessa était bien intriguée. Elle l'a déballé et l'étonnement a dû se lire sur ses traits, car Clem a éclaté de rire. Il y avait son cher treillis et les quelques hauts qu'elle possède, lavés et pliés. En plus une pile de chaussettes et de sous-vêtements neufs.

– Mais quand avez-vous…

– Tu dormais, je me suis dit que tu devrais avoir le choix de porter tes propres habits pour ta sortie. Au foyer, pour éviter les inégalités, tous les pensionnaires sont vêtus de façon semblable, pantalon, pull, tout ce qu'il faut. Tu en recevras deux exemplaires à ton arrivée, ainsi que des produits d'hygiène et une veste molletonnée, ici l'hiver est rude.

– Je peux garder mes affaires ? Mon manteau de cuir ? Mon sac à dos ?

– Bien sûr. Dans la chambre que tu partageras avec une autre fille, vous avez chacune un placard avec un verrou dont toi seule auras le code. C'est là que tu pourras les ranger. Sauf, ceci. Aucune arme n'est admise dans l'enceinte de la résidence.
Tessa baisse les yeux sur la main de Clem ouverte sur la gaine de cuir qu'elle avait découpée et cousue pour protéger son scalpel. Elle rougit et tend les doigts pour le reprendre.
– C'est tombé d'une des poches. Je suis désolée, si on découvrait que tu possèdes une telle lame, tu serais renvoyée, insiste Clem en refermant le poing.
L'expression soudainement farouche et butée, Tessa réplique d'un ton acerbe.
– C'est pourtant ce qui m'a sauvé la vie plusieurs fois.
– Là-bas, tu ne seras pas en danger. Je sais que c'est très difficile pour toi de me croire, tu as croisé tant de violence. J'ai brisé plusieurs règles pour te venir en aide, mais celle-là, c'est impossible.
– Alors, laissez-moi le mettre en lieu sûr, je ne veux pas le perdre.
Clem reste silencieuse un long moment.
– Je le garde pour toi. Je ne le déclarerai pas. C'est tout ce que je peux faire. Il y a peut-être une solution. Tu m'as dit que Cum t'avait donné une somme d'argent, et que tu en as gagné comme domestique. Si c'est le cas, il vaudrait mieux que tu déposes ces fonds dans une banque. Il existe des coffrets en location où tu y mettras ce que tu veux. Toi seule y aurais accès. Toutefois, il te faudra des papiers d'identité et cela prendra du temps pour que tu puisses en obtenir.
– Je vais en avoir besoin pour payer ma nourriture…
– La Maison Renaissance recueille des enfants qui ont tout perdu. Ils sont nourris, logés et éduqués. Il vaut mieux que les autres ne sachent pas que tu possèdes de l'argent. Cela pourrait t'attirer des jalousies.

– Je ne peux pas le ranger dans le placard verrouillé avec mes affaires ?
– Temporairement, je le suppose. C'est une somme importante ?
Hésitante, Tessa choisit de lui répondre en restant vague.
– Oui, assez.
– C'est suffisant pour soulever la convoitise. Je vais réfléchir à tout cela. D'ailleurs, la supérieure de Cum Tao, la capitaine Faber à qui nous avons annoncé son décès, nous a transmis un message. Elle est en mission en ce moment, cependant dès qu'elle sera de retour, elle souhaite te rencontrer. J'ai compris qu'elle était très attachée à Cum. Je crois que vous auriez beaucoup à vous dire.
Tessa pense à la lettre que Cum lui a confiée pour cette capitaine Faber. Doit-elle la mentionner à Clem ? Indécise, tandis que l'infirmière s'apprête à sortir, elle choisit de se taire.
– Habille-toi. Je n'ai que quelques heures à t'accorder. Nous devons partir bientôt.

Clem frappe à la porte du bureau de la Dre Hancke et entre.
– Vous avez demandé à me voir ?
– Oui, asseyez-vous, Clem. Comment s'est passée l'installation de Tessa à la Maison ?
– Plutôt bien, étant donné qu'elle était très réticente et anxieuse. Elle s'est montrée attentive à toutes les consignes. Je l'ai accompagnée tout du long, les formalités, la rencontre avec la directrice et Brunehilde l'éducatrice responsable de son groupe d'âge et finalement la visite des lieux. Ensuite à la chambre qu'elle partagera avec une fille qui était encore en classe. Elle n'a fait qu'un seul commentaire : « C'est très propre. » Lorsque je lui ai dit qu'elle était autorisée à décorer le mur près de son lit, elle a semblé ravie. On y a épinglé quelques-uns de ses très jolis croquis. Cette petite a du talent,

elle dessine étonnamment bien. L'heure du déjeuner a sonné, alors je l'ai conduite au réfectoire. Je l'ai vue se crisper quand la horde des enfants a déboulé en chahutant dans la salle. Je me suis sentie presque coupable de la quitter après lui avoir signalé de se mettre en file avec son plateau pour recevoir son repas. Elle avait l'air si démunie.

– C'est très généreux à vous de vous être occupée d'elle. Son intégration à ce nouvel environnement prendra du temps. On ne peut qu'espérer que tout se déroule bien. Malheureusement, nous n'en avons pas terminé avec son cas. Voilà pourquoi j'aimerais que nous en discutions.

– Au sujet de sa fugue ?

– Non, j'ai réussi à colmater les brèches de ce côté. La bureaucratie a parfois du bon. L'avis de recherche n'avait pas franchi notre juridiction, les compétences judiciaires n'en ont pas été informées. Par contre, j'ai reçu une requête très officielle de la part du Service général des renseignements, rien de moins !

– Cette policière militaire, je parie.

Hancke feuillette un document.

– En effet, la capitaine Samosate réclame la permission d'interroger la patiente Tessa Condor. Elle indique qu'elle serait accompagnée d'une juriste pour l'enfance. Ça ne me dit rien qui vaille. Qu'est-ce que vous en pensez ?

– Que l'état psychologique de Tessa est bien trop instable. Sa fugue en a été le signe. Elle pourrait récidiver et nous la mettrions en danger.

– Et si j'exigeais l'expertise d'une pédopsychologue. Cela retarderait le processus.

– Pourquoi s'acharne-t-on sur elle ? De quoi l'accusent-ils ?

– Comme toujours, c'est très nébuleux. Elle est qualifiée de témoin principale dans une enquête sur un incident mortel. Elle ne vous a rien confié à ce sujet ?

– On a parlé du massacre de sa famille, surtout de la mort de sa sœur, mais pour être honnête, elle évite certains sujets. Elle possède de bonnes bases en lecture et écriture. Tessa faisait la lecture à une vieille dame qui lui permettait de puiser dans sa bibliothèque. Par contre lorsque j'ai voulu aborder les combats, les villes saccagées, la guerre, quoi, elle s'est refermée. Elle a haussé les épaules et a répliqué : « J'ai trouvé dans le dictionnaire le mot géhenne, ce mot ne se raconte pas. »
– Quelle fille étonnante ! Je comprends l'attachement de Cum pour elle. La veille de sa mort, j'ai fait une ultime tentative pour endiguer le choc septique. Comme elle a repris connaissance, j'ai cru que l'injection des substituts plasmatiques fonctionnait. Son état de lucidité a été très bref. En s'accrochant à ma main, elle m'a murmuré : « Tessa est exceptionnelle, vous devez la protéger. Si je ne m'en sors pas, prévenez la capitaine Faber, elle saura quoi faire. »
– Justement, cette capitaine vous a laissé un message au central. Elle souhaite rencontrer Tessa dès qu'elle sera de retour dans son unité en métropole. Croyiez-vous que nous devrions l'informer que la petite est en lieu sûr à la Maison Renaissance.
– Oui, et je pense également qu'il faut la prévenir au sujet de l'enquête que mène Samosate. Nous n'avons pas le pouvoir de faire obstacle à cette requête, nous ne pouvons que faire traîner les choses. En espérant que Faber saura l'affronter mieux que nous.

Les événements de la journée lui ont coûté ses dernières énergies, les tensions dans ses membres la font se tourner et se retourner sur sa couche. Sa compagne de chambre a la tête enfouie sous les draps. C'est une fille de douze ans, aux traits métissés, son embonpoint lui donne l'air empoté.

Elle voyageait avec son petit frère et sa mère lorsque leur convoi a été bombardé. Elle est persuadée qu'ils sont vivants et que sa maman viendra pour la ramener à la maison. Elle s'accroche à cette conviction et Tessa n'a pas eu le cœur de l'en dissuader. Des enfants choqués comme cette Luce, il y en avait au camp et encore plus chez les Adeptes. On les assignait aux corvées domestiques, ils n'étaient bons à rien d'autre. Tessa repasse les étapes de son emménagement. Son embarras au réfectoire lorsqu'elle a compris qu'elle devait choisir les plats pour son repas parmi toute une variété de mets. Devant elle, un garçon très maigre désignait à l'employée de cantine derrière le comptoir de nombreux aliments pour en remplir ses assiettes jusqu'à ce qu'elles débordent presque. La femme a protesté : « Ça suffit Jo, tu sais que tu peux revenir une deuxième fois, si tu as encore faim. » Tessa, gênée, n'a indiqué que trois légumes différents, un pâté et une part de tarte. La gentille dame lui a fait un clin d'œil et a ajouté une prune sur son plateau. L'embarras suivant a été de décider où aller s'asseoir. Le réfectoire contenait bien une cinquantaine d'enfants et d'adolescents. Du côté de grandes fenêtres qui s'ouvrent sur la frondaison d'arbres matures, il y avait une place vide en bout de table. C'est là qu'elle s'est assise, les yeux braqués sur les feuilles colorées, voletant sous le souffle du vent. Autour d'elle, ça jacassait, s'interpellait. Elle n'a pas osé regarder vers ses voisins visiblement plus âgés qu'elle, deux filles et un garçon en pleine discussion sur ce qui semblait être une excursion en montagne projetée pour le lendemain. Lorsqu'une sonnerie a retenti, tout le monde s'est levé. Certains se précipitaient pour rapporter les assiettes vides sur des étagères. Tessa n'a pas bougé. Elle ne voyait pas l'utilité de se presser puisqu'elle ignorait vers où elle aurait dû courir. Elle s'est attardée un moment, a rangé le plateau et son contenu. Puis elle s'est postée devant les fenêtres, curieuse

du spectacle des élèves se rendant par petits groupes vers les entrées de ce qu'elle a supposé être des salles de classe. Voilà, s'est-elle dit, toi qui rêvais tant d'aller à l'école, tu y es.
Brunehilde une grande femme blonde s'est approchée.
– Tessa, tu veux bien me suivre ? Comme je te l'ai expliqué, tu dois passer une série de tests pour que l'on évalue ton niveau de connaissances. Nous bâtirons à partir de ces informations ton parcours scolaire.
La suite a été déstabilisante, à la fois positive parce que son niveau de vocabulaire, de lecture et d'écriture était supérieur à sa tranche d'âge et négative, car à l'exception de savoir compter, les mathématiques, les sciences et l'histoire lui sont inconnues.
Brunehilde s'est voulue rassurante.
– Ce n'est pas inhabituel ce déséquilibre. Nous composerons tes horaires de cours afin que tu rattrapes tes carences sans problème. Tes tests démontrent une capacité d'apprentissage très élevée. À présent, je te fais rencontrer Ludmilla, notre psychologue. Après, tu seras libre de te balader dans les jardins et le parc jusqu'à l'heure du dîner. Nous avons un potager très productif qui nous fournit en denrées pour la cuisine. Il y a une section réservée aux élèves afin qu'ils y découvrent comment se fait la culture des légumes et des herbes.
– Ça, je connais bien. Et je sais aussi m'occuper des bêtes, les poules, les chèvres…
– Bien, ce sont des compétences très utiles. Après la séance avec Ludmilla, si ça te fait envie, nous irons voir Piotr, notre jardinier.
Brunehilde lui a fait visiter une partie du domaine. Les parcs, jardins et dépendances de l'imposante résidence de quatre étages s'étendent sur près de dix hectares. Autrefois, cette propriété appartenait à la même famille. La dernière héritière sans descendance en a fait don à la municipalité qui l'a

convertie en internat pour les pupilles du district. Récemment, ce sont les orphelins jetés sur les routes par la guerre qui y logent. Tessa s'interroge sur ce privilège, c'est ainsi qu'elle juge son accès soudain à cette Maison. Lui accorderait-on cette faveur si tout son passé était révélé ? Y a-t-elle vraiment droit ? Sûrement que ses méfaits, pour les gens de ces terres d'abondance vivant dans la concorde, sont impardonnables. Pourtant, elle veut espérer qu'en se conformant aux règles strictes de ce pensionnat, la sécurité et le confort de cette école lui ouvriront la perspective d'un avenir grâce aux études. C'est le terme employé par Ludmilla. « Ici, tu peux te bâtir un avenir. » Tessa redoutait les questions de cette psychologue. Finalement, son intérêt ne concernait que ses sentiments, ses émotions face au deuil. Elle lui a fait décrire qui était sa cousine Cum. Qu'elle la qualifie de cette façon signifie que leur parenté sans autre preuve que sa parole était acquise. Parler de son amie avait provoqué en elle une telle joie qu'elle ne savait plus s'arrêter. Sa défiance initiale s'atténuait, ces bouffées de plaisir la libéraient. À présent, lovée au creux du lit, elle emprisonne dans ses mains le calot militaire de Cum et y plonge le nez. Quand elle avait allongé la blessée près du feu, le calot était tombé d'une poche de la veste sur le sol. Elle l'avait machinalement ramassé et mis dans son sac à dos. Lors de son admission, toutes ses affaires avaient été fouillées par Brunehilde. Celle-ci a trouvé l'enveloppe adressée à Tessa, avec la mention : *À remettre à la capitaine Faber.* Brunehilde a suggéré que le pli lui soit envoyé, mais Tessa craignant toujours les conséquences de ce que peut contenir la lettre a décliné sa proposition en prétextant qu'elle avait promis de le faire en main propre. Brunehilde, n'y ayant rien vu d'interdit, l'a autorisée à reprendre son sac à dos. Fort heureusement, Clem avait gardé son scalpel. Elle avait raison, je n'en aurai plus besoin, songe Tessa. Peut-être que dans ces

Hautes Terres, elle goûterait enfin à la quiétude. Peut-être qu'enfin les spectres qui peuplent ses cauchemars se fondront dans les ténèbres.

28

L'ARRESTATION

...La neige a fondu.
Le ciel bas diffuse une clarté cendreuse,
les arbres étirent leurs bras dénudés
tels des squelettes se balançant
au gré d'une danse macabre...

Au lever, à travers les vitres des fenêtres, l'éblouissant paysage métamorphosé a semé l'excitation chez tous les pensionnaires, pressés d'avaler leur petit-déjeuner pour se précipiter dans la cour. Tessa comme les autres élèves courbe la tête vers l'arrière, les mains ouvertes vers le ciel pour recevoir sur le visage et les doigts ces merveilles blanches et glacées.
Elles fondent pourtant dès qu'elles touchent leur peau. Venant pour la plupart d'entre eux des Territoires du Sud, ces gamins n'ont jamais vu la neige qui tombe à gros flocons duveteux. Sauf les anciens, ceux qui étaient déjà là, les hivers passés. Ils se bousculent, rient et s'élancent vers le pré où le manteau immaculé est suffisamment épais pour rassembler de quoi faire des boules qu'ils se lancent en criant. Tessa invariablement timide avant de s'engager dans des jeux observe ses camarades le sourire aux lèvres tout de même. Une balle la frappe dans le dos, elle se retourne et devine que c'est ce garçon dégingandé aux cheveux châtains qui se dandine incertain tout à coup de la réaction de cette fille si énigmatique. Tessa se penche, forme sa munition et la lance. Il l'a reçue en pleine poitrine. Leur rire déclenche une salve de

balles que la sonnerie du début des classes n'interrompt pas immédiatement. Ils ont un parcours scolaire différent, Tomas ayant pu aller à l'école jusqu'à ses quatorze ans. L'année dernière, tout son univers a été anéanti en une journée lors du bombardement de sa ville rasée par les Combattants, sans merci pour ceux qui leur résistent. Il ne subsiste de sa vivacité d'antan que des bribes surgissant inopinément favorisées par l'envie d'attirer l'attention de cette solitaire qui le fascine. Ils ne partagent qu'un seul cours, celui de littérature. Elle y cite des livres qu'il ne connaît pas et que leur professeur qualifie de romans pour adultes. Tomas marche à ses côtés en silence cherchant désespérément quoi lui dire. Avant de se séparer pour se diriger chacun vers leur salle de classe, il se contente de son sourire, c'est déjà une petite victoire.

La succession des heures bien remplies rythme son quotidien. Le temps s'étire et Tessa bataille fort pour résister à ses pulsions d'évasion. La routine, les horaires rigides la font suffoquer, surtout la nuit. Parfois, elle se sent encore plus seule parmi ses camarades que lorsqu'elle s'adressait aux chèvres, ses uniques interlocutrices. Elle ne peut partager avec quiconque qui elle est vraiment, et cela la ronge. Seule Cum déchiffrait son mal-être sans qu'il soit nécessaire de livrer ses terreurs et ses actes coupables. D'autant plus que Ludmilla se fait de plus en plus intrusive. Au départ, la psychologue a eu l'habileté de ne rien exiger. Maintenant, chaque semaine, l'heure passée avec elle devient une torture. Guetter ses réactions, rester sur ses gardes, raconter sans trop en dire, cela la mine. Après chaque séance, les nerfs à vif, elle s'élance sur la piste de terre battue qui encercle un terrain où les jeux de ballon sont organisés. Elle court jusqu'à ce que ses jambes ne la soutiennent plus. Tessa est bien consciente qu'un rapport sera fait sur « son cas », comme elle l'a entendu lors d'une conversation surprise entre deux éducatrices pendant leur pause dans le jardin. Ces femmes ne parlaient pas d'elle, mais de plusieurs « cas » difficiles. Voilà ce qu'ils sont tous, des dossiers, des cas, préoccupants, en voie de guérison, alarmants, perdus. Comme celui de Luce qui a flanché, préférant la dissociation au réel. Tous les matins au réveil, Tessa la voyait se fissurer de partout. Devenue incontinente et absente, elle a été transférée dans une institution spécialisée où l'on « prendra bien soin d'elle ». C'est ce que Brunehilde lui a affirmé se croyant rassurante. Tessa respire mieux depuis que sa compagne n'occupe plus le lit voisin. Elle lit durant ses heures d'insomnie, les livres d'histoire, de géographie nourrissent son insatiable besoin de connaissance.

Dès son arrivée, Clem lui a rendu visite les jours sans école. Malgré sa gentillesse et bien consciente de ce qu'elle lui doit, Tessa la soupçonne de lui cacher des choses. Celle-ci insiste toujours sur l'importance de se conformer aux règles de la résidence. Tessa lui réplique que beaucoup d'élèves ne s'y plient pas rigoureusement, certains faisant des crises, se bagarrant et faisant fi des consignes. « Ils sont réprimandés, parfois punis, sans plus. » Clem finit par avouer que sa situation est différente. La Dre Hancke et elle ont joué d'influence pour la faire admettre à la Maison Renaissance. Puisqu'elle ne possède pas encore les papiers officialisant son état de réfugiée, en tant que mineure isolée, son statut reste précaire.

– Tu ne disposes de rien pour prouver qui tu es, cela peut être un long processus.

– Et tous ceux qui vivent ici en avaient des preuves ?

– Beaucoup n'en avaient pas au départ, aussi sont-ils passés par des centres essaimés un peu partout sur le Territoire. Le temps de leur attribuer une identité. L'un des critères pour être accepté dans ce pensionnat, c'est l'aptitude à faire des études avancées, avec un parcours scolaire aménagé bien sûr, et cela en dépit des traumatismes dont chacun souffre. Voilà pourquoi vous êtes

tous suivis par Ludmilla. Elle doit s'assurer que ce cadre vous permettra d'évoluer vers la guérison.
– Et moi ? Mon cas ? Je sais bien que je suis un cas parmi d'autres.
– Tu es vive, intelligente et surtout tu as démontré une solide faculté d'adaptation. Tu sembles t'intégrer sans trop de problèmes. Pour ce qui est des formalités, Dre Hancke s'en charge, toutefois l'un des freins est que tu ne te souviens pas du nom de ton village, puisque tu étais trop jeune. Cela arrive pour de nombreux enfants. Les bébés dont je m'occupe à la crèche ne sauront probablement jamais d'où ils viennent.
– Que faites-vous pour eux ? La semaine dernière, nous sommes allés visiter cette annexe pour les tout-petits de l'autre côté du parc. Il y avait une trentaine de bambins de moins de trois ans qui piaillaient dans une pièce aménagée avec toutes sortes de jouets.
– Ils prennent automatiquement le statut de pupille de l'État. Lorsqu'ils seront en âge, ils feront leur scolarité au pensionnat jusqu'à leur majorité à moins qu'ils ne soient adoptés entre-temps.
– Clem, si j'arrivais à me souvenir du nom de mon village, est-ce que cela changerait quelque chose ?
– Et bien malgré cette terrible guerre qui bouleverse toutes les communications, ce village pourrait être localisé. Et, je suppose que sur tes futurs papiers d'identité, serait inscrit, le nom de ton lieu de naissance, plutôt que : inconnu. Mais ne te tourmente pas inutilement avec ça. Les formalités sont de plus en plus complexes. Les autorités filtrent tous les ressortissants des Territoires du Sud qui passent nos frontières et qui seraient susceptibles d'agir secrètement en tant qu'espion ou de fomenter des attentats sur notre sol. Mais là, on parle d'adultes. Toi comme mineure, tu ne corresponds pas à cette catégorie. Oh là là ! Il est tard. Je dois te quitter.

Tessa, bien que stupéfaite par ce qu'elle vient d'entendre, fait un énorme effort pour garder bonne figure. Elle sourit et tend sa joue pour recevoir l'embrassade chaleureuse de Clem. Celle-ci ramasse son sac à main et se hâte vers le portail. Figée sur le banc en bordure du parc, Tessa serre les poings pour s'obliger à conserver son sang-froid, alors que les pires scénarios se déchaînent en désordre dans sa tête.
Elle se lève et marche sans but sur les sentiers boueux. La neige a fondu. Le ciel bas diffuse une clarté cendreuse, les arbres étirent leurs bras dénudés tels des squelettes se balançant au gré d'une danse macabre. Y aura-t-il enfin une délivrance pour elle ? Durant combien de temps encore devra-t-elle feindre ? Lorsque Ludmilla la questionne, elle répète sans arrêt ne pas connaître les noms des endroits où elle et sa sœur ont vécu au cours de leur longue errance. Elle soutient être certaine du nombre d'années passées au camp de réfugiés, cinq ans, puisque Lara n'a jamais manqué de fêter son anniversaire. Elle n'avait que douze ans quand les pillards ont fait des razzias de plus en plus fréquentes. Comme Lara a failli être kidnappée pour être vendue, elles ont décidé de s'associer à la quinzaine de personnes qui avaient le projet de descendre le fleuve à bord d'un petit caboteur que quelques hommes avaient remis en état. Ce qu'elle tait, c'est que le groupe s'apprêtait à partir lorsque les Combattants du Tout-Puissant ont conquis leur bidonville, massacré les hommes et fait prisonnières les femmes et leurs enfants. Tessa se dit qu'à une journée près, Lara serait peut-être encore vivante. Cachées dans la forêt, ces familles voulaient créer une petite communauté autosuffisante en bordure d'un affluent du cours d'eau. La fatalité en avait décidé autrement. C'est cette vie rêvée que Tessa conte pour la psychologue. Elle puise dans sa véritable expérience pour en détailler les aspects et la rendre crédible. Elle nourrissait les poules, menait leurs

quelques chèvres en pacage. Elle avait appris à les traire et à cuisiner. Elle en est là dans sa fable. Lors de la dernière séance ne sachant plus quoi inventer, elle a prétexté être incapable d'en dire plus, la suite provoquant trop de chagrin.
La sonnerie retentit pour annoncer le dîner. Tessa traverse le pré pour rejoindre plus rapidement le réfectoire. Elle se sent maussade et comme souvent lorsque ces boules d'émotions contradictoires la tourmentent et lui mouillent les yeux de larmes, elle n'a qu'une envie se cacher quelque part au fond d'un trou ou mieux, fuir, loin, très loin, disparaître, ne plus avoir à interagir avec les humains. C'est trop bête, songe-t-elle, mes chèvres me manquent. Dans le couloir, une petite bande se chamaille, des garçons chahutent. Tessa renonce au repas, elle s'engage en courant dans l'escalier qui mène aux chambres. Là au moins, elle sera seule.
Au réveil, elle est de meilleure humeur et, en matinée, pendant la classe de littérature, Tomas lui propose de faire équipe pour la rédaction d'un récit dont le sujet est l'amitié. Tessa accepte bien qu'effarouchée par la proximité de ce garçon dont le regard bleu la trouble. Ils se sont entendus sur les diverses étapes de leur récit et Tessa toute au plaisir de laisser libre cours à son imagination oublie sa réserve. Brunehilde entrée dans la pièce s'adresse à l'enseignant, puis se dirige vers elle.
– Tessa, il faut me suivre. Tu es demandée dans le bureau de la direction.
– Pourquoi ? Ça ne peut pas attendre la fin du cours ?
– Non. C'est maintenant.
Tessa obéit, trop alarmée pour la questionner. Elle est devenue le centre de l'attention de tous ses camarades. Tomas la regarde sans oser faire de commentaires. Aussi essaie-t-elle de garder une attitude impassible, seul son pouls bat en accéléré pulsant dans ses oreilles la rendant sourde à tout ce

qui l'entoure. Elle suit Brunehilde comme un automate. L'air grave de son éducatrice n'a rien de rassurant. Au prix d'un effort, Tessa demande en un souffle ténu.

– Est-ce Clem ? Il lui est arrivé quelque chose ?

– Non. Je ne sais pas ce qui les amène et ce qu'elles te veulent, mais nous ne pouvons pas nous y opposer.

Alors qu'une suée glacée descend le long de sa colonne vertébrale, Tessa s'est arrêtée devant la porte que Brunehilde s'apprête à ouvrir.

– Qui ?

– Deux agentes de la police militaire. Elles ont ordre de t'emmener.

Tessa recule, affolée. Son instinct lui commande de courir. Pourtant, ses jambes refusent de bouger.

– Clem. Je vous en supplie, prévenez Clem !

Brunehilde devine que la jeune fille s'apprête à détaler. Elle lui prend le bras et lui fait franchir le seuil de la pièce.

– Reste calme. Tu aggraveras ta situation en t'enfuyant. Il y a sûrement un malentendu.

La panique a gagné son cerveau bloquant toute possibilité de réflexion. Elle n'a rien fait de mal, pourtant cette petite voix qui la visite parfois dans ses cauchemars lui scande : « Ce n'est pas seulement ce que tu as fait, c'est ce que tu es, mauvaise, tu es mauvaise. »

29

LA MALETTE

...La hyène ne lâchera pas sa proie...

C'est la deuxième fois que cette jeune soldate au teint blafard vient déposer sur une table fixée au mur un plateau-repas. Ses cheveux blonds sont coupés si court que Tessa voit la peau rose de son crâne lorsqu'elle se penche. Une carafe d'eau, quatre tranches de pain et ce qui ressemble à du pâté à base de légumineuse. À son arrivée, les deux cerbères venus la chercher à la Maison Renaissance l'ont conduite auprès d'un homme replet. Il a enduit chacun de ses doigts d'encre pour les presser sur des petits carrés au bas d'un formulaire cartonné. Puis ses gardiennes l'ont enfermée dans cette salle ou plutôt cette cellule, car la banquette scellée au mur, la couverture et l'oreiller sont des signes évidents qu'elle y passera la nuit. Elle s'attendait à être amenée devant l'odieuse capitaine. Pourtant, elle n'a vu personne d'autre. Alors, elle a réclamé la présence de la Dre Hancke. Tessa est bien consciente que sa requête ne sera pas relayée, mais elle s'entête et s'accroche à ce fil. Elle s'imagine suspendue au-dessus de l'abysse où gronde l'écho des plaintes de tous les cadavres qui ont jalonné sa vie. Elle a rarement eu le choix des gestes qu'elle a été contrainte de faire. Toutefois, elle se doute que celui d'ouvrir la mallette, d'en retirer cet étrange boîtier pour l'examiner a été une désastreuse erreur.

Clem marche de long en large dans le bureau de la Dre Hancke. Celle-ci spécule, devant les vitres perlées de gouttes qui claquent. Cette météo ressemble à son humeur où alternent, colère, défaitisme et une forte envie d'en découdre. Elle ne supporte plus son impuissance face aux drames de toutes ces femmes et de tous ces enfants jetés dans les caniveaux de la bêtise et de la brutalité. Les nouvelles qui leur sont parvenues à propos de cette bourgade incendiée et rasée parce que ses habitants ont résisté à l'invasion de ces zélotes enragés ont fait déferler en elle une fureur primitive.

– Qu'a-t-elle pu faire d'après vous ? Elle vous a bien confié quelque chose au cours de vos rencontres.

– Je suis persuadée que cela a trait à leur course folle pour franchir le col. Il y avait une telle urgence que lorsque Cum n'en a plus été capable, c'est Tessa qui a pris le volant. Vous vous en rendez compte, elle a conduit sur cette route en lacets au péril de leur vie.

– Ah ! Mais quelle imbécile, je suis ! C'est ça ! Lors de notre premier entretien, Tessa a clairement mentionné une mallette que Cum devait rapporter. Puis elle s'est reprise en me disant que cette mission était secrète. Je n'y ai plus pensé. J'étais présente quand cette guerrière, après avoir fouillé le coffre de leur véhicule, a exigé que Tessa lui remette la fameuse mallette.

– Et qu'a fait la petite ?

– Elle la lui a donnée. Si cette fichue valise métallique a disparu, je peux témoigner que cette guerrière l'a récupérée. Ensuite, tout est allé très vite, nous sommes montées dans l'hélicoptère. J'étais concentré sur les soins à donner, le pronostic vital étant engagé.

– Mais Tessa n'est pas une guerrière que je sache. Elle ne peut être responsable du bon déroulement de l'opération de Cum Tao.

– Vous vous souvenez, il est écrit sur le document qu'elle est un témoin important.
– Ils n'ont pas le droit de l'interroger sans la présence d'un adulte pour la chaperonner.
– Toute la matinée, j'ai tenté en vain d'entrer en contact avec cette capitaine Samosate. Je veux bien me rendre là-bas, mais il me faut des arguments de taille, pour avoir la moindre chance de la sortir de là.
– J'ai rendez-vous avec la pédopsychologue, demain, en fin de journée. Je compte bien lui tirer les vers du nez. Je dois savoir si elle a remis son rapport et ce qu'il contient. Je me suis portée garante pour cette jeune fille, Ludmilla a intérêt à ne pas me brandir le secret professionnel.
– Vous pouvez me joindre, peu importe l'heure. D'ici là, j'aurai discuté de ce cas avec une amie juriste. Nous allons avoir besoin de munitions !

Ses yeux ensablés brûlent de n'avoir pu dormir, aussi Tessa les frotte d'un geste machinal, ce qui en augmente l'inflammation. En face d'elle, la capitaine Samosate n'a pas ouvert la bouche, les traits de son visage n'expriment rien d'autre qu'une froideur de circonstance. Elle tique parfois d'agacement quand l'homme qui s'est présenté comme l'enquêteur Janssen du SGR, lettres dont Tessa n'a pas osé demander la signification, lui manifeste trop d'empathie. Une femme dont l'adolescente n'a retenu que le « je suis là pour toi » est assise auprès d'elle. Tessa ne voit pas comment cette dame à la longue chevelure grise tressée en couronne sur une tête d'oiseau peut l'aider en quoi que ce soit. Le nez sur sa feuille, elle prend des notes. Samosate la fixe de son œil de vautour. Tessa essaie de toutes ses forces de l'ignorer. La policière rumine. Cette petite roublarde a beau afficher de la bonne volonté en répondant aux questions de l'enquêteur, son instinct lui dicte qu'elle maquille la vérité sous des couches d'omissions et de mensonges.

– Bien, reprenons si tu le veux bien. Revenons en arrière sur ton précédent témoignage, poursuit l'enquêteur en fouillant dans une pile de papiers d'où s'échappe une partie d'une photo. Même à l'envers, Tessa reconnaît la grotte à la Vierge.

Elle en frémit. Ils ont donc risqué d'aller sur place, en plein territoire conquis, puisque La Cité et sa région limitrophe vivent maintenant sous le joug des Adeptes.

– Tu affirmes que la guerrière Tao a pris la mallette que portait l'agent infiltré. Tu confirmes que c'est bien lui qui lui en a donné l'ordre ?

– Cum ne voulait pas l'abandonner, elle proposait de trouver un médecin. Il a dit la mission avant tout. Puis il a réclamé son pistolet. Nous sommes parties et avant de démarrer, nous avons entendu la détonation. Il refusait d'être pris vivant. Il était certain que d'autres mercenaires étaient en route.

– Qui portait le boîtier ?

– La mallette ? C'est Cum.

– Tu n'y as pas touché ?

– Mais si, quand je l'ai remise à la guerrière au refuge. Pourquoi me questionner sans arrêt sur cette damnée mallette ? Vous l'avez perdue ou quoi ?

– Ne sois pas insolente ! grince Samosate.

– Mais j'ai le droit de savoir ! Vous, qui ne faites qu'écrire, vous pourriez leur dire que j'ai le droit de connaître pourquoi je suis là ! lance Tessa en élevant la voix.

– En effet, la loi requiert que nous sachions les raisons de cet interrogatoire. N'oubliez pas que vous vous adressez à une mineure.

L'enquêteur hésite :

– Tes empreintes sont sur toute la surface de la mallette.

Tessa plonge ses yeux dans ceux de l'homme. La nuit dernière, elle a décidé de jouer la carte de la franchise.
– Évidemment ! Je l'ai sortie des bagages sur le siège arrière où Cum l'avait rangée. Elle m'a ordonné de la mettre en lieu sûr. Je l'ai cachée dans le fond de son sac de couchage.
– C'est tout ? gronde Samosate, un fin rictus aux lèvres. Les traces de tes doigts sont aussi sur le boîtier. Tu as donc ouvert la mallette et retiré le boîtier. Tes empreintes ne devraient apparaître que sur la mallette si comme tu le dis, tu n'avais fait que tenir la mallette pour la livrer à la guerrière.
Tessa comprend soudainement leur acharnement. Elle choisit l'attaque.
– Cum risquait sa vie pour ce cube noir bizarre. Je voulais comprendre pourquoi. Je l'ai manipulée dans tous les sens. Il n'y avait pas de couvercle, de fente, quoique ce soit pour en déclencher l'ouverture. Que des roues minuscules, avec des lettres et des chiffres. Voilà ce que j'ai vu.
– Tu l'as ouverte !
– Bien sûr que non. Comment aurais-je fait ?
– Tu connais la combinaison, donne-nous le code ! clame Samosate exaspérée.
Tessa éclate de rire. Elle n'en peut plus et cette idiote vient de la libérer de toutes ses angoisses.
– Vous croyez que je connais la combinaison ? C'est ça ! Vous êtes vraiment stupides.
– Notre agent l'aura divulguée à Cum Tao, tu l'as entendue, ou elle te l'aura transmise, lance Samosate.
– Eh bien non. Vous avez tout faux. À aucun prix, elle ne me l'aurait dite. Elle possédait un sens de l'honneur et une grande intégrité. J'étais comme sa petite sœur. Jamais elle ne m'aurait imposé cette responsabilité. Elle est morte avec son secret. Je suis désolée. Pas pour vous, mais pour tous les morts inutiles, toutes les souffrances que cette guerre

engendre. Vous avez perdu un code, moi j'ai perdu toute ma famille, ma seule amie et vous pouvez me torturer, je ne peux pas vous révéler ce que je ne connais pas !
Tessa, essoufflée par sa longue harangue, retient ses larmes. Elle ne pleurera pas devant ces sournois qui l'ont mise au supplice. Cela fait des semaines qu'elle redoute qu'ils l'accusent d'avoir collaboré avec les Adeptes. Ils ne savent rien de son passé et ils ne cherchent même pas à en apprendre plus sur elle. Ils veulent ce code, c'est tout ce qui compte.
– Tu dis que cette guerre t'a privée de tous les tiens. Tu souhaiterais donc la fin de cet abominable conflit. Penses-y encore. Ce code pourrait contribuer à ce que toutes ces horreurs se terminent enfin, plaide l'enquêteur.
– Cum ne me l'a pas confié. Je vous le jure. Pourquoi est-ce que je mentirais ? Qu'est-ce que je pourrais en faire puisque c'est vous qui avez le boîtier. Quand elle était mourante, je n'ai pas pu la voir. J'ai accouru, mais trop tard. Interrogez Dre Hancke.
– Nous en discuterons avec elle. Réfléchis encore un peu. Essaie de te souvenir de la nuit que vous avez passée au refuge. Elle a pu te dire quelque chose qui t'a paru anodin.
– Nous n'avons pas parlé. La plupart du temps, elle délirait. Je regrette, mais cette opération n'avait plus grande importance pour elle et encore moins pour moi. Tout ce qui comptait, c'est qu'elle survive.
– Peut-être que tu dis vrai. Pourtant les états de service de la guerrière Tao nous indiquent qu'elle a généralement respecté ses engagements, même dans les conditions des plus périlleuses. Son ordre de mission comportait la mention HP, ce qui signifie, haute priorité. Sachant qu'elle risquait de mourir, elle a obligatoirement trouvé un moyen d'en préserver l'objectif. Je t'accorde quelque temps pour y réfléchir. Nous nous reverrons demain. D'ici là, tu me fais appeler si quelque

chose te revient en mémoire. Tu t'en souviens ? Mon nom est Janssen.

L'enquêteur rassemble les papiers épars. Ses yeux d'un bleu de glace fouillent les traits de cette jeune fille dont l'assurance le désarçonne. Est-ce sa profonde naïveté qui la dote d'autant de hardiesse, ou est-il devant l'espionne la plus aguerrie qu'il ait jamais rencontrée ? Pour le moment, il ne peut rien faire de plus. La torture comme elle le suggère n'est pas une option dans leur démocratie pourtant attaquée de toutes parts. Par contre, à sa sortie, une surveillance de ses moindres mouvements pourrait contribuer à dénouer cette affaire capitale.

Tessa se tourne vers la femme censée la soutenir.

– Vous ne dites rien ? Vous les laissez m'enfermer !

– Cette enquête relève de la sécurité d'état. J'ai très peu de pouvoir...

– Vous n'êtes utile à rien, alors ! Prévenez au moins Dre Hancke et aussi la capitaine Faber, matricule LGL4560. Cum m'a conseillé de faire appel à elle si j'avais des ennuis.

– Qui est cette capitaine ? intervient Samosate.

– La supérieure de Cum. C'est elle qui lui a ordonné de faire cette opération.

– Et Cum Tao a-t-elle été en contact avec la capitaine Faber tandis qu'elle était en possession de la mallette ? s'enquiert Janssen

– Bien sûr que non. Elle était pratiquement inconsciente lorsque nous avons atteint le refuge. C'est moi qui ai fait l'appel radio pour obtenir de l'aide. La capitaine nous a envoyé l'hélicoptère et les secouristes.

– Donc Faber a su que vous aviez la mallette ?

– Oui, maintenant que vous en parlez, elle a voulu savoir si Cum avait pu la récupérer. Et je me souviens parfaitement que j'étais en colère parce qu'elle ne s'inquiétait pas assez de Cum.

– Et que lui as-tu dit d'autre ?
– Que Cum risquait le choc septique et que…
– Au sujet de la mallette que lui as-tu dit de plus ? intervient Samosate.
– Mais rien ! crie Tessa, en éclatant en sanglots. Je m'en fiche de votre mallette. Sans cette mission, Cum serait encore en vie !
La juriste entoure les épaules de Tessa.
– Ça suffit à présent ! Vous voyez bien que cette petite ne sait rien. Calme-toi. Ça va aller. Je vais déposer plainte, c'est du harcèlement.
– Ramenez-la en cellule. Vous pouvez lui tenir compagnie le temps qu'elle reprenne ses esprits, ordonne Janssen.
La juriste ramasse ses effets. Comme Tessa chancelle, elle l'aide à se mettre debout.
– Viens avec moi. Je nous commande du thé et une collation, dit-elle en sortant, une main posée sur le dos de Tessa encore secouée de pleurs.
Samosate s'est aussi levée, acrimonieuse, elle ne peut s'empêcher d'asséner sa désapprobation.
– Pourquoi vous arrêtez-vous là ? Elle allait céder. Elle nous joue la comédie avec ses larmes. Vous êtes sourd ou quoi ? Elle a appelé Cum Tao « ma seule amie », alors qu'elle est supposément sa cousine. Il y a de nombreuses incohérences dans ses récits. C'est totalement évident dans le rapport que nous a livré la pédopsychologue. Cette fille aux allures de fleur fragile est en fait une lame d'acier redoutable.
– Samosate, vous déraillez. Sur quoi reposent vos assertions ? C'est vous qui êtes aveuglée par cette hargne dont je ne saisis pas la raison.
– Je le sens quand les témoins et les accusés mentent. Je l'ai toujours su. Cela fait plus de vingt ans que je mène des interrogatoires et je ne me suis jamais trompée.

Janssen observe un moment cette femme qui traîne une réputation de redoutable policière. Sa feuille de route est en effet impeccable, sauf pour un incident qui a failli lui coûter la vie et dont elle porte les cicatrices.

– Capitaine, je n'aurai pas la cruauté de vous rappeler que cet instinct que vous revendiquez n'est pas reconnu dans la procédure ni applicable dans cette affaire. La rigueur, voilà ce que je m'impose. Les faits seuls comptent. Trouvez-moi des preuves qu'elle ment et j'agirai en conséquence.

– Alors, accordez-moi le feu vert pour une perquisition de sa chambre dans ce pensionnat. Elle y a été admise sans se soumettre aux formalités officielles et sans même avoir obtenu tous ses papiers d'identité. Je dirais qu'elle est en infraction.

– Samosate, soupire Janssen, je comprends à présent tout le sens de votre surnom.

La policière hausse les épaules et se dirige vers la sortie.

– Si vous saviez comme je m'en fiche !

Janssen se passe les mains sur le visage. Il est fourbu et dégoûté. La hyène ne lâchera pas sa proie.

30

CAPITAINE FABER

…« Ultime ? Ce serait la dernière ?
Il le faut. Sinon, nous disparaîtrons toutes autant
que nous sommes dans les flammes des autodafés.
L'histoire qu'ils réécriront ne retiendra de nous
que le néant »…

L'air agacé, Clem sort du bureau de la pédopsychologue. Elle se retient de ne pas claquer la porte. Débordée, bien sûr qu'elle est débordée. Qu'est-ce qu'elle croit ? Nous le sommes toutes ! Ce n'est pas une raison pour que son rapport soit si sommaire. Elle aurait dû temporiser, fournir des explications additionnelles qui justifieraient la résistance de Tessa à livrer certains pans de son passé, parmi les plus douloureux. Le seul bon point est que Ludmilla lui ait permis de consulter le dossier de Tessa. À la lecture, on croirait qu'elle suggère que celle-ci omet délibérément des aspects de sa vie. Cela s'appelle des blocages émotionnels. Beaucoup d'enfants traumatisés ont ce genre de réflexes. D'un pas pressé, Clem se dirige vers la réception où l'attend Brunehilde.

– Madame, je suis Brunehilde, l'éducatrice de Tessa Condor…

– Bien sûr, je vous reconnais.

– Vous avez des nouvelles ? On a refusé de nous dire pourquoi elle fait l'objet d'une enquête et quand elle sera de retour.

– Je pense que cela concerne sa tutrice Cum Tao. Tessa aurait été témoin d'un grave événement. Honnêtement, Dre

Hancke et moi sommes très inquiètes. Derrière cette façade assurée, ses bravades, Tessa masque une gigantesque faille qui selon moi pourrait l'avaler tout entière. Je crains le point de rupture. Et cette incompétente qui ne voit rien !

– Ludmilla ? Je n'aime pas critiquer mes collègues, mais depuis qu'elle a remplacé notre psychologue attitrée, nos élèves sont de plus en plus réticents à participer à ses séances. Donc, selon vous, nous ne pouvons rien faire pour Tessa ?

– Il faudrait une intervention supérieure à nos petites personnes. Dre Hancke sollicite l'aide de certains de ses amis haut placés dans les instances du pouvoir. Dites-moi, cela vous paraîtra peut-être indiscret, mais pourrais-je voir la chambre de Tessa ?

– Bien sûr ! D'autant qu'elle y était seule à l'occuper depuis le départ en catastrophe de Luce, pauvre enfant. En voilà une dont Ludmilla n'a pas perçu la gravité de la détresse. Vous parliez de point de rupture, c'est un bel exemple. Allons-y.

Le lit est fait, tout est en ordre. Clem note que d'autres croquis sont apparus au mur de la chambre. Sur la table de nuit, deux livres d'histoire et un épais carnet à dessin. Clem le feuillette et commente en le montrant à Brunehilde.

– Vous avez vu ? Elle a du talent. Les perspectives sont justes, tout comme l'ambiance de cette fin d'automne sur le parc, on sent presque le vent qui souffle les feuilles entre les branches dénudées.

– Ses professeurs n'ont que des éloges à son sujet. Vous cherchez quelque chose en particulier ?

– Je n'en sais rien, un indice qui nous permettrait de prouver qu'elle dit vrai. La policière qui est venue à l'hôpital pour l'interroger la première fois m'a fait comprendre que le SGR doutait de son identité. Cum Tao lors de son bref moment de lucidité a déclaré à la Dre Hancke que Tessa est la fille de sa cousine et qu'elle se considérait comme sa tutrice.

– Ces gens devraient savoir pourtant que la majorité des mineurs isolés ne possèdent aucun papier. Ils nous arrivent avec comme seul bien leurs habits sur le dos.
– Son sac à dos ! Où est-il ?
Clem fouille la commode à quatre tiroirs où sont rangés dans les deux premiers quelques pulls, des sous-vêtements et divers produits d'hygiène.
– Elle a dû le mettre dans son casier personnel, répond Brunehilde.
– Et il est verrouillé.
– Oui et non. Je sais que cela semble déloyal, mais les premiers mois avec ce type de pensionnaires, nous avons eu de sévères bagarres. Certains garçons s'étaient fabriqué des armes artisanales. Nous avons donc fait installer un levier qui permet avec un passe-partout d'ouvrir tous les placards des chambres. J'en ai toujours un sur moi.

Brunehilde glisse une clé ronde dans l'orifice au-dessus de la porte du placard. Le pan entier autour de la porte se détache. Aux crochets pendent le caban et le pantalon à poches de Tessa, ainsi qu'une veste de grosse toile et son sac à dos. Clem le décroche et le pose sur le lit.
– Je me rappelle très bien l'avoir inspecté à son arrivée. Nous avons d'ailleurs une liste de ce qu'il contenait. C'est une mesure que nous prenons en cas de contestation, les vols sont rares, mais tout de même. Et nous saisissons bien sûr tout ce qui peut servir d'arme. Je me souviens que Tessa possède une bonne somme d'argent, une ravissante montre et des boucles d'oreilles en or.
– Oui, nous en avons bavardé. Qu'est-ce que c'est que cette enveloppe ? C'est adressé à la capitaine Faber.
– J'ai proposé à Tessa de la lui faire porter. La petite m'a répondu qu'elle devait la lui remettre elle-même.

– Eh bien, elle ne pourra pas ! Écoutez, vous êtes témoin, je m'en charge. Cette capitaine était la supérieure de Cum. Et cette lettre a de toute évidence été rédigée par elle. Je compte la confier à la Dre Hancke.
– Prenez aussi la pochette avec l'argent et les bijoux. Je ne veux pas en être responsable. Je vais vous faire signer une décharge. Nous lui garderons son lit quelque temps encore, mais cette semaine nous aurons trois nouveaux pensionnaires, deux garçons et une fille. Nous devrons loger l'adolescente dans cette chambre.
Recroquevillée sur la dure banquette de sa cellule, Tessa contemple une araignée tissant laborieusement sa toile au pied de la cuvette de la toilette. Elle a séché ses larmes depuis un bon moment. Lorsqu'elle a compris que ne plus pleurer la débarrasserait de la juriste, tout s'est tari en elle. Dans la soupe que la blême gardienne lui a apportée se sont formés des cercles de gras. Elle n'a rien mangé. Les crampes dans son bas-ventre lui donnent la colique, une nausée lui triture l'estomac. Dormir la soulagerait, impossible avec la lumière crue du néon qui grésille au plafond. Pour l'éteindre, elle doit se lever et aller jusqu'au mur. Il n'y a pourtant que trois pas à faire. Elle ne s'y résout pas. Le noir, les ténèbres tomberont sur elle. Ils l'envelopperont et l'étoufferont de leurs doigts glacés. Les spectres lui font signe. Si les rejoindre engloutissait du même coup son supplice, elle marcherait bravement vers eux. Ce sont des perfides, ils l'appellent pour la tourmenter plus encore. Elle a mis la main entre ses cuisses, c'est poisseux. Sara avait tort. Rien de bon et de bien ne naîtra de sa féminité. Son ventre ne produirait qu'un homoncule difforme. Un golem comme dans la fable, un assassin.
La jeune soldate entre. Elle se penche au-dessus de l'adolescente immobile et pousse un cri de souris. Inconsciente, brûlante de fièvre, les doigts de sa main sont tachés, l'entrejambe

de son pantalon imbibé de sang. Il flotte dans l'air l'odeur des menstrues que toute femme sait discerner. Interdite, ne sachant quoi faire, elle tourne sur elle-même et elle sort dans le couloir pour chercher de l'aide.
Janssen franchit le portail sécurisé. Il aperçoit devant les ascenseurs une civière et des secouristes. À leurs côtés, Samosate a sa tête des mauvais jours, si tant est que ce soit possible. Statufiée, elle ne dit mot. Il s'approche d'elle. Il reconnaît la crinière noire, ébouriffée, couvrant en partie le visage de Tessa.
– Que se passe-t-il ?
– Qu'est-ce que j'en sais ! L'urgentiste prétend qu'elle fait plus de 39° de fièvre. Un début d'hémorragie…
– Elle est blessée ?
– Non des menstrues anormalement abondantes.
– Elle est consciente ?
– Il semble que non. Ils l'emmènent à l'hôpital.
Janssen toise sa collègue. La hyène grince des dents face à la proie qui lui échappe. Il ne peut résister, il enfonce un peu plus le clou.
– Et cette perquisition, hier soir ?
Pour toute réponse, Samosate lui tourne le dos et quitte les lieux. Janssen prend l'ascenseur avec d'autres militaires. Son chef lui a ordonné de suspendre l'enquête pour le moment. Il semble bien que cette petite insoumise ait soulevé l'intérêt de sa hiérarchie.

Sous un crépuscule violet, un vent glacial se déchaîne et fait vibrer les vitres de la fenêtre. Clem tire les rideaux. Tessa dort. La fièvre est enfin tombée. Gemma Hancke franchit le seuil, vêtue d'un tailleur de bonne coupe. Clem le remarque, car c'est la première fois qu'elle la voit sans sa blouse.
– Comment va-t-elle ?

– Elle se réveille pour aussitôt replonger. Je reste de garde ce soir.
– Vous vous êtes attachée à elle n'est-ce pas ?
– J'ai toujours eu un faible pour les petites filles rebelles, rétorque Clem en souriant.
– Je prends le train de nuit. Comme mon rendez-vous avec la capitaine Faber n'est qu'en milieu de matinée, impossible d'échapper au petit-déjeuner avec la ministre de l'Intérieur. Ma mère, malgré son emploi du temps chargé, me fait cette faveur. Son intervention dans l'affaire Tessa Condor me coûtera probablement plus, néanmoins je suis prête à en payer le prix.
– Vos relations sont difficiles ?
– Oh ! Le mot est faible. Disons que nos points de vue divergent sur de trop nombreux sujets. S'il y a le moindre souci, je reste joignable. De toute façon, je serai de retour après-demain, je l'espère avec de bonnes nouvelles.

Gemma patiente. Elle sirote un café insipide, réminiscence de son bref passage dans l'armée. Elle essaie de ne pas dévisager la militaire assise derrière le bureau. Grande et musclée, une stricte coupe au carré de cheveux cendrés encadre ses traits fins. La capitaine Faber relit pour la deuxième fois le contenu des quelques feuillets qu'elle a retirés de l'enveloppe. Ses yeux verts se tournent vers la médecin qui a tenté de sauver la vie de Cum Tao.
– Merci d'être venue. Ces documents sont très précieux. Cette jeune fille les avait en sa possession depuis le décès de Cum Tao ?
– Bien avant probablement. Je suis certaine qu'elle lui a elle-même donné la lettre. Tessa tenait à vous la remettre en main propre. J'ai cru qu'en regard des circonstances, je devais le faire. Je vous certifie que cette enveloppe n'a pas été décachetée.

– Je n'en doute pas. Regardez, Cum Tao a apposé ses initiales tout le long du rabat. Impossible de le recoller sans que cela se voie. Cum nous y révèle des informations cruciales que bien sûr, je ne suis pas autorisée à vous dévoiler. Par contre, cette lettre contient ses dernières volontés. Je devrais la faire homologuer par un notaire, en attendant, je peux vous en faire part. Il y est écrit que Tessa Condor est la fille d'une lointaine cousine de sa mère. Étant sa seule parente, elle la nomme comme sa légataire. Cum a fait une liste de ses biens et avoirs, accompagnés des références nécessaires. Ses épargnes, le tout-terrain avec lequel elles ont franchi la frontière et tout ce qu'il contient. Je ferai une requête pour le localiser. Ses armes, également. Elle a noté et souligné le SIG 550. Je sais qu'elle tenait particulièrement à ce fusil. De plus, toutes nos guerrières bénéficient d'une pension de survivant, Tessa en tant que mineure y aura droit.
– Tout ça est vraiment inattendu. Ce qui me rassure surtout, c'est que nous avons maintenant un témoignage qui nous permettra d'établir officiellement son identité. Ces formalités sont d'une telle complexité lorsqu'il n'existe rien d'autre que la parole du mineur. Je l'ai fait inscrire à la Maison Renaissance, sous condition. Des papiers d'identité faciliteront toutes les prochaines démarches administratives. Et sans jeu de mots, c'est un parcours du combattant !
– Quel âge a-t-elle ?
– Selon ses dires, quinze ans dans quelques semaines, en novembre.
– Bien. C'est l'âge minimal pour entrer à l'école militaire de la Légion. Dans cette lettre, Cum suggère que sa pupille y fasse ses études. Elle indique que Tessa souhaite devenir médecin. Si ses résultats scolaires sont en conséquence, ses études à l'Académie de médecine pourraient être prises en charge par la Légion. Vous vous en doutez, nous avons désespérément

besoin de médecins. Également, elle mentionne le nom d'une guerrière, Manu Dalolo. Elle était la cheffe de son commando. Je la connais très bien, c'est une soldate avec d'excellents états de service, de plus c'est une femme généreuse et gentille. Cum veut que je lui demande si elle accepte d'être la tutrice de Tessa, jusqu'à sa majorité. Ce serait un autre avantage pour Tessa puisqu'elle habite dans les environs de notre école. Manu Dalolo a quitté le service actif pour devenir formatrice. Elle entraîne les jeunes candidates qui se destinent à la Légion des Guerrières de la liberté. Vous qui connaissez Tessa, comment réagira-t-elle face aux volontés de Cum Tao.

– Je n'en sais rien. Elle possède un tempérament très indépendant, parfois rebelle. Je vous ai dit que sa condition physique n'est pas alarmante, bien qu'elle souffre de sous-alimentation. Elle éprouve des troubles du sommeil ce qui aggrave sa fragilité psychologique. La détention et les interrogatoires qu'elle a subis pendant deux jours ont déclenché une crise d'angoisse accompagnée de fièvre et de pertes abondantes de sang menstruel. Je compte la maintenir en observation encore plusieurs jours. Elle a besoin d'un suivi régulier et surtout de stabilité. Un environnement calme sans pression. En tant que médecin, je recommanderais de ne pas la changer de milieu encore une fois. En quelques mois, elle s'est fait une place à la Maison Renaissance, cet internat traite les mineurs comme elle qui ont vécu de grands traumatismes. Elle n'y est donc pas différente des autres. Toutefois, elle fait preuve de beaucoup de maturité, je pense qu'elle doit avoir le choix, que nous devons l'informer des volontés de Cum Tao, mais ne rien lui imposer.

– Je prends en compte votre avis. Discutez-en avec elle. De mon côté, j'entrerai en contact avec Manu Dalolo. De toute façon, les formalités pour être admise à l'école militaire nécessiteront plusieurs mois. Et qui sait dans quel bourbier cette guerre nous enfoncera. Le pensionnat pour l'année à venir semble la meilleure solution.

– Vous êtes au courant pour l'enquête ? Est-ce secret-défense ou vous pouvez me dire pourquoi elle a été mise en détention malgré le fait qu'elle soit mineure ? Vous savez également que la ministre de l'Intérieur...

– Est votre mère, en effet. Et qu'elle a fait le nécessaire. J'en ai eu des échos. Tout ce que je peux vous dévoiler, c'est que Tessa ne sera plus inquiétée. Ce document nous permet de la libérer de tout soupçon. Je me charge de faire remonter ces informations au plus haut niveau. Dites-lui bien de me contacter, si elle vient dans la métropole. J'aimerais beaucoup rencontrer la jeune personne dont le courage et la ténacité ont contribué au succès d'une opération déterminante pour le futur de cette ultime guerre.

– Ultime ? Ce serait la dernière ?

– Il le faut. Sinon, nous disparaîtrons toutes autant que nous sommes dans les flammes des autodafés. L'histoire qu'ils réécriront ne retiendra de nous que le néant.

31

LA LETTRE

...Ses choix futurs pourraient l'absoudre,
la purger de sa honte...

Tessa rêve. Elle rêve que Clem la porte et la dépose sur un autel de pierre éclaboussé de sang. La Vierge dans sa niche se penche au-dessus d'elle et de sa bouche aux lèvres closes, elle lui murmure, ta mort, ton sacrifice ouvriront les portes de la géhenne où seront engloutis tous les fanatiques du dieu vengeur. Acceptes-tu de te sacrifier ? La Vierge tient son scalpel dans ses mains jointes. Tessa s'en empare et d'un geste vif, elle se le plonge dans la gorge.
Le moniteur émet son alarme d'urgence. L'écran montre des signes de tachycardie. Deux infirmières accourent. L'une d'elles se tourne vers Clem qui s'est précipitée.
– Doit-on utiliser le défibrillateur ?
Clem soulève les épaules de Tessa, elle l'enlace, la presse contre sa poitrine.
– Allez, réveille-toi. Tout va bien. Ça ne sera pas nécessaire, dit-elle en s'adressant à sa collègue. Elle est trempée de sueur. Sue, va me chercher de quoi la laver pour la rafraîchir. Ce n'est qu'un cauchemar, ma belle, je suis là.
Tessa cligne des paupières. Le sourire de Clem, ses grands yeux marron, ses bras qui la soutiennent sont bien réels. La main caressante de Clem sur son front, ses doigts écartent les mèches que la transpiration y a collées. Tessa essaie de se situer, elle demande la voix rauque :

– La cellule ?
– Tu es à l'hôpital. Il ne faut plus t'inquiéter. Tout ira bien à présent.
– Ils ne me croient pas. Je ne connais pas le code, je le jure.
– N'aie plus peur, Dre Hancke a tout arrangé. Plus personne ne te fera de mal. Je te raconterai tout. Pour le moment, nous devons combattre cette fièvre qui oscille depuis trois jours. Sue, faites une deuxième prise de sang. Commandez au labo une nouvelle analyse, et prévenez Dre Hancke que Tessa est réveillée.

De retour au bureau, Faber dépose son porte-documents sur le sol et s'assied dans son fauteuil. La tension des dernières heures pulse sous ses tempes. La rencontre au cabinet de la ministre s'est déroulée comme elle s'y attendait. Beaucoup de discussions sur d'hypothétiques solutions énoncées par des experts en cryptologie. Le message rédigé par Cum Tao s'est révélé une énigme. Celle-ci craignant que l'enveloppe adressée à sa capitaine tombe en de mauvaises mains et ne parvienne pas à sa destinataire a dissimulé sous une longue suite de chiffres et de lettres le code que l'agent sous couverture lui a confié. Il faudra du temps, beaucoup de temps pour y déceler la clé. Faber n'y peut rien. Elle n'est que la modeste messagère. Son rôle se termine là et elle en est soulagée. Déçue, comme tous ceux et celles qui plaçaient leur espoir dans cette formule, invention de ce mathématicien et physicien génial, mort sous la torture des Adeptes sans divulguer son secret. Ce cube de polymère indestructible a voyagé de main en main. Il a coûté la vie à de nombreux hommes et femmes. Faber a plaidé la cause de la jeune réfugiée, c'est grâce à elle si la mallette leur est parvenue. Elle insiste pour que cesse à son égard toute forme de soupçon et de harcèlement. La ministre abonde dans ce sens et ordonne que lui soit accordé l'asile

en Territoire nordique et que les procédures administratives afférentes soient engagées avec célérité.
Faber étire ses membres ankylosés, elle a peu dormi la veille. Dans la troisième lettre qui lui était adressée, Cum lui livre brièvement la vérité, comment elle et son commando ont fait la connaissance de Tessa. Elle y insiste pour que Manu Dalolo soit prévenue de sa présence dans les Hautes Terres. Elle est persuadée que sa camarade saura la guider. Elle implore sa capitaine comme dernière faveur de garder le secret sur le passé de Tessa. Faber considère qu'elle n'a pas le choix, soulever le voile impliquerait la ministre et provoquerait un scandale que ses adversaires utiliseraient pour faire vaciller ce gouvernement qui peine déjà à se tenir en place.

Déçu d'écourter son séjour dans la métropole, Janssen roule vers le delta. La réunion au ministère de l'Intérieur lui a permis de juger de l'envergure de l'affaire Tessa Condor. Il estime l'enquête classée, bien que par simple curiosité ou pour satisfaire sa fascination pour cette étrange jeune fille, il a l'intention de suivre ce qu'il adviendra d'elle.
Une rixe à l'arme blanche a fait trois victimes sur un navire en rade dans l'estuaire. Il se cache parmi les migrants fuyant le joug des Adeptes, des criminels de tout acabit. Les détecter et les bannir du pays devient de plus en plus ardu. C'est un perpétuel recommencement, car il en arrive de partout et sous tous les déguisements. Pourtant, il s'en fait un devoir. Il a dépêché Samosate en avant-garde. Son légendaire instinct servira cette fois auprès de véritables malfrats.

Hancke revoit les résultats des analyses et comme aucune infection bactérienne ou virale n'y apparaît, elle soupçonne une ménorragie, les pertes sanguines étant décidément trop importantes. Pour sa patiente, les causes sont multiples, un poids insuffisant dut à une sous-alimentation pendant les années de croissance, de grandes périodes de stress, un état permanent d'anxiété, la liste est longue. Clem vient s'asseoir auprès d'elle. Le poste de garde est calme. Cela devient de plus en plus rare puisque leur petit hôpital dessert non seulement la ville, mais également les bourgs et villages des environs.

– Le garçon qui s'est fracassé la jambe en frimant devant ses copains sur son vélo de montagne entre en chirurgie. Il a de la chance, c'est Tucson qui tentera de le rafistoler. Si tout se passe bien, il remarchera dans quelques mois.

– Vous ne deviez pas rentrer ce soir ? Vous cumulez trop de gardes de nuit.

– Vous pensez aux dépassements de votre maigre budget ? ironise Clem.

– Je songe plutôt que j'ai besoin d'une infirmière-chef en bon état.

– J'y vais. Je voulais avant jeter un œil sur notre patiente, elle trépigne depuis qu'elle n'a plus de fièvre. Elle plaide pour retourner au pensionnat. Elle craint de prendre du retard sur les autres.

– Eh bien, je n'autorise pas son congé, tant qu'elle saignera autant. Je compte la faire voir par la gynécologue. Nous déciderons d'un traitement. Allez-y, je passerai pour lui expliquer ce qu'il en ait.

C'est demain son anniversaire, la Dre Hancke approuvera sa sortie et en soirée, elle les invite Clem et elle dans un restaurant pour célébrer. En matinée, Clem l'accompagnera dans une boutique pour acheter des vêtements, puis elles iront dans un salon de coiffure pour donner meilleure allure à sa crinière. Ses cheveux qu'elle avait coupés maladroitement ont repoussé et lui font une tête de fauve, selon les dires de Clem. Elle lui a rendu son sac à dos avec tout son contenu. Tessa tergiverse. Elle songe à ce qu'elle a caché dans la buanderie de l'ancien hôpital. Elle n'a pas besoin de tout cet argent et encore moins des bijoux de Sara. Le casier dans la chambre n'est pas très sûr, selon Clem. Elle lui a conseillé de prendre un coffre dans une banque dès qu'on lui remettra ses précieux papiers d'identité. Pour le moment, Tessa décide de garder le magot dans le sac de couchage, là où il est. Dre Hancke lui a tout exposé, le testament de Cum et son désir de la voir entrer à l'école militaire de la Légion. C'est une décision difficile. Son incarcération dans cette cellule sinistre lui a fait sentir combien la liberté était inestimable. Les règles de la Maison Renaissance lui semblent moins contraignantes à présent. Elles le sont certainement moins que celles de la Légion. Elle souhaite en discuter demain soir avec ses deux nouvelles amies. Leur avis l'aidera à faire le bon choix. Ce qu'elle ne pourra pas leur dire, c'est que Manu et elle se connaissent. La capitaine Faber est-elle au courant ? Probablement. Tessa est lasse de tous ces secrets. Elle voudrait pouvoir vivre sans constamment dissimuler ce qu'elle a fait. Elle sait bien que c'est impossible. Les gestes méprisables qu'elle a commis ne s'effaceront pas. Ils ont modelé ce qu'elle est devenue, façonné sa personnalité. Ses choix futurs pourraient l'absoudre, la purger de sa honte.

ÉPILOGUE

La petite bande s'est réunie, deux garçons et une fille dans la vieille remise à demi effondrée au fond du parc. Cette ruine est devenue au cours des deux dernières années leur repaire. Ils s'y rassemblent pour bavarder à l'abri des oreilles indiscrètes, pour boire du vin, se gaver de friandises et autres mets introuvables au pensionnat. Naby les achète en ville depuis que, grâce à sa majorité, il est autorisé à sortir sans la permission de son éducateur. Cette majorité est attendue tout autant que redoutée par les pensionnaires ; une issue vers la liberté, tout comme vers l'inconnu, loin de la sécurité de la Maison Renaissance. Naby, un grand costaud à la peau sombre a maintenant un travail comme apprenti boulanger. Puisqu'on lui accorde un sursis de six mois pour se procurer un logement, il partage encore la chambre avec Tomas. L'adolescent dégingandé s'est métamorphosé en un jeune homme qui fait tourner la tête des filles. Il n'a plus que deux mois pour prendre la décision qui orientera son avenir. Le frère de son père, immigré dans les Territoires de l'Ouest bien avant la guerre, lui offre un emploi sur sa ferme piscicole. Il lui enverra de quoi payer le passage sur un navire. Pour beaucoup, les Territoires de l'Ouest représentent l'Eldorado, de nombreux migrants ont perdu la vie en tentant de s'y rendre. Tomas serait privilégié avec son billet et un endroit pour l'accueillir. Seulement, il déteste le poisson et surtout son odeur. Il rêve de poursuivre des études de littérature et de devenir écrivain. Il ose à peine se l'avouer à lui-même, et encore moins à Tessa, sa meilleure amie. Il reste à cette dernière près d'une année avant l'échéance de sa majorité. Manu vient la voir chaque automne, en octobre autour de l'anniversaire du décès de Cum. Elles se rendent au crématorium pour déposer des fleurs devant son urne. Face au mutisme et à l'embarras de Tessa lors de leurs retrouvailles, Manu a inventé un jeu. Elles communiquent comme si elles bavardaient avec Cum. Tessa se prête à cette comédie avec plaisir. Leur complicité s'en est trouvée grandie. D'un commun accord, elles ont convenu que l'école militaire n'était pas une obligation, mais devait être un choix éclairé. Pour Tessa, Dre Hancke et Clem sont des exemples à suivre et Gemma l'encourage à s'orienter vers des études de médecine. Tessa reconnaît sa chance, aucun obstacle financier ne limitera sa décision. Son magot planqué dans le coffre à la banque pourra lui être utile. Les trois amis évaluent les diverses options de chacun, les réticences et les préoccupations sont prises en compte et jaugées. Personne n'ose toutefois confesser sa plus grande crainte. Leur futur les mènera dans des directions différentes, les éloignera les uns des autres. Ils ne se verraient plus que de loin en loin. Pour Tomas ce pourrait même être l'exil.

Mais ce soir, alors que le crépuscule s'allonge dans la nuit estivale, il n'est plus question de l'avenir. Seules l'invasion et l'extermination d'une partie de la population de la capitale des Territoires de l'Est nourrissent leurs débats, leurs emportements, leurs vociférations. Naby bégaye de fureur, il serre les poings, tourne en rond comme un lion en cage. Un puissant sentiment d'injustice, de révolte les fait s'épancher tous en même temps. Tomas, habituellement flegmatique, lance des injures, des imprécations. Tessa les observe. Elle parle peu, résistant à une envie folle de leur dévoiler ce qu'elle sait de ces féroces bourreaux.

Ces dernières années, la guerre larvée de l'autre côté de la frontière leur semblait lointaine. L'Est résistait avec le soutien des armées du Nord. Maintenant, perdre la capitale prête au conflit des allures de défaite. Les trois amis s'entendent sur une évidence: si les Territoires de l'Est tombent sous le joug des Adeptes, il n'y aura plus que ceux du Nord et leurs alliés de l'Ouest pour défendre le libre choix. Être athée, ou croyant, aimer qui l'on veut, faire un enfant ou ne pas en avoir. Tous ces aspects de la vie que ces jeunes gens à l'aube de leur destinée pourraient voir anéantis par des brutes sanguinaires.
Tremblante de colère, Tessa retient ses larmes, surtout ne pas pleurer devant ses amis. Les monstres qui peuplaient ses nuits refont surface. Elle le lit également dans les yeux de Naby et de Tomas. Ils ont subi comme elle cette épouvante face à la barbarie. Chacun d'eux portant le fardeau de ses propres fantômes. Tomas est le premier à réagir avec calme et fermeté:
– Je ne partirai pas vers l'ouest. Fuir serait d'une telle lâcheté. Je vivrais, mais dans la honte.
– Et moi, je n'attendrai pas que soit publié l'ordre de conscription. J'ai dix-huit ans. Je vais m'engager.
Les deux garçons se tournent vers leur amie, elle déclare d'une voix ferme:
– Cum m'a légué son SIG 550. La Légion m'apprendra à m'en servir.

La gare est bondée. C'est la bousculade. Tessa harnachée de ses bagages se faufile tant bien que mal. Son vieux sac à dos sur le devant, un second tout neuf accroché à son dos, la lanière de l'étui du SIG passée en bandoulière, elle transpire sous le poids de ce qu'elle n'a pas voulu laisser derrière elle. C'est bien peu pourtant en regard de la pesanteur des adieux. Les deux garçons sont partis la veille, choisissant de s'inscrire

au même bureau de recrutement, il leur sera plus facile de rester ensemble. Elle a prévenu Manu de son arrivée. Dire au revoir à Clem et à Dre Hancke lui a lézardé le cœur. Des fissures qui ne se combleront pas, elle le sait d'expérience. Clem l'a suppliée d'attendre jusqu'à sa majorité. Tessa lui a répondu que les ténèbres ne compteraient pas les jours pour s'abattre sur les terres nordiques. Elle a un tribut à payer pour tous ses chers disparus. Il restait 124 cibles à Cum. L'addition sera donc élevée. Elle a somnolé tout le trajet, coincée sur la banquette du wagon entre deux troufions qui ronflaient, ses divagations émergeant au rythme des roues.
L'aube mauve recouvre les champs jaunis de fin d'été. La gare étriquée semble perdue en pleine campagne. Étourdie, vaguement nauséeuse, Tessa marche sur le quai désert vers la sortie. Devant elle se dresse la haute silhouette familière de Manu. Dans ses yeux sombres luit la même lueur d'ébahissement que lorsque la gracile fuyarde égarée avait propulsé sur le sol lisse de la galerie de la bibliothèque, le sac rempli des chargeurs salvateurs.

REMERCIEMENTS

Chaque nouveau roman est un défi. Plus encore cette fois, je me suis lancée à l'aveugle, sans filet, au cœur de ce conte dystopique. Ma gratitude entière à mon compagnon pour sa patience, ses conseils et ses encouragements. Ma totale reconnaissance à Monique Duplantie sans qui ce roman n'aurait pas existé. Merci aussi à Renée Tremblay, Carole Forget et Martine Michaud pour leur amitié et leur soutien indéfectible.

Je remercie également mon éditeur Yves Jolivet et tous les membres de la fabuleuse équipe du Mot et le reste qui m'ont accompagnée et guidée.

DE LA MÊME AUTRICE :

Traces, Leméac, 2013 ; Nomades, 2017
Déni, Leméac, 2014 ; Nomades, 2021
« Guerrière », *Crimes à la bibliothèque*, Druide, 2015
Jours de haine, Leméac, 2017
Secrets boréals, Leméac ; Le mot et le reste, 2021 ; J'ai lu, 2023

Achevé d'imprimer en janvier 2024
par Sépec numérique

ISBN : 978-2-38431-291-7
Dépôt légal : février 2024

Imprimé en France